CB041264

Editorial . . . . ROBERTO JANNARELLI
. . . . VICTORIA REBELLO
. . . . ISABEL RODRIGUES
. . . . DAFNE BORGES
Comunicação . . . . MAYRA MEDEIROS
. . . . PEDRO FRACCHETTA
. . . . GABRIELA BENEVIDES
Preparação . . . . FLAVIA LAGO
Revisão . . . . NATÁLIA MORI MARQUES
. . . . TÁSSIA CARVALHO
Cotejo . . . . KARINA NOVAIS
Capa . . . . RAFAEL SILVEIRA
Projeto gráfico . . . . GIOVANNA CIANELLI
Artes de páginas finais . . . . GIOVANNA CIANELLI
. . . . HENRI CAMPEÃ
Diagramação . . . . DESENHO EDITORIAL

TRADUÇÃO:
THAÍS PAIVA & STEPHANIE FERNANDES

ENTRARAM DE PENETRA NA FESTA DE MRS. DALLOWAY

MR. DANIEL LAMEIRA
MRS. LUCIANA FRACCHETTA
MR. RAFAEL DRUMMOND
&
MR. SERGIO DRUMMOND

Virginia Woolf

Mrs. Dalloway

NANO

Mrs. Dalloway disse que iria ela mesma comprar as flores. Pois Lucy já tinha muito o que fazer. As portas seriam tiradas das dobradiças; os homens da Rumpelmayer[1] estavam para chegar. E então, pensou Clarissa Dalloway[2], que bela manhã — tão fresca como se feita sob medida para crianças na praia.

Que farra! Que mergulho! Pois era assim que costumava se sentir, com o leve ranger das dobradiças, que ainda podia ouvir, quando escancarava a porta francesa e mergulhava no ar fresco de Bourton[3]. E como era fresco, e calmo, decerto mais tranquilo que este de agora, o ar de manhã cedinho; como o bater de uma onda; o beijo de uma onda; frio e cortante e, todavia (para a moça de dezoito anos que era à época), solene, ainda que sentisse ali, à beira da janela, que algo terrível estava por vir; olhando as flores, as árvores

---

1. Tradicional casa de chá e confeitaria parisiense, famosa na Belle Époque, com filial em Londres.

2. Tradicionalmente, Mrs. Dalloway é publicado com o título em inglês. Nesta edição, optamos por mantê-lo assim e, consequentemente, mantivemos os pronomes de tratamento na língua original ("Mr." para "Sr." e "Mrs." para "Sra."). Uma vez que a cidade de Londres é uma personagem tão importante neste livro, também foram mantidos em inglês os nomes de lugares pelos quais os personagens passam (usamos "Street" para "Rua" e "Avenue" para "Avenida"). [N. de E.]

3. Propriedade no campo da família de Clarissa. Entre os membros da alta sociedade, era hábito passar parte do ano nas residências rurais e parte nas propriedades londrinas — ritmo que era ditado pelo início das sessões no Parlamento.

com a névoa que delas se evolava e as gralhas que subiam e desciam; ali, olhando, até que Peter Walsh disse, "Meditando em meio aos vegetais?" – teria sido isso? – "Prefiro gente a couves-flores" – teria sido isso mesmo? Ele deve ter dito isso à mesa do café, uma manhã, quando ela se retirou para o terraço – Peter Walsh. Dia desses ele estaria de volta da Índia, em junho ou julho, ela já não lembrava, pois como eram maçantes as cartas dele; eram as tiradas dele que marcavam; os olhos, o canivete, o sorriso, a rabugice e, quando milhões de coisas se dissipavam – mas que curioso! – ficavam algumas tiradas como essa, sobre repolhos.

Ela se retesou um pouco no meio-fio, esperando passar o furgão da Durtnall[4]. Que mulher encantadora, pensou Scrope Purvis (conhecendo-a como se conhecem os vizinhos de porta em Westminster[5]); tinha um quê de pássaro, um quê de gaio, azul esverdeado, suave, vivaz, ainda que já tivesse passado dos cinquenta e ficado grisalha desde a doença. Ali ela se empoleirou, sem nem sequer vê-lo, esperando para atravessar, empertigada.

Pois morar em Westminster – quantos anos já fazia? mais de vinte – dá a sensação, Clarissa estava convencida, mesmo no congestionamento ou ao despertar à noite, de um silêncio particular, uma solenidade; uma pausa inefável;

---

4. Empresa de transporte e logística.

5. Distrito de Londres, ao norte do rio Tâmisa, onde se encontram os principais gabinetes do governo inglês, as Casas do Parlamento e a Abadia de Westminster.

uma suspensão (ou talvez fosse só o coração dela, alguma sequela da gripe espanhola, diziam) antes de o Big Ben bater. Lá estava! Ecoava. Primeiro um aviso, musical; depois a hora, irrevogável. Os círculos plúmbeos se dissolviam no ar. Que tolos somos nós, pensou ela, ao atravessar a Victoria Street. Pois só Deus sabe por que a gente a ama e a contempla e a idealiza e a constrói e a desmonta, e a recria a cada momento, do zero; mesmo as mulheres mais esfarrapadas, as mais miseráveis, largadas nos umbrais das casas (sendo a bebida sua derrocada), fazem igual; e não são compreendidas, disso tinha certeza, por leis parlamentares pela mesmíssima razão: amam a vida. Nos olhos das pessoas, no balanço dos passos, na marcha, no andar arrastado; no alvoroço e no estardalhaço; nas carroças, automóveis, ônibus, furgões, homens-sanduíche de passos arrastados, ritmados; nas bandas de metais, realejos; no triunfo e na melodia e na estranha canção aguda de um avião lá no alto estava o que ela amava; a vida; Londres; este momento de junho.

Pois era meado de junho. A Guerra[6] tinha terminado, salvo para pessoas como Mrs. Foxcroft que, na embaixada, noite passada, lamuriava-se porque aquele bom rapaz havia sido morto e agora a velha mansão seria passada a um primo; ou Lady Bexborough, que inaugurou um bazar beneficente, disseram, com o telegrama em mãos, quando John, seu favorito, foi morto; mas tinha terminado; graças a Deus

---

6. A guerra conhecida hoje como Primeira Guerra Mundial. À época, por vezes era chamada de Guerra Europeia.

— fim. Era junho. O Rei e a Rainha estavam no Palácio.[7] E por todo lado, ainda que fosse cedo, cedinho, ouvia-se um compasso, o rebuliço dos puro-sangues a galope, as tacadas de críquete, Lord's, Ascot, Ranelagh,[8] os clubes todos; envoltos no tule azul acinzentado do ar matinal, que, com o passar do dia, iria se desvelar dos gramados e turfes onde pousariam os cavalos de corrida galopantes, que mal tocavam as patas dianteiras na relva, já se lançavam aos ares, e os rapazes rodopiantes e as garotas risonhas, vestidas em musselina translúcida e que, mesmo agora, depois de dançarem a noite inteira, levavam seus cães felpudos para passear; e mesmo agora, a essa hora, velhas viúvas discretas saíam de automóvel, em disparada, para compromissos misteriosos; e os lojistas ajeitavam nas vitrines, com minúcia, seus brilhantes e diamantes e broches antigos dos mais lindos, verde-água, em engastes do século XVIII para tentar os americanos (mas é preciso economizar, não dá para sair comprando tudo assim para Elizabeth), e ela também,

---

7. Ainda hoje, é possível saber se a Rainha está ou não no Palácio de Buckingham, pois o Estandarte Real é hasteado apenas quando a Rainha se encontra em sua residência londrina. Os Estandartes Reais costumavam ser as únicas bandeiras a ser hasteadas em Buckingham, porém, a partir de 1997, a Bandeira da União tremula no lugar do Estandarte quando a soberana não está.

8. Clubes importantes por seus eventos sociais e práticas esportivas. Lord's era um clube de críquete, Ascot, um clube de turfe, e Ranelagh (Hurlingham Club, em Ranelagh Gardens), um clube de polo.

amando tudo aquilo como amava, com uma paixão fervorosa, sendo parte daquilo desde que sua família passara a frequentar a Corte, na Era Georgiana, ela também, naquela mesma noite, iria brilhar e iluminar; daria sua festa. Como era estranho, ao entrar no parque, o silêncio; a névoa, o murmúrio; os patos vagarosos na água; as aves papudas bamboleantes; e – ora essa! – quem vinha ali, deixando para trás os edifícios do governo, impecável, carregando uma caixa de despachos com o brasão da Coroa, quem senão Hugh Whitbread, seu velho amigo Hugh – o admirável Hugh!

– Um bom dia a você, Clarissa! – disse Hugh, um tanto extravagante, pois se conheciam desde crianças. – Para onde vai?

– Adoro caminhar em Londres – disse Mrs. Dalloway. – Sinceramente, é melhor que caminhar no campo.

Tinham acabado de chegar – infelizmente – para ver os médicos. Outras pessoas vinham ver filmes; assistir à ópera; apresentar as filhas à sociedade; os Whitbread vinham "ver os médicos". Vezes sem conta Clarissa visitara Evelyn Whitbread em uma casa de saúde. Evelyn estava doente de novo? Andava um tanto indisposta, contou Hugh, insinuando com um semblante aborrecido ou uma palpitação em seu torso abrigado, viril, deslumbrante, perfeitamente estofado (andava sempre bem-vestido, quase em demasia, muito provavelmente requisito do modesto trabalho na Corte) que sua esposa sofria de uma enfermidade qualquer, nada grave, o que, no papel de velha amiga, Clarissa Dalloway compreenderia sem pedir detalhes. E muito que bem, ela entendeu, é claro; mas que chateação; e sentiu-se compadecida e estranhamente ciente, ao mesmo tempo, de seu chapéu. Não era o chapéu ideal para as primeiras horas da manhã, era? Pois Hugh sempre fazia com que ela se sentisse assim, irrequieto que era, tirando o chapéu cheio de pompa e assegurando que ela podia se passar por uma moça de dezoito anos, e que não perderia a festa de hoje à noite por nada, Evelyn insistia, talvez só chegasse um pouco tarde, depois da festa no Palácio, aonde tinha que levar um dos filhos de Jim – ela sempre se sentia um bocado acanhada diante de Hugh; como uma colegial; mas era apegada a ele, em parte por conhecê-lo desde sempre, e o considerava um bom sujeito à sua própria maneira, ainda que quase levasse Richard à loucura, e quanto a Peter Walsh, ele jamais a perdoara por gostar de Hugh.

Ela se recordou das incontáveis cenas em Bourton – Peter furioso; era evidente que Hugh não era páreo para ele, mas tampouco era um completo imbecil, como julgava Peter; não era um mero pavão. Quando sua velha mãe queria que ele deixasse de lado a caçada ou a levasse a Bath[9], ele fazia suas vontades, sem dizer uma palavra; era muito altruísta, e quanto aos dizeres, como falava Peter, de que ele não tinha

---

9. Cidade balneária que fica no sudoeste da Inglaterra, no condado de Somerset, conhecida por suas fontes termais naturais. Era um destino comum para a alta sociedade inglesa.

coração, não tinha cérebro, não tinha nada além dos modos e da criação de um lorde inglês, era apenas o pior aspecto de seu querido Peter; e Peter podia ser insuportável; podia ser impossível; mas era uma adorável companhia para se caminhar junto em uma manhã como esta.

(Junho tinha arrancado todas as folhas das árvores. As mães de Pimlico[10] amamentavam seus pequenos. Mensagens corriam da Armada para o Almirantado. Arlington Street e Piccadilly pareciam aquecer o próprio ar do parque, erguendo suas folhas com calor, com fulgor, em ondas daquela vitalidade divina que Clarissa tanto amava. Dançar, montar, costumava adorar tudo aquilo.)

Pois podiam passar centenas de anos distantes, ela e Peter; ela nunca escrevia e as cartas dele eram murchas; mas de repente ocorria a ela, Se ele estivesse comigo agora, o que diria? — certos dias, algumas cenas traziam-no de volta, calmamente, sem o velho amargor, que talvez fosse a recompensa por se importar com as pessoas; reencontraram-se no meio do St. James's Park em uma bela manhã — de fato se reencontraram. Mas Peter — por mais belo que fosse o dia, e as árvores e a grama, e a menininha de cor-de-rosa — Peter não via nada daquilo. Colocaria os óculos, se ela assim o dissesse, daria uma olhada. Era o estado do

---

10. Distrito de Londres, ao norte do rio Tâmisa, ao sul do distrito de Westminster. Em Pimlico, residiam famílias de renda mais modesta que os Dalloway.

mundo que interessava a ele; Wagner[11], a poesia de Pope[12], o eterno caráter das pessoas e, nela, os defeitos da alma. Como implicava com ela! Como brigavam! Ela se casaria com um Primeiro-Ministro e posaria no topo de uma escadaria; a perfeita anfitriã, ele dizia dela (ela já tinha chorado por isso em seu quarto), ela preenchia os requisitos da perfeita anfitriã, ele dizia.

Quando deu por si, ela ainda estava se debatendo no St. James's Park, ainda tentava se convencer de que estava certa — e estava mesmo — em não se casar com ele. Pois no casamento uma modesta concessão, uma modesta independência há de existir entre as pessoas que moram juntas dia após dia na mesma casa, o que Richard concedia a ela, e ela a ele. (Por onde andava ele naquela manhã, por exemplo? Por algum comitê, ela nunca perguntava o quê.) Mas com Peter tudo precisava ser compartilhado; tudo dissecado. E era insuportável, e quando culminou naquela cena no pequeno jardim junto à fonte, ela precisou romper com ele ou acabariam destruídos, ambos arruinados, ela tinha certeza; embora tivesse carregado, ano após ano, qual uma lança cravada em seu peito, a dor, a angústia; e então o terror do momento quando alguém contou a ela, em um concerto, que ele tinha se casado com uma mulher que conhecera no barco a caminho da Índia! Nunca que ela se esqueceria disso!

---

11. Wilhelm Richard Wagner (1813–1883), compositor alemão, famoso por suas óperas.

12. Alexander Pope (1688–1744), poeta inglês.

Fria, insensível, puritana, ele dizia dela. Nunca foi capaz de entender o quanto ele se importava. Mas aquelas mulheres indianas entendiam, pelo jeito — sonsas que eram, jeitosinhas, frívolas. E ela gastou toda sua comiseração. Pois ele estava muito feliz, assegurava-lhe — perfeitamente feliz, ainda que não tivesse feito uma coisa sequer das quais conversavam; a vida toda dele tinha sido um fracasso. Isso ainda a enervava.

Tinha chegado aos portões do parque. Ficou parada um instante, observando os ônibus em Piccadilly.

A partir de agora, não ousaria dizer de ninguém se a pessoa era isto ou aquilo. Sentia-se um tanto jovem; ao mesmo tempo, indescritivelmente velha. Ela dissecava tudo feito lâmina afiada; ao mesmo tempo, estava ali fora, contemplando. Tinha a perpétua sensação, enquanto observava os táxis, de estar longe, longínqua, em alto-mar, sozinha; tinha sempre a sensação de que era muito, mas muito perigoso viver, mesmo que por um dia. Não que se julgasse esperta, ou fora do comum. Como enfrentava a vida com os poucos garranchos de conhecimento que Fräulein Daniels passara a ela e à irmã, nem sabia dizer. Não dominava nada; nada de idiomas, nada de história; mal lia livros agora, exceto pelas memórias antes de dormir; e, contudo, para ela isso era absolutamente cativante; tudo isso; os táxis de passagem; e não ousaria falar de Peter, não ousaria falar de si mesma, sou isto, sou aquilo.

Seu único dom era conhecer as pessoas quase por instinto, pensou, enquanto caminhava. Se a colocassem em um aposento com alguém, ou arqueava as costas feito gato; ou ronronava. Devonshire House, Bath House, a casa com a cacatua de porcelana,[13] ela já tinha visto todas iluminadas; e se recordava de Sylvia, Fred, Sally Seton – de toda a gente; de dançar a noite inteira; das carroças que passavam por ela, rumo ao mercado; de quando cruzavam o parque de volta para casa. Ela se lembrou de quando jogou um xelim no lago Serpentine. Mas quem não lembrava? O que ela amava era isto, aqui, agora, diante dela; a madama gorda no táxi. Tinha alguma importância, então, perguntou a si mesma, caminhando para a Bond Street, tinha importância se ela inevitavelmente deixasse de existir por completo? Tudo isto há de seguir sem ela; ressentia-se por tal motivo, ou não seria reconfortante acreditar que a morte era um fim absoluto? E que, de uma maneira ou de outra, nas ruas de Londres, no vaivém das coisas, aqui, acolá, ela sobreviveria, Peter sobreviveria, viveriam um no outro, ela fazendo parte, tinha certeza, das árvores de casa; daquela casa ali, feiosa, caindo aos pedaços como estava, fazendo parte de pessoas que nun-

---

13. Devonshire House: residência londrina dos duques de Devonshire, a grande mansão na Piccadilly foi convertida, entre 1924 e 1926, em um complexo de apartamentos, lojas e um hotel. Bath House: residência que não existe mais, na esquina das ruas Piccadilly e Bolton. Casa com a cacatua de porcelana: residência da baronesa Burdett-Coutts, conhecida pelo hábito de deixar uma cacatua de porcelana diante da janela de sua casa, situada ao nº 1 da Stratton Street.

ca tinha conhecido; acomodada qual névoa por entre as pessoas que ela conhecia melhor, que a erguiam em seus galhos como ela tinha visto as árvores erguerem a névoa, mas se espraiava a perder de vista, a vida dela, ela mesma. Mas o que tanto ela sonhava enquanto contemplava a vitrine da Hatchards[14]? O que tentava resgatar? Que imagem de aurora branca no campo, enquanto lia no livro escancarado:

Não temas mais o calor do sol
Ou a ira implacável do inverno.[15]

Esta era tardia da experiência no mundo tinha incutido neles todos, homens e mulheres, um poço de lágrimas. Lágrimas e aflições; coragem e resistência; uma postura perfeitamente íntegra e estoica. Pensemos, por exemplo, na mulher que ela mais admirava, Lady Bexborough, inaugurando o bazar beneficente.

Ali se encontravam *As jornadas e júbilos de Jorrocks*, *As aventuras de Soapy Sponge*[16] e as *Memórias e histórias de caçadas na Nigéria*, de Mrs. Asquith[17], todos

---

14. Tradicional livraria britânica, uma das mais antigas do Reino Unido.
15. Trecho de *Cimbelino*, comédia de William Shakespeare.
16. *Jorrock's Jaunts and Jollities* (1838) e *Mr. Sponge's Sporting Tour* (1853), ambos escritos por Robert Surtees, são romances cômicos com temática de caçada à raposa
17. Margot Asquith (1864 –1945).

abertos. Eram tantos livros; mas nenhum que fizesse sentido para levar a Evelyn Whitbread na casa de saúde. Nada que pudesse entretê-la, nada que pudesse fazer aquela mulher franzina, indescritivelmente ressequida, parecer cordial, nem por um instante sequer, quando Clarissa entrasse; antes que se sentassem para a habitual conversa interminável sobre as moléstias das mulheres. Era o que ela mais queria — que as pessoas ficassem contentes quando ela entrasse, pensou Clarissa, e se voltou para a Bond Street, irritada, porque era bobagem ter outros motivos para fazer as coisas. Preferiria ser uma dessas pessoas como Richard, que faziam as coisas por si só, ao passo que, pensou ela, esperando para atravessar, ela quase nunca fazia as coisas pura e simplesmente, por si só; mas para que as pessoas pensassem isto ou aquilo; uma estupidez completa, ela reconhecia (e agora o guarda levantava a mão), pois ninguém passava apercebido, nem por um segundo sequer. Ah, se pudesse viver a vida de novo! pensou ela, com o pé na rua, poderia até ter uma aparência diferente!

Seria, antes de tudo, morena como Lady Bexborough, com uma pele de couro amarrotado e lindos olhos. Teria sido, assim como Lady Bexborough, lenta e suntuosa; um tanto robusta; interessada em política, feito homem; com uma casa no campo; muito digna, muito sincera. Ao invés disso, tinha uma silhueta de varapau; um rostinho ridículo, envergado feito um bico de pássaro. Era verdade que se portava bem; e tinha mãos e pés bonitos; e sabia se vestir, considerando o pouco que gastava. Mas com frequência agora este corpo que vestia (ela parou para observar uma pintura holandesa), este corpo, com todas as suas faculdades, de nada parecia valer — nada de nada. Tinha a estranha sensação de ser ela própria invisível; imperceptível; desconhecida; sem mais casamento ou filhos no horizonte, apenas este progresso espantoso e um tanto solene junto a todos os demais, subindo a Bond Street, sendo esta a Mrs. Dalloway; não era mais sequer Clarissa; sendo Mrs. Richard Dalloway.

A Bond Street a fascinava; a Bond Street de manhã cedo na alta estação; as bandeiras hasteadas; as lojas; sem afetação; sem esplendor; um rolo de tweed na loja onde seu pai comprou ternos ao longo de cinquenta anos; algumas pérolas; salmão em um bloco de gelo.

— Isso é tudo — disse ela, olhando para o peixeiro. — Isso é tudo — repetiu, fazendo uma pausa à vitrine de uma loja de luvas onde, antes da Guerra, compravam-se luvas quase perfeitas. E seu velho tio William costumava dizer que se reconhece uma dama por seus sapatos e luvas. Ele se virara na cama uma manhã, no meio da Guerra; anunciara, "Para mim basta". Luvas e sapatos; ela tinha uma paixão por luvas; mas sua própria filha, sua Elizabeth, não mostrava o menor interesse por nenhuma das duas coisas.

O menor interesse, pensou ela, subindo a Bond Street até a floricultura que separava arranjos para ela quando dava uma festa. A Elizabeth importava o cachorro, acima de tudo. A casa toda recendia a alcatrão esta manhã.[18] Ainda assim, antes o pobre Grizzle que Miss Kilman; antes doença e alcatrão e todo o resto que ficar enclausurada em um quarto abafado com um livro de orações! Melhor seria qualquer coisa, estava inclinada a dizer. Mas talvez fosse só uma fase, como dizia Richard, dessas que toda mocinha vive. Talvez estivesse apaixonada. Mas justo por Miss Kilman? Que tinha sido maltratada, claro; é preciso dar-lhe uma colher de chá por isso, e Richard dizia que ela era muito capaz, que era afiada em história. De todo modo eram inseparáveis, e Elizabeth, sua própria filha, fez a comunhão, e como se vestia, como tratava as pessoas que vinham almoçar pouco lhe importava, sabendo por experiência própria que o êxtase religioso deixava as pessoas severas (assim como as causas); entorpecia os sentimentos, pois Miss Kilman fazia de tudo pelos russos, passava fome pelos austríacos, mas aos mais próximos infligia uma verdadeira tortura, insensível que era, vestida em sua gabardina verde. Ano após ano ela vestia aquele casaco; transpirava; nunca passava cinco minutos em uma sala sem deixar você sentir a superioridade dela, a sua inferioridade; o quão pobre ela era; o quão rica você era; ou como vivia em um pardieiro sem colchão ou uma cama ou um tapete ou o que quer que fosse, tendo a alma corroída por inteiro pelo ressentimento cravado nela, a demissão

---

18. À época, usava-se alcatrão para tratar cinomose, doença de alta letalidade que afeta cães.

da escola durante a Guerra — pobre criatura infeliz, tão amargurada! Pois não era ela que odiavam, mas a ideia dela, que decerto reunia em si um bom bocado que não era Miss Kilman; tinha se tornado um desses espectros que se confronta à noite; um desses espectros que montam em nós e sugam metade do nosso sangue, dominadores e tiranos; pois sem dúvidas, com uma nova rolagem de dados, com o preto predominante e não o branco, teria amado Miss Kilman! Mas não neste mundo. Não.

Importunava-a, contudo, ter vivo dentro dela esse monstro brutal, ouvir os gravetos se partindo ao meio e sentir os cascos plantados nas profundezas daquela floresta abarrotada de folhas, a alma; jamais se sentia de todo contente, ou de todo segura, pois a qualquer momento a besta se agitaria, esse ódio que, sobretudo desde a doença, tinha o poder de fazê-la se sentir esfolada, ferida na espinha dorsal; infligia nela uma dor física, e o prazer que sentia na beleza, na amizade, em estar bem, em ser amada e manter um lar adorável oscilava, estremecia e vergava como se de fato houvesse um monstro cavoucando as raízes, como se toda a panóplia de contentamento não passasse de amor próprio! esse ódio!

Mas que disparate! gritou para si mesma, empurrando a porta da floricultura Mulberry.

Ela avançou, graciosa, altiva, toda empertigada, e foi recebida de pronto por Miss Pym, com seu rosto rechonchudo e mãos sempre vermelho vivo, como se vivessem mergulhadas em água fria junto às flores.

E lá estavam as flores: delfínios, ervilhas-de-cheiro, ramos de lilases; e cravos, cravos aos montes. Lá estavam as rosas, as íris. Ah, sim — então ela inspirou o doce aroma do jardim terroso e ficou ali conversando com Miss Pym, que a atendia de bom grado e a julgava gentil, pois tinha sido gentil anos atrás; muito gentil, mas parecia mais velha este ano, virando o rosto de um lado para o outro, entre as íris e rosas e ramalhetes balançantes de lilases, com os olhos semicerrados, inspirando fundo, depois da agitação das ruas, aquele aroma delicioso, aquele frescor primoroso. E então, ao abrir os olhos, quão frescas estavam as rosas, feito roupa de cama rendada, limpinha e dobradinha em cestos de vime; e quão escuros e nobres estavam os cravos vermelhos, de cabeça erguida; e as ervilhas-de-cheiro se derramavam em seus vasilhames, em violeta e branco de neve, alvas — como se fosse noite e garotas de vestido de musselina tivessem saído para colher ervilhas-de-cheiro e rosas depois de findo um magnífico dia de verão, com seu céu preto-azulado e seus delfínios e cravos e lírios; e era bem o momento entre seis e sete horas, quando todas as flores — rosas, cravos, íris, lilases — reluzem; branco, violeta, vermelho, laranja intenso; todas as flores parecem emanar uma chama própria, suave, pura, nos canteiros brumosos; e como ela amava as mariposas cinza-esbranquiçadas que ficavam às voltas sobre a baunilha-dos-jardins, sobre as prímulas do cair da noite!

E quando começou a andar com Miss Pym de vaso em vaso, escolhendo, mas que disparate! disse a si mesma, cada vez mais doce, como se a beleza, o aroma, a cor, e ter Miss Pym sendo gentil com ela, confiando nela, fossem uma onda que ela deixava fluir sobre si e transcendesse aquele ódio, aquele monstro, transcendesse tudo; e a elevasse mais e mais até que — nossa! um disparo de pistola lá fora!

— Cruzes! Esses automóveis! — disse Miss Pym, dirigindo-se à vitrine para dar uma olhada, e retornando com um sorriso apologético, com as mãos cheias de ervilhas-de-cheiro, como se aqueles automóveis, os pneus dos automóveis, fossem todos culpa *dela*.

* * *

A explosão violenta que fez Mrs. Dalloway sobressaltar-se e Miss Pym se dirigir à vitrine e se desculpar veio de um automóvel que subira na calçada bem de frente para a Mulberry. Os transeuntes que, evidentemente, pararam para olhar só tiveram tempo de entrever um rosto da mais alta importância recostado no estofado cinza-pombo antes de a mão de um homem fechar a cortina e não sobrar nada para se ver exceto um quadrado em cinza-pombo.

Contudo rumores já circulavam do meio da Bond Street até a Oxford Street de um lado, até a perfumaria Atkinson do outro; rumores invisíveis, inaudíveis, feito nuvem veloz, feito um véu sobre colinas, recaindo com uma sobriedade repentina e uma quietude digna de nuvem, sobre rostos que um segundo antes andavam em total desordem. Mas agora a asa do mistério roçara neles; tinham ouvido a voz da autoridade; e o espírito da religião estava presente de olhos vendados e lábios escancarados. Mas ninguém sabia de quem era o rosto que tinham visto. Seria o Príncipe de Gales, a Rainha, o Primeiro-Ministro? De quem era o rosto? Ninguém sabia.

Edgar J. Watkiss, com uma lâmina de chumbo enrolada no braço, disse em alto e bom som, em tom jocoso, claro:

— Ora essa! O carro do Primeiro-Ministro![19]

Septimus Warren Smith, que não conseguia passar, ouviu-o.

Septimus Warren Smith, de trinta e poucos anos, rosto pálido, nariz adunco, sapatos marrons e sobretudo surrado, e olhos castanhos que carregavam um ar de apreensão e acabavam deixando completos desconhecidos também apreensivos. O mundo ergueu o chicote; sobre quem iria baixar?

Tudo estava paralisado. A palpitação dos motores soava como um pulso irregular através de um corpo. O sol ficou demasiado quente, pois o automóvel tinha parado do

---

19. Interessante ressaltar que, no original, Edgar J. Watkiss tem sotaque de *cockney* — a fala dele foi grafada como “The Proime Minister’s kyar” em vez de “The Prime Minister’s car”, em inglês padrão. *Cockneys* (termo que serve para descrever tanto as pessoas como o sotaque que usam) são os habitantes do East End, uma área menos afluente de Londres, e o sotaque ficou associado a pessoas da classe trabalhadora.

lado de fora da vitrine da Mulberry; as mulheres no deque dos ônibus estenderam suas sombrinhas pretas; uma verde aqui, uma vermelha acolá, abriam com um estalido. Mrs. Dalloway aproximou-se da vitrine com os braços cheios de ervilhas-de-cheiro e olhou a rua curiosa, com seu rostinho cor-de-rosa franzido. Todos olhavam para o automóvel. Septimus olhava. Brotavam garotos de bicicleta. O tráfego se aglomerava. E lá estava o automóvel, de cortinas fechadas, e nelas, uma estampa curiosa, algo como uma árvore, pensou Septimus, e a convergência gradual de tudo para um centro diante de seus olhos, como se algum horror quase tivesse vindo à tona e estivesse prestes a entrar em chamas, o apavorava. O mundo balançou e estremeceu e ameaçou entrar em chamas. Sou eu quem bloqueia a pista, pensou ele. Não era ele o alvo dos olhares? Não estava firme ali, enraizado no asfalto, por um propósito? Mas com que propósito?

— Vamos andando, Septimus! — disse sua esposa, uma mulher pequenina, com olhos grandes em um rosto amarelado, pontiagudo; uma moça italiana.

Mas a própria Lucrezia não se conteve e espiou o automóvel e a estampa de árvore nas cortinas. Era a Rainha ali dentro — a Rainha indo fazer compras?

O chofer, que estava abrindo qualquer coisa, girando qualquer coisa, fechando qualquer coisa, retornou à boleia.

— Vamos — disse Lucrezia.

E o marido, pois já estavam casados havia quatro, cinco anos, se pôs a andar.

— Está bem! — disse, nervoso, como se ela o tivesse interrompido.

As pessoas precisam notar; precisam ver. As pessoas, pensou ela, observando a multidão que olhava fixamente para o automóvel; as pessoas inglesas, com suas crianças e cavalos e trajes, que de certa forma ela admirava; mas eram "pessoas" agora, porque Septimus tinha dito, "Eu vou me matar"; algo terrível a se dizer. E se alguém tivesse escutado? Ela olhou para a multidão. Socorro, socorro!, ela quis gritar para os meninos do açougue e para as mulheres. Socorro! Ainda no outono passado ela e Septimus passeavam à beira do rio Tâmisa, embalados no mesmo capote; Septimus lia um jornal em vez de conversar, e ela o arrancou dele e riu da cara do velho senhor que viu tudo! Mas o fracasso as pessoas escondem. Precisava levá-lo a um parque.

— Vamos atravessar agora — disse ela.

Tinha direito ao braço dele, ainda que fosse sem sentimento. E ele concederia a ela, que era tão simples, tão impulsiva, tão novinha, aos vinte e quatro, sem amigos na Inglaterra, ela que tinha deixado a Itália por ele, um pedaço de osso.

Com as cortinas fechadas e ares de um resguardo inescrutável, o automóvel prosseguiu rumo a Piccadilly, ainda contemplado, ainda franzindo os semblantes dos dois lados da rua, com o mesmo sopro soturno de veneração, e se era pela Rainha, pelo Príncipe ou pelo Primeiro-Ministro ninguém sabia. O rosto mesmo foi visto apenas uma vez, por três pessoas, por alguns segundos. Mesmo o sexo agora era ponto de discussão. Mas não havia dúvida de que a eminência estava ali dentro; a eminência estava passando, às escondidas, descendo a Bond Street, a apenas um palmo das pessoas comuns, que talvez estivessem, pela primeira e última vez, ao alcance da voz da realeza da Inglaterra, símbolo eterno do Estado que será reconhecido por antiquários curiosos ao peneirarem as ruínas do tempo, quando Londres for um matagal e todos que se apressam pela calçada nesta manhã de quarta-feira não passarem de ossadas com algumas alianças misturadas ao pó e às obturações de ouro de incontáveis dentes apodrecidos. O rosto no automóvel então será reconhecido.

Provável que seja a Rainha, pensou Mrs. Dalloway, saindo da Mulberry com suas flores; a Rainha. E por um segundo ela vestiu um olhar de extrema dignidade, parada à porta da floricultura, à luz do sol, enquanto o carro passava vagaroso com as cortinas fechadas. A Rainha a caminho de algum hospital; a Rainha prestes a inaugurar algum bazar beneficente, pensou Clarissa.

Era uma tremenda aglomeração para aquela hora do dia. Lord's, Ascot, Hurlingham, qual seria o clube? perguntou-se, pois a rua estava fechada. A classe média britânica espremida nos deques dos ônibus com pacotes e sombrinhas e, sim, até mesmo casacos de pele em um dia como este, era, pensou ela, mais ridícula, mais peculiar do que qualquer outra coisa que alguém poderia conceber; e a própria Rainha retida; a própria Rainha sem poder passar. Clarissa estava suspensa em um lado da Brook Street; Sir John Buckhurst, o velho juiz, estava no outro, com o automóvel entre eles

(Sir John havia legislado durante anos e apreciava uma mulher de requinte) quando o chofer, ligeiramente inclinado, disse ou mostrou algo para o guarda, que o saudou e ergueu o braço e se empertigou e fez sinal para o ônibus abrir caminho e deixar passar o automóvel, que então, vagarosa e silenciosamente, seguiu seu rumo.

Clarissa adivinhou; Clarissa sabia, era evidente; tinha visto algo branco, mágico, circular, nas mãos do lacaio, um disco com um nome inscrito – da Rainha, do Príncipe de Gales, do Primeiro-Ministro? –, que, por força do próprio lustro, conflagrava um caminho (Clarissa viu o automóvel minguar até desaparecer), para então brilhar entre candelabros, estrelas reluzentes, peitos estufados e adornados com folhas de carvalho,[20] Hugh Whitbread e seus colegas, os cavalheiros da Inglaterra, aquela noite no Palácio de Buckingham. E Clarissa também daria uma festa. Ela se retesou; posaria no topo de sua escadaria.

O automóvel tinha ido embora, mas desencadeara uma leve ondulação que corria por entre as lojas de luvas

---

20. No dia do aniversário do Rei Carlos II (1630-1685), os ingleses costumavam prender ramos de carvalho à roupa em sinal de agradecimento pelo retorno da realeza ao país depois da Guerra Civil Inglesa. Quando a guerra se aproximava do fim, logo após a Batalha de Worcester, em 1651, Carlos II procurou refúgio em Boscobel House, um palacete rural. O então príncipe e outro fugitivo, o Coronel William Carlis, passaram um dia inteiro escondidos sob um carvalho nas imediações da propriedade, conhecido hoje como O Carvalho Real.

e chapelarias e alfaiatarias dos dois lados da Bond Street. Por trinta segundos todas as cabeças se inclinaram na mesma direção — para a vitrine. Enquanto escolhiam um par de luvas — ficariam melhor na altura do cotovelo ou mais longas, em amarelo ou cinza-claro? — as damas pararam; quando a frase se concluiu, alguma coisa tinha acontecido. Algo tão infinitesimal, que nenhum instrumento matemático, ainda que capaz de captar abalos na China, poderia registrar tal vibração; todavia formidável em sua plenitude e comovente em seu apelo trivial; pois em todas as chapelarias e alfaiatarias desconhecidos se entreolharam e pensaram nos mortos; na bandeira; no Império. Em um pub de uma ruela afastada alguém das colônias insultou a Casa de Windsor[21], desencadeando altercações, uma quebradeira de copos de cerveja e uma escaramuça geral, que ecoou estranhamente nos ouvidos das moças que compravam peças íntimas brancas, ornadas de pura renda cândida, para seus enxovais. Pois a agitação superficial em decorrência do automóvel de passagem, dissipando-se, tocou em algo muito profundo.

O automóvel planou pela Piccadilly e virou na St. James's Street. Homens altos, homens de físico robusto, homens bem-vestidos, de fraque e plastrão branco e cabelo rastelado para trás, homens que, por razões difíceis de discriminar, estavam parados diante da janela saliente

---

21. Dinastia real que governa o Reino Unido até hoje.

do White's com as mãos por trás do fraque, olhando para fora, perceberam instintivamente a eminência que passava, e a luz pálida da presença imortal recaiu sobre eles como tinha recaído sobre Clarissa Dalloway. De imediato endireitaram-se ainda mais, soltaram as mãos, pareciam a postos para servir à realeza caso fosse preciso, dando a própria vida, como haviam feito seus antepassados. Os bustos brancos e as mesinhas ao fundo, forradas de cópias da revista *Tatler*[22] e garrafas d'água gaseificada, pareciam aprovar; pareciam indicar os trigais aventados e as mansões da Inglaterra; e retornaram o tênue zunido do motor dos automóveis como as paredes da galeria dos sussurros retornam uma única voz que se amplifica, retumbante, com a potência de uma catedral inteira.[23] Moll Pratt, envolta em xale, com suas flores na calçada, desejou o melhor ao caro rapaz (decerto era o Príncipe de Gales) e teria jogado na St. James's Street o valor de uma caneca de cerveja – um ramo de rosas – por pura irreverência e desacato à pobreza, se não tivesse notado o guarda de olho nela, desencorajando a lealdade de uma senhora irlandesa.[24] Os sentinelas da St.

---

22. Revista fundada em 1901 especializada em moda, estilo de vida, política e, sobretudo, nas tendências sociais da classe alta britânica.
23. Provável referência à galeria dos sussurros na cúpula da Catedral de St. Paul, cartão-postal de Londres. A arquitetura da cúpula, com sua parede curva, capta e amplifica o som.
24. Por conta de eventos recentes, a relação entre a Inglaterra e a Irlanda passava por um período de tensão.

James's bateram continência; a guarda da Rainha Alexandra aprovou.

Uma modesta multidão se reunira nos portões do Palácio de Buckingham. Prostradas, porém confiantes, as pessoas, todas elas pobres, puseram-se a esperar; olharam para o próprio Palácio com a bandeira esvoaçante; para a Vitória, drapejando em seu pedestal,[25] admiravam sua fonte em cascata, seus gerânios, apontavam para os automóveis na Mall, primeiro este, depois aquele; demonstravam emoção, em vão, pelos plebeus que passeavam de carro; retiravam o tributo para não gastá-lo enquanto passava este, depois aquele automóvel; e o tempo todo deixavam o rumor se acumular em suas veias e estremecer os nervos das pernas à ideia da Realeza olhando para eles; a Rainha em reverência; o Príncipe em saudação; à ideia da vida celestial concedida aos reis por direito divino; dos cavalariços e mesuras profundas; da antiga casa de boneca da Rainha; a Princesa Mary casada com um inglês, e o Príncipe – ah! o Príncipe! que formidavelmente saíra, diziam, ao Rei Edward, porém muitíssimo mais esbelto. O Príncipe morava na St. James's Street; mas talvez aparecesse de manhã para visitar a mãe.

Foi o que disse Sarah Bletchley, com o bebê nos braços, tentando ficar na ponta dos pés como se estivesse

---

25. Monumento em homenagem à Rainha Vitória (1819–1901), erguido em 1911, em frente ao Palácio de Buckingham.

junto ao gradil da própria casa em Pimlico, mas sem tirar os olhos da Mall, enquanto Emily Coates percorria as janelas do Palácio e pensava nas arrumadeiras, as inúmeras arrumadeiras, e nos quartos, os inúmeros quartos. Assomada por um cavalheiro de idade com um terrier escocês, por homens sem ocupação, a multidão se avolumava. O pequeno Mr. Bowley[26], que tinha aposentos no Albany[27] e era fechado a lacre de cera diante das mais profundas fontes de vida, mas cujo lacre podia ser rompido de repente, indevidamente, pela emoção, por esse tipo de coisa — mulheres pobres esperando para ver a Rainha passar — mulheres pobres, criancinhas bondosas, órfãos, viúvas, a Guerra — tsc tsc — tinha lágrimas nos olhos. Uma brisa que se exibia, calorosa, pela Mall, por entre as finas árvores, pelos heróis de bronze, hasteou uma bandeira esvoaçante no peitoral britânico de Mr. Bowley, que tirou o chapéu quando o automóvel virou na Mall e ergueu-o ao alto quando ele se aproximou; e deixou as pobres mães de Pimlico se espremerem junto a ele, e ficou todo empertigado. O automóvel passou.

---

26. O personagem Mr. Bowley figura também em *O quarto de Jacob*, romance de Virginia Woolf anterior a *Mrs. Dalloway*.
27. Mansão de três andares construída na década de 1770, na Piccadilly, e convertida no século XIX em um complexo de apartamentos para homens solteiros. Ficou famoso pelos inúmeros moradores ilustres que passaram por lá, como escritores, poetas, intelectuais, políticos e membros da aristocracia.

De súbito Mrs. Coates olhou para o céu. O som de um avião entranhou-se nos ouvidos da multidão. Lá vinha ele, sobrevoando as árvores, soltando uma fumaça branca por trás, que se enrodilhava e retorcia, pois estava escrevendo alguma coisa! Formava letras no céu! Todos olharam para o alto.

Despencando, o avião alçou-se ao ar, ficou às voltas, precipitou-se, afundou, ascendeu, e fizesse o que fizesse, fosse aonde fosse, trazia atrás de si uma faixa franzida de fumaça branca que se enrodilhava e cingia pelo céu, formando letras. Mas que letras? Um C, era isso? Um E, depois um L? Por um instante apenas ficavam estáticas; então se moviam e se desfaziam e se apagavam no céu, e o avião disparou para ainda mais longe e mais uma vez, em um espaço límpido do céu, começou a traçar um K, um E, um Y talvez?

– Glaxo[28] – anunciou Mrs. Coates com uma voz tensa, atemorizada, olhando para o alto, e seu bebê alvo, deitado sereno em seus braços, também olhou para o alto.

– Kreemo[29] – murmurou Mrs. Bletchley, feito sonâmbula. Com o chapéu erguido, perfeitamente parado, Mr. Bowley olhou para o alto. Por toda a Mall as pessoas pararam para olhar o céu. Enquanto olhavam, o mundo inteiro ficou em perfeito silêncio, e uma re-

---

28. Antiga marca de fórmula infantil.

29. Marca de confeitos de caramelo *(toffees)*, talvez inventada por Virginia Woolf.

voada de gaivotas cruzava o céu, primeiro uma gaivota liderava, depois outra, e nessa paz e silêncio extraordinários, nessa candura, nessa pureza, os sinos badalaram onze vezes, dissipando-se o som lá no alto por entre as gaivotas.

O avião fazia volteios e se precipitava e mergulhava onde bem entendia, veloz e livremente, feito um patinador...

— É um E — disse Mrs. Bletchley...

Ou uma dançarina...

— É *toffee* — murmurou Mr. Bowley...

(e o automóvel passou pelos portões e ninguém sequer olhou), e suspendendo a fumaça, desembestava céu afora, ao longe, e a fumaça se dissipava e se incorporava nas amplas e brancas figuras das nuvens.

Tinha sumido; estava atrás das nuvens. Não havia som. As nuvens às quais as letras E, G ou L haviam se afixado moviam-se livremente, como se destinadas a fazer a travessia do Oriente ao Ocidente em uma missão de suma importância que jamais seria revelada, e de fato era mesmo — uma missão de suma importância. Então, de súbito, como um trem que sai de um túnel, o avião reemergiu das nuvens, o som se entranhando nos ouvidos de todo o povo na Mall, no Green Park, em Piccadilly, na Regent Street, no Regent's Park, e a faixa de fumaça atrás dele volteou-se e despencou e alçou-se ao ar e redigiu letra após letra — mas que palavra estava escrevendo?

Lucrezia Warren Smith, sentada com o marido em um banco de uma alameda no Regent's Park, olhou para o alto.

— Olha, Septimus! Olha! — bradou. Pois Dr. Holmes havia dito a ela para fazer o marido (que não tinha nada, nadinha de errado para além de um mal-estar) interessar-se por coisas além de si próprio.

Muito que bem, pensou Septimus, olhando para o alto, estão me enviando sinais. Não de fato com palavras; isto é, ele ainda não conseguia discernir a língua; mas estava clara o bastante, essa beleza, essa beleza primorosa, e lágrimas encheram seus olhos quando ele atentou para as palavras de fumaça definhando e derretendo no céu e concedendo a ele, em sua caridade inesgotável e bondade risível, uma figura depois da outra, de beleza inimaginável, e sinalizando a intenção de prover a ele, a troco de nada, para sempre, simplesmente por estar olhando, beleza, mais e mais beleza! Lágrimas escorriam pelo seu rosto.

Era *toffee*; estavam anunciando *toffee*, uma babá disse a Rezia. Juntos começaram a soletrar t... o... f...

— K... R... — disse a babá, e Septimus a ouviu dizer "Ká Érre" ao pé do ouvido, profunda e suavemente, feito um órgão melódico, mas com uma aspereza em sua voz qual gafanhoto, que deliciosamente roçou sua coluna e disparou em seu cérebro ondas sonoras que, em contusão, se quebravam. Uma descoberta e tanto — a de que a voz humana, em certas condições atmosféricas (pois é preciso ser científico, acima de tudo científico), pode avivar as árvores! De bom grado, Rezia colocou a mão no joelho dele com um peso tremendo de modo que ele foi ancorado, ficou petrificado; ou teria enlouquecido com a agitação dos olmos subindo e descendo, subindo e descendo com todas as suas folhas acesas e a coloração que mirrava e se espessava do azul ao verde de uma onda oca, como as plumas na cabeça dos cavalos, os penachos na cabeça das madames, que tão orgulhosamente subiam e desciam, com imensa soberba. Mas ele não enlouqueceria. Fecharia os olhos; não enxergaria mais.

Mas elas acenavam; as folhas estavam vivas; as árvores estavam vivas. E as folhas, estando conectadas por milhões de filamentos ao seu próprio corpo, ali no banco, soçobravam-no para cima e para baixo; quando o galho se alongava, também ele o fazia. Os pardais esvoaçantes, subindo e descendo em cascatas escarpadas, faziam parte do padrão; o branco e azul, entremeados por galhos negros. Sons compunham harmonias premeditadas; e as lacunas eram tão significativas quanto os sons. Uma criança chorava. Ao longe uma buzina ecoou. Tudo junto significava o nascimento de uma nova religião...

— Septimus! — exclamou Rezia. Ele deu um sobressalto violento. As pessoas vão notar.

— Vou caminhar até a fonte, logo volto — disse ela.

Não aguentava mais. Dr. Holmes podia até dizer que não havia nada de errado com ele. Pois preferia mil vezes que estivesse morto! Não conseguia sentar ao seu lado quando ele olhava assim fixamente e não a via, deixando tudo terrível; céu e árvore, crianças brincando, puxando carrinhos, soprando apitos, levando tombos; era tudo terrível. E ele não se mataria; e ela não podia contar isso a ninguém. "Septimus tem trabalhado muito" era tudo que dizia para a própria mãe. Amar deixa a gente solitária, pensou ela. Ela não podia contar a ninguém, nem mesmo a Septimus agora, e ao olhar para trás, ela o avistou em seu sobretudo surrado, sozinho no banco, encurvado, com o olhar fixo. E era covardia um homem dizer que se mataria, mas Septimus tinha lutado; era corajoso; ele não era o mesmo Septimus agora. Ela vestiu a gola de renda. Colocou o chapéu novo e ele nem sequer notou; e estava contente sem ela. Nada poderia fazê-la feliz sem ele! Nada! Ele era egoísta. Os homens são. Pois não estava enfermo. Dr. Holmes disse que não havia nada de errado com ele. Ela abriu a mão diante de si. Olha! A aliança escorregou – estava tão mirrada. Era ela quem sofria – mas não tinha ninguém com quem conversar.

Longínquas estavam a Itália e as casas brancas e o quarto onde as irmãs dela confeccionavam chapéus, e as ruas apinhadas de gente à noite, gente caminhando, gargalhando, e não letárgicas como as pessoas daqui, encolhidas em cadeiras de rodas, olhando para um punhado de flores feias entulhadas em vasos!

– Pois vocês têm de ver os jardins de Milão – disse em voz alta. Mas para quem?

Não havia ninguém. As palavras dela desapareciam. Como um rojão que se desfaz. As centelhas, tendo aberto caminho noite adentro, rendem-se, cai a escuridão, derrama-se sobre os contornos das casas e das torres; colinas sombrias se abrandam e afundam. Mas embora desapareçam, a noite está cheia delas; desprovidas de cor, sem janelas, elas existem, mais portentosas, manifestam o que a franca luz do dia falha em transmitir – a desordem e o suspense das coisas conglomeradas ali no breu; amontoadas no breu; despojadas do alívio que o alvorecer traz quando, enxaguando as paredes em branco e cinza, revelando cada vidraça, levantando a névoa dos campos, exibindo as vacas castanho-avermelhadas que pastam tranquilas, tudo é mais uma vez adornado aos olhos; tudo volta a existir. Estou só; estou só! lamuriou ela, junto à fonte do Regent's Park (fitando o indiano e sua cruz[30]), pois talvez, à meia-noite, quando se perdem todas as fronteiras, o país se reverta à forma antiga, como viram os romanos sob o céu nublado quando desembarcaram, e as colinas não tinham nomes e rios desaguavam no desconhecido – tamanha era a escuridão dela; quando de repente, como se estivesse sobre um pedestal e ela pairasse sobre ele, disse que era a esposa dele, que tinham se casado anos atrás em Milão, esposa dele, e nunca, jamais contaria que ele estava louco! Ao se virar, o pedestal cedeu; ela despencava. Pois ele se foi, pensou ela – se foi,

---

30. A escultura descrita é uma fonte doada por um cavalheiro indiano, Sir Cowasjee Jehangir Readymoney. Uma das quatro faces tem um busto de seu patrono.

conforme ameaçava, matar-se — jogar-se debaixo de um carro! Mas não; lá estava ele; continuava sozinho no banco, em seu sobretudo surrado, pernas cruzadas, o olhar fixo, falando em voz alta.

Homens não devem cortar árvores. Existe um Deus. (Ele tomava nota de tais revelações nos versos de envelopes.) Mudar o mundo. Ninguém mata por ódio. Passar a palavra adiante (ele tomou nota). Ele esperou. Escutou. Um pardal empoleirado no gradil do outro lado chilreou, Septimus, Septimus, quatro ou cinco vezes seguidas e prosseguiu, entoando suas notas, a cantar em tom agudo e afiado, com palavras em grego, que não há crime e, acompanhado por outro pardal, cantaram em vozes prolongadas e agudas, com palavras em grego do alto das árvores no prado da vida, para além de um rio por onde andam os mortos, que não há morte.

Ali estava a mão dele; ali os mortos. Figuras brancas se formavam atrás do gradil oposto. Mas não ousou olhar. Evans estava atrás do gradil!

— O que você está falando? — inquiriu Rezia de repente, sentando-se ao lado dele.

Interrompido, de novo! Ela sempre interrompia.

Afastar-se das pessoas — precisavam se afastar das pessoas, disse ele (de sobressalto), logo ali, onde havia cadeiras dispostas sob uma árvore e o longo declive do parque decaía feito um verdume com um teto de pano, uma fumaça azul e cor-de-rosa lá no alto, e havia uma muralha de longínquas casas irregulares, envoltas em fumaça, o tráfego zunia em círculos, e à direita, animais pardacentos esticavam seus longos pescoços por cima das cercas do zoológico, ladrando, uivando. Sentaram-se ao pé de uma árvore.

— Olha — implorou a ele, apontando para uma pequena tropa de garotos portando tacos de críquete, e um deles arrastou os pés, girou nos calcanhares e tornou a arrastar os pés feito o palhaço do teatro de variedades.[31] — Olha — implorou, pois o Dr. Holmes havia dito a ela para fazê-lo notar coisas reais, frequentar o teatro de variedades, jogar críquete; esse era o jogo ideal, recomendou o Dr. Holmes, um passatempo agradável ao ar livre, o jogo ideal para o marido dela. — Olha — ela repetiu.

Olha, ordenou-lhe o invisível, a voz que agora se comunicava com ele, que era o mais grandioso dos homens, Septimus, que havia pouco fora levado da vida à morte, o Senhor que viera para renovar a sociedade, estendida feito colcha, um manto de neve tocado somente pelo sol, para sempre imaculado, sofrendo por todo o sempre, o bode expiatório, o eterno sofredor, mas ele não queria isso, queixou-se, dispensando com um aceno aquele eterno sofrimento, aquela eterna solidão.

---

31. O original se refere a "music hall", uma tradição britânica do fim do século XIX e início do século XX, dentro dos moldes do que se conhece no Brasil como teatro de variedades. As apresentações são divididas em segmentos independentes — números de comédia, drama, música popular, circo e dança.

— Olha — ela tornou a repetir, pois ele não devia falar alto consigo mesmo fora de casa.

— Ai, olha! — implorou-lhe. Mas o que havia ali para se olhar? Umas poucas ovelhas. E só.

O caminho para a estação Regent's Park do metrô — será que poderiam lhe indicar o caminho para a estação Regent's Park do metrô — Maisie Johnson queria saber. Tinha chegado de Edimburgo fazia apenas dois dias.

— Não é por aqui, não. É por ali! — exclamou Rezia, dispensando-a com um aceno, para que não visse Septimus.

Os dois pareciam esquisitos, pensou Maisie Johnson. Tudo parecia muito esquisito. Em Londres pela primeira vez, vindo trabalhar para o tio na Leadenhall Street, e caminhando agora pelo Regent's Park, de manhã, aquele casal nas cadeiras tirou-lhe o prumo; a moça parecia estrangeira, o homem tinha um ar esquisito; de modo que, mesmo se chegasse à idade avançada, ainda lhe saltaria à memória, entre outras lembranças, a caminhada pelo Regent's Park em uma bela manhã de verão cinquenta anos atrás. Pois ela só tinha dezenove anos e conseguira por fim o que tanto queria, vir a Londres; e como era estranho agora, aquele casal para quem tinha perguntado o caminho, e a moça deu um sobressalto e sacudiu a mão, e o homem — ele parecia um tanto peculiar; discutiam, talvez; estavam se separando para sempre, talvez; havia algo de errado, ela sabia; e agora todas essas pessoas (pois ela retornara à alameda), as bacias de pedra, as flores altivas, os velhos homens e mulheres, quase todos inválidos em cadeiras de rodas — tudo parecia, depois de Edimburgo, deveras estranho. E Maisie Johnson, ao se juntar à gente na marcha suave, no olhar vago, no afago da brisa – esquilos à espreita alisando o pelo, pardais esvoaçando pelos chafarizes atrás de farelo, cães ocupados com o gradil, ocupados uns com os outros, enquanto a brisa cálida e suave envolvia a todos, emprestava ao olhar fixo e inabalável com que recebiam a vida algo de caprichoso e dócil – Maisie Johnson sentiu decerto que precisava bradar Oh! (Pois aquele jovem rapaz na cadeira tirara-lhe mesmo o prumo. Havia algo errado, ela sabia.)

Que horror! Que horror! ela queria gritar. (Tinha deixado seu povo; avisaram-na o que viria a acontecer.)

Por que não ficou em casa? lamuriou-se, girando a bossa do gradil de ferro.

Aquela moça, pensou Mrs. Dempster (que guardava a casca do pão para os esquilos e vez por outra comia seu almoço no Regent's Park), não sabe de nada ainda; e de todo modo pareceu-lhe melhor ser um pouco firme, um pouco indolente, um pouco moderada no quesito expectativas. Percy bebia. Bom, ainda é melhor ter um filho, pensou Mrs. Dempster. Ela tinha passado por maus bocados e não conseguia conter o sorriso para uma moça como aquela. Você vai se casar, pois é bonita o bastante, pensou Mrs. Dempster. Vai se casar, pensou ela, e então vai saber. Ah, as obrigações do lar e tudo mais. Todo homem tem suas manias. Quem sabe teria feito as mesmas escolhas se eu soubesse antes, pensou Mrs. Dempster, e mal se continha, desejava sussurrar a Maisie Johnson, sentir nos vincos de seu velho rosto desgastado o beijo da piedade. Pois tem sido uma vida dura, pensou Mrs. Dempster. Sacrificara de tudo. Rosas; a forma; os pés também. (Ela passou a mão pelos calombos por baixo da saia.)

Rosas, pensou sardônica. Quanta bobagem, minha querida. Pois entre comer, beber e acasalar, os dias ruins e bons, a vida não tinha sido um mar de rosas, e além do mais, devo lhe dizer, Carrie Dempster não tinha a menor vontade de trocar de sina com nenhuma mulher de Kentish Town[32]! Mas implorava por piedade. Piedade pela perda das rosas. Piedade era o que pedia de Maisie Johnson, ao pé dos canteiros de jacintos.

Ah, mas aquele avião! Não era Mrs. Dempster que sempre sonhava em conhecer terras estrangeiras? Ela tinha um sobrinho, um missionário. Alçava-se ao ar e disparava. Ela sempre entrava no mar em Margate[33], sem nunca perder de vista a terra, mas não tinha a menor paciência com mulheres que temiam a água. Ele arremetia e mergulhava. Ela ficou com o coração na boca. Ao alto mais uma vez. Lá vai um bom rapaz a bordo, inferiu Mrs. Dempster, e cada vez mais se afastava, veloz, dissipava-se, cada vez mais longe disparava o avião; sobrevoou Greenwich e todos os mastros; sobrevoou a ilhota de igrejas cinzentas, St. Paul e todo o resto, até que, por toda parte de Londres, estenderam-se campos e bosques marrons, escuros, onde tordos

---

32. Distrito do norte de Londres, à época habitado pela classe trabalhadora.
33. Balneário praiano e cidade portuária no condado de Kent.

destemidos e saltitantes de esguelha apanhavam o caramujo e davam com ele numa pedra, uma, duas, três vezes.

Cada vez mais longe disparava o avião; até não restar nada além de uma faísca centelhante; uma aspiração; uma concentração; um símbolo (assim parecia a Mr. Bentley, que aparava com vigor o seu gramado em Greenwich[34]) da alma do homem; de sua determinação, pensou Mr. Bentley, contornando o cedro, para sair de seu corpo, para além de sua casa, por vias do pensamento, de Einstein, da especulação, da matemática, da teoria mendeliana[35] — ao longe o avião disparava.

Então, quando um homem prosaico, de mau aspecto, que carregava uma valise de couro parou nos degraus da Catedral de St. Paul, e hesitou, pois ali dentro haveria um bálsamo, boas-vindas calorosas, inúmeros sepulcros com flâmulas esvoaçantes sobre eles, símbolos de vitórias, não contra exércitos, pensou ele, mas contra esse espírito calamitoso de busca pela verdade que me deixa no presente sem perspectiva, e mais do que isso, a catedral oferece companhia, pensou ele, convida você a se filiar a uma sociedade; grandes homens lhe pertencem; mártires morreram por ela; por que não entrar, pensou ele, colocar a valise de couro cheia de panfletos diante de um altar, uma cruz, o símbolo de algo que se alçou para além da busca e da

---

34. Distrito do sudeste de Londres, ao sul do rio Tâmisa.

35. Alusão aos estudos de Gregor Mendel (1822–1884), botânico e biólogo austríaco que hoje é considerado o pai da genética.

cruzada e da colisão de palavras em conjunção e se tornou de todo espírito, desencarnado, fantasmagórico – por que não entrar? pensou ele e, enquanto hesitava, o avião sobrevoou Ludgate Circus[36].

Era estranho; estava tudo tão plácido. Nenhum ruído se fazia ouvir acima do tráfego. Sem direção, ao que parecia, precipitava-se por livre e espontânea vontade. E agora, subindo em curvas, subindo em linha reta, como algo em êxtase crescente, em puro deleite, da traseira soltava uma fumaça branca em volteios, formando um T, um O, um F.

* * *

– O que tanto olham? – disse Clarissa Dalloway à criada que abriu a porta. O saguão da casa estava frio feito uma cripta. Mrs. Dalloway levou as mãos aos olhos, e, enquanto a criada fechava a porta e ela ouvia o esvoaçar da saia de Lucy, sentiu-se como uma freira que deixou o mundo e é envolta nos véus familiares e nos responsos das velhas orações. A cozinheira assoviava na cozinha. Ela ouviu o clique da máquina de escrever. Era a vida dela, e, ao se debruçar sobre a mesa do vestíbulo, deixou-se levar pelo embalo, sentia-se abençoada e purificada, dizendo a si mesma, enquanto pegava a caderneta com o recado telefônico, que momentos assim são botões na árvore da vida, flores da escuridão é o que são, pensou ela (como se uma

---

36. Cruzamento próximo à Catedral de St. Paul.

rosa encantadora tivesse desabrochado para os seus olhos apenas); nem por um instante ela acreditou em Deus; mas, sobretudo, pensou ela, pegando a caderneta, é necessário recompensar em vida cotidiana os criados, sim, os cães e canários, acima de tudo Richard, seu marido, que era o alicerce disso — dos sons alegres, das luzes verdes e até mesmo da cozinheira assoviando, pois Mrs. Walker era irlandesa e assoviava o dia inteiro — é preciso retribuir por esse depósito secreto de momentos primorosos, pensou ela, erguendo a caderneta, enquanto Lucy permanecia ao lado dela, tentando explicar que...

— Mr. Dalloway, senhora...

Clarissa leu o recado na caderneta, "Lady Bruton deseja saber se Mr. Dalloway almoçará com ela hoje."

— Senhora, Mr. Dalloway pediu para avisá-la que almoçaria fora.

— Ora essa! — disse Clarissa, e Lucy, conforme esperado por ela, partilhou da decepção (mas sem a pontada de sofrimento); sentiu a consonância entre elas; entendeu o recado; pensou em como amam os fidalgos; imaginou com serenidade um futuro dourado próprio; e, ao pegar a sombrinha de Mrs. Dalloway, Lucy manuseou-a como uma arma sagrada posta de lado por uma Deusa, tendo se absolvido honrosamente no campo de batalha, e guardou-a no bengaleiro.

— Não temas mais — disse Clarissa. Não temas mais o calor do sol; pois o choque em decorrência do convite de Lady Bruton a Richard para almoçar sem ela também fez aquele último momento que vivera estremecer, como uma planta ribeirinha sente o choque de um remo de passagem e estremece: então ela ficou balançada: então estremeceu.

Millicent Bruton, cujos almoços tinham a fama de ser excepcionalmente prazerosos, não a convidara. Nenhum ciúme vulgar a separaria de Richard. Mas ela temia o próprio tempo, e lia no semblante de Lady Bruton, como se fosse um relógio de sol entalhado em pedra impassível, o declínio da vida; como, ano após ano, sua porção minguava; e quão pouco a margem que restava ainda era capaz de se esticar, de absorver, como nos anos da juventude, as cores, os sais, os tons da existência, preenchendo os aposentos quando ela entrava, e amiúde sentia, quando hesitava um instante na soleira de sua sala, uma suspensão extraordinária, como decerto sente um mergulhador antes de submergir, enquanto o mar escurece e reluz sob ele, e as ondas que ameaçam quebrar, mas só fazem romper a superfície de leve, encrespam e ocultam e encobrem, revirando-se, peroladas, por sobre as algas.

Ela pôs a caderneta na mesa do vestíbulo. Começou a subir as escadas devagar, com a mão no corrimão, como se tivesse deixado uma festa, onde ora esse amigo ora aquele espelhavam seu rosto, sua voz, e tivesse fechado a porta e saído, ficando sozinha, uma figura isolada diante da noite tenebrosa, ou melhor, em termos mais precisos, diante do olhar fixo dessa manhã resoluta de junho; suave para alguns, com o resplendor das pétalas de rosas, ela sabia, e sentiu, ao parar à beira da janela aberta da escadaria, que deixava entrar as cortinas esvoaçantes, cães ladrando, deixava entrar, pensou ela, sentindo-se de súbito arrugada, envelhecida, sem peito, o ranger, o retesar, o florescer do dia, para além de casa, para além das janelas, para além do corpo e do cérebro que agora falhava, uma vez que Lady Bruton, cujos almoços tinham a fama de ser excepcionalmente prazerosos, não a convidara.

Como uma freira que se retira ou uma criança que explora uma torre, ela subiu as escadas, parou à janela, entrou no banheiro. Lá estava o linóleo verde e uma torneira pingando. Tinha uma sensação de vazio no coração da vida; um sótão. As mulheres hão de vestir seus ricos adornos. Ao meio-dia hão de se despir. Cravou o alfinete na almofadinha e colocou o chapéu amarelo emplumado em cima da cama. Os lençóis estavam limpos, estendidos, formando uma ampla faixa branca de beira a beira. Cada vez mais estreita seria a sua cama. A vela queimara até a metade, ela mergulhara na leitura das *Memórias* do Barão Marbot[37]. Lera até tarde da noite sobre a retirada de Moscou. Pois as sessões da Câmara dos Comuns demoravam-se tanto que Richard insistia, depois da doença dela, que ela haveria de dormir sem perturbações. E ela preferia mesmo ler sobre a retirada de Moscou. Ele sabia disso. Então o quarto era um sótão; a cama, estreita; e deitada ali, lendo, pois dormia mal, não conseguia se desvencilhar de uma virgindade preservada desde o parto, que se agarrava

37. Jean-Baptiste-Antoine-Marcelin, barão de Marbot (1782–1854). Famoso memorialista francês da época napoleônica.

a ela feito um lençol. Adorável na mocidade, de repente vinha um momento — por exemplo, no rio rente ao bosque em Cliveden[38] — quando, por alguma contração desse espírito frio, ela o decepcionara. E então em Constantinopla, e de novo e de novo. Podia ver o que lhe faltava. Não era beleza; não era juízo. Era algo central que se irradiava; algo cálido que rompia superfícies e fazia estremecer o contato frio entre homem e mulher, ou de mulheres juntas. Pois *isso* ela conseguia perceber vagamente. Ressentia-se, tinha um escrúpulo adquirido Deus sabe onde, ou, sentiu ela, enviado pela Natureza (que é invariavelmente sábia); contudo não resistia e por vezes cedia ao charme de uma mulher, não de uma menina, mas de uma mulher confessando, como costumavam fazer com ela, alguma de suas enrascadas, alguma imprudência. E talvez por piedade, ou pela beleza delas, ou por ser mais velha, ou por acidente — como um aroma sutil, ou um violino na sala ao lado (como é estranho o poder dos sons em determinados momentos), sem dúvida sentia então o que os homens sentiam. Só por um instante; mas era o bastante. Era uma revelação repentina, um matiz, qual um rubor que a pessoa tenta conter, mas que se espraia e assim a faz ceder à sua expansão, e correr para o limiar mais longínquo e lá estremecer e sentir o mundo se aproximar, inflado por um significado espantoso, pela pressão do arrebatamento, que rompia

38. Luxuosa casa de campo da proeminente família Astor, cenário de festas aristocráticas. Situada no condado de Buckinghamshire, com vista para o rio Tâmisa.

sua pele fina e jorrava e derramava um alívio extraordinário sobre as fissuras e as feridas. Então, naquele momento, tinha visto uma iluminação; um fósforo queimando em uma flor de açafrão; um sentido interno quase que manifestado. Mas o que estava próximo se retirou; o que estava pesado se suavizou. Tinha acabado – o momento. Com tais momentos (também entre mulheres) contrastavam (enquanto pousava o chapéu) a cama e o Barão Marbot e a vela pela metade. Deitada, ainda acordada, o piso rangia; a casa iluminada de repente escurecia, e se ela levantasse a cabeça poderia ouvir o estalido da maçaneta que Richard soltava com todo cuidado, esgueirando-se de meias e, então, no mais das vezes, deixava cair a bolsa de água quente e praguejava! Como ela ria!

Mas essa questão de amor (pensou ela, guardando o casaco), esse apaixonar-se por mulheres. Vejamos Sally Seton; sua relação de outrora com Sally Seton. Não era amor, afinal?

Ela estava sentada no chão – essa era a sua primeira impressão de Sally – estava sentada no chão com os braços em torno dos joelhos, fumando um cigarro. Onde tinha sido mesmo? Na propriedade dos Manning? Dos Kinloch-Jones? Em alguma festa (onde, não tinha certeza), pois tinha a recordação distinta de dizer ao homem com quem estava: "Quem é *essa*?". E ele lhe contou, e contou que os pais de Sally não se davam bem (como a chocara – a ideia de que pais discutem!). Mas ao longo de toda a noite não conseguiu tirar os olhos de Sally. Era de uma beleza extraordinária, do tipo que ela mais admirava, morena, de olhos grandes, com aquela qualidade que, visto que ela própria não tinha, sempre invejava — um quê de desapego, como se ela pudesse dizer de tudo, fazer de tudo; qualidade muito mais comum entre estrangeiras que em mulheres inglesas. Sally sempre dizia que corria sangue francês em suas veias, um antepassado estivera com Maria Antonieta, fora decapitado, deixara um anel de rubi. Talvez naquele verão tivesse resolvido se hospedar em Bourton, aparecendo de supetão sem um tostão no bolso, uma noite, depois do jantar, aborrecendo a pobre tia Helena de tal forma que ela nunca a perdoara. Tinha havido uma discussão terrível em sua casa. De fato, não tinha um tostão naquela noite quando apareceu — tinha penhorado um broche para ir. Viajara às pressas, por impulsividade. Passavam horas acordadas à noite, conversando. Foi Sally quem a fez sentir, pela primeira vez, o quão protegida era a vida em Bourton. Ela não sabia nada de sexo — nada de problemas sociais. Certa feita tinha visto um velho senhor cair morto em um campo — tinha visto as vacas logo depois de seus bezerros nascerem. Mas tia Helena nunca foi dada a discussão alguma (quando Sally a presenteou com um William Morris[39], precisou ser embrulhado em papel pardo). Lá ficavam acordadas, horas a fio, conversando no quarto dela no topo da casa, falando da vida, de como iriam reformar o mundo. Pretendiam fundar uma

---

39. William Morris (1834–1896) foi um designer têxtil, escritor, editor, tradutor e ativista socialista, um dos nomes do movimento *arts & crafts* inglês.

sociedade para abolir a propriedade privada, e chegaram a redigir uma carta, que contudo jamais foi enviada. Eram ideias de Sally, evidentemente... mas em pouco tempo Clarissa ficou tão empolgada quanto ela – lia Platão antes do café da manhã; lia Morris; lia Shelley[40] sem parar.

O poder de Sally era fascinante, seu dom, sua personalidade. O jeito dela com as flores, por exemplo. Em Bourton sempre deixavam vasinhos rijos por toda a extensão da mesa. Sally saía, colhia malvas-rosa, dálias – toda sorte de flores que jamais tinham sido vistas juntas – cortava-lhes as cabeças e as fazia nadar na superfície da água em vasilhames. O efeito era extraordinário – entrar para jantar no pôr-do-sol. (Mas é claro que tia Helena achava um pecado tratar flores assim.) Uma vez esqueceu a esponja e correu nua pelo passadiço. A velha criada carrancuda, Ellen Atkins, tratou de ralhar com ela – "E se um dos cavalheiros a tivesse visto?". De fato, Sally chocava as pessoas. Era descuidada, papai dizia.

O mais estranho, em retrospecto, era a pureza, a integridade, do sentimento dela por Sally. Não era como um sentimento por um homem. Era completamente desinteressado e, além de tudo, tinha uma qualidade que só podia existir entre mulheres, entre mulheres que acabaram de amadurecer. Era um sentimento protetor, por parte dela; brotara de um sentimento de irmandade, o pressentimento

---

40. Percy Bysshe Shelley (1792–1822), poeta romântico inglês.

de que algo acabaria por separá-las (sempre falavam em casamento como uma catástrofe), o que instigava esse cavalheirismo, esse senso protetor que partia muito mais dela do que de Sally. Pois à época ela era completamente inconsequente; fazia as maiores tolices pela bravata; circundava o parapeito do terraço de bicicleta; fumava charutos. Sally era absurda — um tanto absurda. Mas o charme era irresistível, ao menos para ela, tanto que podia até se lembrar de estar no quarto no topo da casa com a vasilha de água quente em mãos, dizendo em voz alta: "Ela está sob este mesmo teto... Ela está sob este mesmo teto!".

Não, as palavras não significavam absolutamente nada para ela agora. Não conseguia sequer ouvir um eco de sua antiga emoção. Mas podia lembrar, chegava a gelar de excitação, e arrumava o cabelo em uma espécie de êxtase (agora o velho sentimento começava a retornar, conforme ela tirava os grampos, dispunha-os no toucador, começava a arrumar o cabelo), com as gralhas se exibindo para cima e para baixo à luz rósea do anoitecer, e assim se vestia, e descia as escadas, e sentia, enquanto atravessava o passadiço, que "se a morte viesse agora, feliz eu morreria"[41]. Era esse o seu sentimento — o sentimento de Otelo, que ela sentia, tinha certeza, com a mesma intensidade que Shakespeare pretendia fazer Otelo sentir, tudo porque estava descendo para jantar em seu vestido branco, para se encontrar com Sally Seton!

---

41. Citação de Otelo, tragédia de William Shakespeare.

Sally vestia um tule rosinha — seria possível? Ela *parecia*, ao menos, toda luminosa, cintilante, feito um pássaro ou um balão de gás que vem voando e se agarra por um instante a um espinheiro. Mas nada é tão estranho quando a pessoa se apaixona (e o que era isso senão estar apaixonada?) quanto a total indiferença das outras pessoas. Tia Helena simplesmente saía por aí depois do jantar; papai lia o jornal. Peter Walsh talvez estivesse presente, assim como a velha Miss Cummings; Joseph Breitkopf decerto estava, pois vinha todo verão, pobre senhor, passava semanas e semanas ali e fingia ler em alemão com ela, mas na verdade tocava piano e cantava Brahms[42] sem voz alguma.

Tudo isso era apenas um pano de fundo para Sally. Ela estava ao pé da lareira falando naquela linda voz que fazia tudo soar como um afago, com o papai, que, contra sua vontade, começava a se sentir atraído por ela (jamais a perdoara; emprestara a ela um de seus livros e depois o encontrara ensopado no terraço), quando de repente disse: "Que desperdício ficar aqui dentro!", e todos se retiraram para o terraço e caminharam para cima e para baixo. Peter Walsh e Joseph Breitkopf discorriam sobre Wagner. Sally e ela ficaram um pouco para trás. Então veio o momento mais primoroso de toda a sua vida, passando por uma floreira de pedra. Sally parou; colheu uma flor; beijou-a na boca. Foi como se o mundo todo virasse de ponta-cabeça! Os outros

---

42. Johannes Brahms (1833–1897), compositor romântico alemão.

desapareceram; lá estava ela, a sós com Sally. E sentiu que tinha ganhado um presente, embrulhado, e que lhe cabia guardá-lo sem espiá-lo – um diamante, algo infinitamente precioso, que, conforme caminhavam (para cima e para baixo, para cima e para baixo), ela desembrulhava, ou era o resplendor que a incendiava, a revelação, o sentimento religioso! – até que surgiram por ali o velho Joseph e Peter:

– Observando as estrelas? – disse Peter.

Foi como topar o rosto contra uma parede de granito na escuridão! Chocante; terrível!

Não para si mesma. Sentiu apenas o quanto Sally já era importunada, maltratada; sentiu a hostilidade dele; o ciúme; a determinação em se meter no companheirismo delas. Tudo isso ela viu como se vê uma paisagem iluminada pelo clarão de um relâmpago – e Sally (Clarissa nunca a admirara tanto!), ferina, não se dava por vencida, seguia seu caminho. Ela riu. Fez o velho Joseph lhe dizer os nomes das estrelas, coisa que ele gostava de fazer com muita seriedade. Ela ficou ali: ouvindo. Escutou os nomes das estrelas.

"Mas que horror!", disse a si mesma, como se desde sempre soubesse que algo a interromperia, amargando seu momento de felicidade.

E no entanto, mais tarde, quanto viria a depender de Peter Walsh. Sempre que pensava nele, por alguma razão, lembrava-se das discussões – talvez por buscar tanto a aprovação dele. Devia-lhe algumas palavras: "sentimental", "civilizado"; palavras que inauguravam todos os dias da vida dela como se ele a resguardasse. Um livro era sentimental; uma atitude em face da vida, sentimental. "Sentimental" talvez estivesse ela, recordando o passado. O que pensaria ele, Clarissa indagou-se, quando voltasse?

Que ela tinha envelhecido? Será que ele diria isso? Será que ela veria em seu rosto, ao voltar, que ele estava pensando no quanto ela envelhecera? Era verdade. Tinha ficado grisalha depois da doença.

Ao colocar o broche na mesa, ela teve um espasmo repentino, como se garras gélidas tivessem aproveitado a chance de se cravarem nela enquanto meditava. Não era velha ainda. Tinha acabado de completar cinquenta e dois anos. Meses e mais meses do ano permaneciam intocados. Junho, julho, agosto! Cada um deles parecia ainda quase íntegro e, como se para amparar a gota que cai, Clarissa (dirigindo-se à penteadeira) mergulhou no coração do momento, paralisou-o, ali — o momento dessa manhã de junho, em que recaía a pressão de todas as outras manhãs, fitando o espelho, a penteadeira e os frascos todos, como se visse tudo pela primeira vez, recobrando-se por completo a certa altura (enquanto fitava o espelho), contemplando o delicado rosto corado da mulher que naquela noite daria uma festa; Clarissa Dalloway; ela mesma.

Quantas milhões de vezes não tinha visto seu rosto, sempre com a mesma contração imperceptível! Contraiu então os lábios enquanto se olhava no espelho. Para deixar o rosto mais anguloso. Essa era ela — pontiaguda; feito seta; definida. Assim era ela quando algum esforço, algum chamado para ser ela mesma, juntava as peças, e só ela sabia quão diferentes, quão incompatíveis eram, e as encaixava para o mundo em torno de um epicentro, um diamante, uma mulher que sentava em sua sala, fazendo dela ponto de encontro, sem dúvida um resplendor para vidas enfadonhas, um refúgio para os solitários, talvez; tinha ajudado jovens, que eram gratos a ela; tinha tentado ser sempre a mesma, sem nunca dar sinal de suas outras facetas — defeitos, ciúmes, vaidades, suspeitas, como nesse caso em que Lady Bruton não a convidara para o almoço; o que julgou ela ser (finalmente penteando o cabelo) um golpe baixíssimo! Agora, onde estava seu vestido?

Seus vestidos de gala estavam pendurados no armário. Clarissa, mergulhando a mão naquela macieza, tirou com cuidado o vestido verde e o levou até a beira da janela. Ela o rasgara. Alguém pisara na saia. Sentira-o ceder na festa da Embaixada, na parte de cima, entre as pregas. Sob a luz artificial, o verde brilhava, mas perdia a cor agora ao sol. Ela iria consertá-lo. As criadas tinham muito o que fazer. Iria vesti-lo esta noite. Levaria as linhas, a tesoura, o — como era o nome mesmo? — o dedal, claro, até a sala, lá embaixo, pois também havia de escrever e se certificar de que as coisas em geral estavam mais ou menos em ordem.

Estranho, pensou ela, fazendo uma pausa no patamar da escadaria, e se compondo naquela forma de diamante, aquela pessoa única; é estranho como uma dama sabe o tempo exato, o temperamento exato da casa! Sons tênues se evolavam pelo fosso da escadaria; o deslizar de um esfregão;

batidinhas; batidas pesadas; uma barulheira quando a porta da frente se abria; uma voz que repetia uma mensagem no porão; o tilintar da prataria em uma bandeja, prataria limpa para a festa. Era tudo para a festa.

(E Lucy, ao entrar na sala com a bandeja estendida, colocou os enormes castiçais na cornija da lareira, o escrínio de prata no meio, virou o golfinho de cristal para o relógio. Eles viriam; ficariam ali de pé; conversariam nos tons cerimoniosos que ela sabia imitar, senhoras e senhores. Entre todas elas, sua patroa era a mais adorável — dona da prataria, dos lençóis, da porcelana, pois o sol, a prataria, as portas tiradas das dobradiças, o pessoal da Rumpelmayer, tudo isso dava-lhe uma sensação, enquanto guardava o abridor de cartas na mesa de marchetaria, de algo alcançado. Vejam! Vejam!, disse ela, dirigindo-se a seus velhos amigos na padaria, onde tivera seu primeiro emprego, em Caterham[43], espiando pela vitrine. Era Lady Angela, acompanhando a Princesa Mary, quando entrou Mrs. Dalloway.)

— Oh, Lucy! A prataria está um brinco! — disse ela. — E como... — Ajeitou o golfinho de cristal para ficar retinho. — Como foi a peça de ontem?

— Ah, eles tiveram de sair antes do final! — respondeu-lhe. — Tinham que estar de volta às dez! Então não sabem o que sucedeu.

---

43. Cidade ao sul de Londres, no condado de Surrey.

— Mas que pena — disse ela (pois a seus criados era permitido ficar até mais tarde, se lhe pedissem). — É mesmo uma pena — disse, pegando a velha almofada esfarrapada do meio do sofá e colocando-a nos braços de Lucy, dando--lhe um empurrãozinho e bradando: — Tire isso daqui! Deixe com a Mrs. Walker e dê a ela meus cumprimentos! Tire isso daqui, vamos!

E Lucy parou à porta da sala, segurando a almofada, e perguntou, muito timidamente, ruborizando de leve, se não poderia ajudar com o remendo do vestido.

Mas, disse Mrs. Dalloway, ela já estava ocupada o bastante, já tinha muito que fazer sem tratar daquilo.

— Mas, obrigada, Lucy, muito obrigada — disse Mrs. Dalloway, e obrigada, e obrigada, continuou dizendo (sentando-se no sofá com o vestido sobre os joelhos, a tesoura, as linhas de seda), obrigada, obrigada, continuou dizendo em gratidão a seus criados em geral, por ajudá-la a ser assim, a ser o que queria ser, meiga, generosa. Os criados gostavam dela. E então esse seu vestido... onde estava o rasgo? e agora precisava passar o fio na agulha. Era seu vestido favorito, um modelo Sally Parker, quase o último feito por ela, uma pena, pois Sally tinha se aposentado, morava no distrito de Ealing, e se um dia eu tiver tempo, pensou Clarissa (mas nunca mais teria um momento), irei vê-la em Ealing. Pois ela era uma figura, pensou Clarissa, uma verdadeira artista. Ela pensava nos detalhezinhos mais particulares; e contudo os vestidos dela nunca eram esquisitos. Podia usá-los em Hatfield[44]; no Palácio de Buckingham. Vestira-os em Hatfield; no Palácio de Buckingham.

Uma serenidade recaiu sobre ela, calma, contente, conforme a agulha puxava a linha de seda com delicadeza, até a suave pausa, e juntava e prendia as pregas verdes, pouco a pouco, à cintura. Assim se adensam as ondas em um dia de verão, se dobram, e se quebram; se adensam e se quebram; e o mundo inteiro parece estar dizendo "isso é tudo" com cada vez mais peso, até que mesmo o coração do corpo deitado ao sol na praia também diz: isso é tudo. Não temas mais, diz o coração. Não temas mais, diz o coração, lançando seu fardo a algum mar, que suspira coletivamente por todas as mágoas, e renova, começa, adensa, deixa quebrar. E o corpo sozinho escuta a abelha passar; a onda quebrar; o cachorro ladrar ao longe, ladrar sem parar.

— Por Deus, a campainha da porta da frente! — exclamou Clarissa, retendo a agulha. De pé, ficou à escuta.

— Mrs. Dalloway vai me receber — disse o homem de idade no vestíbulo. — Ah, sim, ela vai *me* receber — repetiu ele, afastando Lucy com muita benevolência e subindo as escadas um tanto depressa. — Pode ter certeza — murmurou ele, subindo as escadas. — Ela vai me ver. Depois de cinco anos na Índia, Clarissa vai me ver.

---

44. Hatfield House: mansão rural construída no início do século XVII e situada no condado de Hertfordshire. O atual prédio foi construído na propriedade onde antes havia uma construção mais antiga, que datava de 1497 e era a residência preferida da rainha Elizabeth I.

— Quem pode... O que pode... — indagou Mrs. Dalloway (pensando no ultraje que era ser interrompida às onze da manhã no dia em que daria uma festa), ouvindo passos na escadaria. Ouviu a mão de alguém à porta. Tratou de esconder o vestido, feito uma virgem protegendo a castidade, resguardando a privacidade. Agora a maçaneta de bronze se soltava. Agora a porta se abria e entrava... por um segundo ela não conseguiu se lembrar do nome dele! de tão surpresa que estava em vê-lo, de tão contente, tão tímida, tão atônita por ter Peter Walsh à sua porta, inesperadamente, para vê-la logo de manhã! (Ela não tinha lido a carta dele.)

— E como vai você? — disse Peter Walsh, tremendo de fato; tomando-lhe as mãos; beijando-lhe as mãos. Ela tinha envelhecido, pensou ele, ao se sentar. Não devo dizer nada, pensou, pois ela envelheceu. Ela está olhando para mim, pensou, tomado por um embaraço repentino, embora tivesse beijado as mãos dela. Colocou a mão no bolso, de onde tirou um canivete grande, e abriu a lâmina até a metade.

Continua o mesmo, pensou Clarissa; o mesmo olhar esquisito; o mesmo terno xadrez; o rosto está um pouco mudado, um pouco mais delgado, mais seco, talvez, mas está muito bem, o mesmo de sempre.

— Que divino vê-lo de novo! — exclamou ela. Ele estava com o canivete em mãos. Isso é tão típico dele, pensou ela.

Chegara à cidade na noite passada, contou ele; precisava seguir para o interior de imediato; mas como andavam as coisas, como estavam todos — Richard? Elizabeth?

— E de que se trata tudo isso? — inquiriu, apontando o canivete para o vestido verde dela.

Ele está muito bem vestido, pensou Clarissa; entretanto, sempre *me* critica.

Aqui está ela, remendando o vestido; remendando o vestido como de costume, pensou ele; passou o tempo todo em que estive na Índia aqui sentada; remendando o vestido; entretendo-se; frequentando festas; indo e vindo da Câmara e coisa que o valha, pensou ele, cada vez mais irritada, cada vez mais agitada, pois não há nada no mundo que seja tão ruim para algumas mulheres quanto o casamento, pensou ele; e a política; e ter um marido conservador, como o admirável Richard. Assim são as coisas, assim são, pensou, fechando o canivete num estalido.

— Richard vai bem. Está em um comitê — disse Clarissa.

E abriu a tesoura e perguntou se ele se importava em esperá-la terminar o que estava fazendo no vestido, pois iriam dar uma festa aquela noite.

— Para a qual não pretendo convidá-lo — atalhou ela. — Meu querido Peter!

Era uma delícia ouvi-la dizer aquilo — meu querido Peter! De fato, tudo era delicioso — a prataria, as cadeiras; tudo tão delicioso!

Por que ela não o convidaria para a festa?, indagou ele.

Mas é claro, pensou Clarissa, ele é encantador! Perfeitamente encantador! Agora lembro o quão impossível pareceu-me um dia me decidir — e por que foi que decidi não me casar com ele, perguntou-se, naquele verão horrendo?

— Mas que surpresa extraordinária receber uma visita esta manhã! — bradou ela, pousando as mãos, uma sobre a outra, no vestido. — Você se lembra de como as persianas esvoaçavam em Bourton?

— Pois esvoaçavam mesmo — disse ele; e se lembrou de quando tomou café da manhã a sós, sem jeito, com o pai dela; que tinha morrido; e ele não tinha escrito a Clarissa. Mas nunca se deu bem com o velho Parry, senhor queixoso, de joelhos fracos, o pai de Clarissa, Justin Parry.

— Por vezes, gostaria de ter me dado melhor com seu pai — disse.

— Mas ele nunca gostou de ninguém que... dos nossos amigos — disse Clarissa; e podia ter mordido a língua por lembrar Peter de que ele quis se casar com ela.

Claro que eu quis, pensou Peter; e isso quase partiu meu coração, pensou ainda; e foi tomado pelo próprio pesar, que irrompeu como uma lua vista de um terraço, espantosamente bela face a luz já submersa do dia. Estava mais infeliz do que nunca, pensou ele. E como se na verdade estivesse sentado no terraço, aproximou-se um pouco de Clarissa; estendeu a mão; ergueu-a; deixou cair. Lá no alto pendia aquela lua. E ela também parecia estar sentada com ele no terraço, ao luar.

— A propriedade pertence a Herbert agora — comentou ela. — Nunca mais fui lá — disse.

Então, como é de praxe acontecer em um terraço ao luar, quando uma pessoa se sente constrangida por estar entediada, mas a outra permanece sentada em silêncio, muito quieta, mirando a lua com tristeza, sem abertura para conversa, e a pessoa mexe o pé, limpa a garganta, observa o arabesco de ferro no pé de uma mesa, mexe uma folha, mas não diz nada — assim fez Peter Walsh agora. Pois de que adiantaria voltar assim ao passado?, pensou ele. Por que fazê-lo pensar nisso de novo? Por que fazê-lo sofrer, uma vez que já o torturara de modo tão infernal? Por quê?

— Lembra do lago? — disse ela, com uma voz abrupta, sob a pressão de uma emoção que tomou seu coração e fez os músculos de seu pescoço enrijecerem, e contraiu os lábios em um espasmo quando disse "lago". Pois ela era uma criança, jogando migalhas para os patos, entre seus pais, e ao mesmo tempo uma mulher feita, dirigindo-se a seus pais à beira do lago, carregando sua vida nos braços, vida esta que crescia e crescia conforme ela se aproximava deles, até se tornar uma vida plena, uma vida completa, que ela colocou aos pés deles e disse: "Isto é que o fiz dela! Isto!". E o que ela tinha feito da vida? O quê, de fato?, ali sentada, costurando, nesta manhã com Peter.

Ela olhou para Peter Walsh; o olhar dela, passando por toda aquela época e aquela emoção, titubeou em alcançá-lo; pousou nele em lágrimas; e alçou voo e foi embora, como um pássaro toca em um galho e alça voo e vai embora. Pura e simplesmente, ela enxugou os olhos.

— Lembro — disse Peter. — Lembro bem! — disse, como se ela tivesse trazido à tona algo que o feria profundamente. Pare! Pare!, ele queria implorar. Pois não estava velho; a vida dele não tinha acabado; de modo algum. Mal tinha feito cinquenta anos. Devo dizer isso a ela, pensou, ou não? Bem que gostaria de deixar tudo às claras. Mas ela é muito fria, pensou; costurando, com sua tesoura; Daisy pareceria comum ao lado de Clarissa. E ela me veria como um fracasso, o que sou mesmo, nos termos deles, pensou ele; nos termos dos Dalloway. Ah, sim, não tinha dúvida quanto a isso; era um fracasso, comparado com tudo aquilo: a mesa de marchetaria, o abridor de cartas à mostra, o golfinho e os castiçais, as capas das cadeiras e as antigas e valiosas gravuras inglesas... era um fracasso! Detesto a presunção da coisa toda, pensou ele; obra de Richard, não de Clarissa; salvo que ela se casara com ele. (Eis que Lucy entrou na sala, trazendo prataria, mais prataria, e era charmosa, esbelta, elegante, pensou ele, conforme ela se curvava para pousar a prataria.) E isso acontece o tempo todo!, pensou; semana após semana; a vida de Clarissa; ao passo que eu... pensou; e de uma só vez tudo pareceu irradiar dele; jornadas; cavalgadas; desavenças; aventuras; partidas de *bridge*; romances; trabalho; trabalho, trabalho! e tirou o canivete sem rodeios (seu velho canivete com cabo de chifre, que Clarissa podia jurar que andara junto dele todos esses trinta anos) e cerrou o punho em torno dele.

Que hábito extraordinário era aquele, pensou Clarissa; sempre brincando com um canivete. Sempre fazendo a gente se sentir frívola também; cabeça oca; uma tagarela bobinha, como ele costumava dizer. Mas eu também, pensou ela, e retomando a agulha, convocou, como uma Rainha cujos guardas adormeceram e a deixaram desprotegida (estava um tanto atônita com a visita — tinha ficado abalada), deixando entrar qualquer um e espreitá-la onde ela se encontra, sob os arbustos espinhosos, convocou em seu auxílio as coisas que fizera; as coisas que apreciava; seu marido; Elizabeth; ela própria, em suma, que Peter mal conhecia agora, para que tomassem posição por ela e rechaçassem o inimigo.

— Bom, e você, o que tem feito? — perguntou ela. É assim que, antes de começar uma batalha, os cavalos calcam o chão; sacodem a crina; e a luz incide sobre seus flancos; seus pescoços se curvam. Então Peter Walsh e Clarissa, sentados lado a lado no sofá azul, desafiaram-se. As forças dentro dele estavam em ponto de ebulição. Recorreu a toda sorte de coisa, de tudo quanto era quadrante; louvor; a carreira em Oxford; o casamento, sobre o que ela não sabia absolutamente nada; o quanto ele tinha amado; e como tinha cumprido seus deveres.

— Milhões de coisas! — exclamou, e impelido pela união de forças que agora disparavam para lá e para cá e lhe davam a sensação, ao mesmo tempo apavorante e extremamente arrebatadora, de ser levado pelos ares, por cima dos ombros de pessoas que não conseguia mais ver, ele levou as mãos à testa.

Clarissa se sentou toda empertigada; respirou fundo.

— Estou apaixonado — disse ele, não para ela, no entanto, mas para uma pessoa que erguera na escuridão, uma figura intocável, a quem só se podia oferecer uma grinalda deixada a seus pés, na relva. — Apaixonado — repetiu, desta vez se dirigindo em um tom mais seco a Clarissa Dalloway.

— Apaixonado por uma moça na Índia. — Tinha depositado a grinalda. Clarissa podia pensar o que bem entendesse.

— Apaixonado! — disse ela. Que ele, nessa idade, com a gravatinha-borboleta, tenha se deixado sugar por tal monstro! Não há carne no pescoço dele; suas mãos estão vermelhas; e ele é seis meses mais velho que eu! Seu olhar refletiu de volta o que via; em seu coração sentiu, todavia; ele está apaixonado. É isso mesmo, sentiu ela; está apaixonado.

Mas o egoísmo indomável que sempre acomete aqueles que se opunham a isso, as corredeiras que ecoam adiante, adiante, adiante; embora admitam que talvez não haja propósito algum para nós, seguem adiante, adiante; esse egoísmo indomável corou-lhe a face; rejuvenesceu-a; ficou bem rosada; com os olhos bem cintilantes, sentada ali com o vestido sobre o joelho, e a agulha na ponta da linha verde, tremendo um pouco. Ele estava apaixonado! Não por ela. Por uma moça jovial qualquer, evidentemente.

— E quem é ela? — perguntou.

Agora essa estátua havia de ser retirada do alto de seu patamar e disposta entre eles.

— Uma mulher casada, infelizmente — contou ele —, esposa de um major do Exército indiano.

E com uma curiosa doçura irônica ele sorriu ao introduzi-la dessa maneira ridícula a Clarissa. (Entretanto, ele está apaixonado, pensou Clarissa.)

— Ela tem — prosseguiu ele, menos exaltado — dois filhos pequenos, um menino e uma menina, e vim aqui tratar do divórcio com os meus advogados.

Aí estão eles!, pensou ele. Faça o que quiser com eles, Clarissa! Aí estão eles! E segundo após segundo sentia que a esposa do major do Exército indiano (sua Daisy) e seus dois filhos pequenos ficavam cada vez mais adoráveis, enquanto Clarissa olhava para eles; como se ele tivesse queimado uma pelota em um prato e dela tivesse brotado uma árvore adorável à fresca maresia da intimidade deles (pois em certos aspectos ninguém o enxergava, o entendia como Clarissa) — a primorosa intimidade deles.

Ela o adulava; ela o enganava, pensou Clarissa; dando forma à mulher, a esposa do major do Exército indiano, com três pinceladas de faca. Que desperdício! Que tolice! A vida toda Peter fora enganado; primeiro ao ser expulso de Oxford; depois ao se casar com a moça no barco rumo à Índia; agora a esposa de um major — graças a Deus ela tinha se recusado a casar com ele! Ainda assim, ele estava apaixonado; seu velho amigo, seu querido Peter, estava apaixonado.

— Mas o que você vai fazer? — perguntou-lhe. Ah, os advogados e procuradores, Mr. Hooper e Mr. Grateley do Lincoln's Inn[45], iriam tratar do assunto, disse ele. E aparou as unhas com o canivete.

Por Deus, deixe esse canivete para lá!, ela clamou a si mesma numa irritação irrefreável; era sua excentricidade tola, sua fraqueza; sua falta absoluta diante do que qualquer

---

45. Uma das quatro sociedades londrinas conhecidas como Inns of Court, associações profissionais para advogados da Inglaterra e do País de Gales.

outra pessoa estivesse sentindo que a irritava, sempre a irritara; e agora na idade dele, que disparate!

Sei bem disso tudo, pensou Peter; sei o que vem pela frente, pensou ele, passando o dedo pela lâmina do canivete, Clarissa e Dalloway e todos os demais; mas vou mostrar para Clarissa — e então para sua grande surpresa, de repente abalado pelas forças incontroláveis que são lançadas pelo ar, debulhou-se em lágrimas; chorou e chorou sem um pingo de pudor, sentado no sofá, as lágrimas escorrendo por suas bochechas.

E Clarissa se inclinara para a frente, pegara a mão dele, aproximara-o dela, beijara-o — na verdade, sentira o rosto dele junto ao dela antes mesmo que pudesse aplacar no peito o rebuliço dos penachos prateados, centelhantes, feito capim-dos-pampas em uma ventania tropical, os quais, apaziguados, deixaram-na segurando a mão dele, dando-lhe tapinhas no joelho, e sentindo o que sentia ali, recostada nele, sossegada, à vontade, em um estalo sobreveio-lhe tudo; Se eu tivesse me casado com ele, essa alegria teria sido minha o dia todo!

Estava tudo acabado para ela. O lençol estava estendido na cama estreita. Subira à torre sozinha e os deixara colhendo amoras ao sol. A porta tinha se fechado, e ali, em meio ao pó do reboco esfarelado e os restos de ninhos de pássaros, o quão distante parecia a paisagem, e o quão tênues e frios chegavam os sons (certa feita em Leith Hill, lembrou ela), e Richard, Richard!, bradou ela, como alguém que desperta no meio da noite sobressaltado e estende a mão no breu em busca de socorro. Ele está almoçando com Lady Bruton, avivou-lhe a memória. Ele me deixou; estou sozinha para sempre, pensou ela, cruzando as mãos sobre o joelho.

Peter Walsh se levantara e se dirigira à janela, ficou ali de costas para Clarissa, abanando um lenço de um lado para o outro. Tinha um ar magistral e severo e desolado, as espáduas delgadas levantando de leve seu casaco; assoando o nariz com violência. Leve-me com você, pensou Clarissa por impulso, como se ele estivesse prestes a iniciar alguma grande viagem; e então, no momento seguinte, foi como se os cinco atos de uma peça muito entusiasmante e comovente tivessem acabado e ela tivesse vivido toda uma vida neles e tivesse fugido, vivido com Peter, e agora tudo estivesse acabado.

Agora era hora de seguir e, como uma mulher recolhe suas coisas, o capote, as luvas, o binóculo de ópera, e se levanta para sair do teatro rumo à rua, ela se levantou do sofá e se dirigiu a Peter.

E era terrivelmente estranho, pensou ele, como ela ainda tinha o poder, aproximando-se dele, tilintando, farfalhando, como ainda tinha o poder, enquanto atravessava o aposento, de fazer a lua, que ele detestava, ascender no terraço em Bourton, no céu de verão.

— Diga-me — disse ele, tomando-a pelos ombros. — Você é feliz, Clarissa? O Richard...

A porta se abriu.

— Eis a minha Elizabeth — disse Clarissa, com emoção, histriônica até.

— Como vai? — disse Elizabeth, aproximando-se dela.

O som do Big Ben dando a meia-hora ressoou entre eles com um vigor extraordinário, como se um jovem rapaz, forte, indiferente, grosseiro, arremessasse halteres para lá e para cá.

— Olá, Elizabeth! — exclamou Peter, enfiando o lenço no bolso, apressando o passo até ela, dizendo "Adeus, Clarissa" sem fitá-la, e deixou o aposento prontamente, descendo a escadaria às pressas e abrindo a porta da frente.

— Peter! Peter! — bradou Clarissa, seguindo-o até o patamar da escadaria. — Minha festa! Não se esqueça da minha festa hoje à noite! — gritou, elevando a voz sobre o tumulto da cidade lá fora e, assoberbada pelo tráfego e pelo som das badaladas dos relógios, a voz dela a gritar "Não se esqueça da minha festa hoje à noite!" soou frágil e tênue e longínqua enquanto Peter Walsh fechava a porta.

* * *

Não se esqueça da minha festa, não se esqueça da minha festa, disse Peter Walsh ao descer a rua, falando ritmado consigo mesmo, num compasso sincopado com o som, o som direto que descia do Big Ben e marcava a meia-hora. (Os círculos plúmbeos se dissolvendo no ar.) Ah, essas festas, pensou ele; essas festas da Clarissa. Por que ela dá essas festas?, pensou. Não que ele a culpasse, nem a ela e nem àquele sujeito, aquela efígie de casaca com um cravo na lapela que seguia em sua direção. Só uma pessoa no mundo podia estar assim como ele estava, apaixonado. E lá estava ele, homem de sorte, o próprio, refletido na vitrine de um fabricante de automóvel que ficava na Victoria Street. Toda a Índia ficara para trás; planícies, montanhas; epidemias de cólera; um distrito duas vezes maior que a Irlanda; decisões que ele tomara sozinho — ele, Peter Walsh; que, pela primeira vez na vida, estava apaixonado de verdade. Clarissa havia endurecido, pensou ele; e um tanto sentimental ainda por cima, supôs, enquanto olhava os grandes automóveis capazes de fazer — quantos quilômetros por litro? Pois ele tinha muito jeito para mecânica; em seu distrito, tinha inventado um arado, mandara vir carrinhos de mão da Inglaterra, mas os cules[46] não quiseram usar, tudo coisas das quais Clarissa não fazia a menor ideia.

A forma como ela dissera "Eis a minha Elizabeth!" — isso o irritara. Por que não apenas "Eis Elizabeth"? Soou falso. E Elizabeth também não gostou. (Ainda os últimos tremores daquela voz ribombante reverberavam no ar à volta dele; a meia-hora; era ainda cedo; eram apenas onze e meia ainda.) Pois ele entendia os jovens; gostava deles. Sempre houvera algo de frígido em Clarissa, pensou. Sempre tivera, mesmo mocinha, uma espécie de acanhamento que, na meia-idade, vira convencionalismo, e então já era, já era, pensou ele, entristecido, com o olhar perdido nas

---

46. Palavra originária de *coolies*, usada para designar trabalhadores locais contratados pelos europeus para executar trabalhos braçais nas antigas colônias na Índia e na China.

profundezas vítreas, perguntando-se se não a havia irritado ao visitá-la àquela hora da manhã; tomado de vergonha repentina por ter passado vergonha; por ter chorado; ter ficado emotivo; ter contado tudo a ela, como sempre, como sempre.

Como uma nuvem que encobre o sol, o silêncio cai em Londres; e cai na alma. O esforço cessa. O tempo se desenfuna no mastro. Ali paramos; ali permanecemos. Rígido, o esqueleto do hábito sustenta sozinho toda a estrutura humana. Onde não há nada, disse Peter Walsh a si mesmo, sentindo-se oco, vazio por dentro. Clarissa me rejeitou, pensou ele. Ficou lá parado, pensando, Clarissa me rejeitou.

Ah, disse St. Margaret's[47], como uma anfitriã que adentra a sala de visitas bem no badalar do relógio e encontra os convidados já à sua espera. Não estou atrasada. Não, são exatamente onze e meia, diz ela. Contudo, embora esteja coberta de razão, sua voz, por ser a voz da anfitriã, reluta em impor sua individualidade. Fica contida por uma certa mágoa pelo passado; uma certa preocupação pelo presente. São onze e meia, diz ela, e o sino da St. Margaret's encontra cada recôndito do coração e ali se enterra, toada após toada, como algo vivo que quer se confessar, que quer se dispersar, que quer ser, com um tremor deleitante, tranquilo – como a própria Clarissa, pensou Peter Walsh, descendo a escada bem no badalar da hora, de branco. Seria a própria Clarissa, pensou ele, com uma emoção profunda, uma lembrança extraordinariamente

---

47. Os sinos da Igreja de St. Margaret, localizada ao lado da Abadia de Westminster.

clara porém desconcertante dela mesma, como se aquele sino tivesse adentrado a sala, anos atrás, onde eles compartilharam algum momento de grande intimidade, e passado de um para o outro e então partido, como uma abelha cheia de mel, carregada do momento. Mas qual sala? Qual momento? E por que ele ficara tão profundamente feliz com as badaladas do relógio? E então, enquanto o som da St. Margaret's se dissipava, ele pensou, Ela andou doente, o som evocando languidez e sofrimento. Foi o coração, lembrou ele, e o estrépito repentino da última badalada toou-lhe como a morte que surpreende no meio da vida; Clarissa desfalecendo de uma hora para a outra, na sala de visitas. Não! Não!, gritou ele. Ela não morreu! Eu não estou velho, gritou, descendo a Whitehall Street a passos largos tal qual se descortinasse ali diante dele, vigoroso e eterno, o seu futuro.

Não estava velho, ou gasto, ou muito menos acabado. Quanto a se importar com o que diziam dele – os Dalloway, os Whitbread, todo o grupo, ele não dava a mínima – não dava a mínima (embora desse, de vez em quando, se fosse caso de ver se Richard poderia ajudá-lo com um emprego qualquer). Marchando, mirando, encarou a estátua do Duque de Cambridge. Fora expulso de Oxford – fato. Fora um socialista, de certa forma um fracasso – fato. Mas com efeito o futuro da civilização, pensou ele, está nas mãos de jovens assim; jovens como ele mesmo havia sido; trinta anos antes; com seu pendor por princípios abstratos; mandando buscar livros de Londres lá dos confins do Himalaia;

lendo ciência, lendo filosofia. O futuro está nas mãos de jovens assim, pensou ele.

De trás veio um rufo como o rufo das folhagens em um bosque e, com ele, um repique ritmado e surdo que ao alcançá-lo abafou seus pensamentos, descendo a Whitehall em passos precisos, a despeito da vontade dele. Garotos uniformizados, armados, marchavam com o olhar fixo à frente, marchavam de braços rijos, estampando no rosto uma expressão semelhante aos caracteres de uma inscrição ao redor de uma estátua em homenagem ao dever, à gratidão, à lealdade, ao amor pela Inglaterra.

É mesmo um treino formidável, pensou Peter Walsh, acompanhando a cadência deles. Mas não tinham aparência robusta. No geral eram franzinos, garotos de dezesseis que poderiam, amanhã, estar atrás do balcão com tigelas de arroz e barras de sabão. Agora trajavam, intocada pelo prazer sensual e pelas preocupações diárias, a solenidade da coroa de flores que vinham trazendo desde Finsbury Pavement até o túmulo vazio. Tinham feito seu juramento. O tráfego respeitava; furgões paravam.

Não consigo acompanhá-los, pensou Peter Walsh, conforme iam marchando pela Whitehall Street, e marchando seguiram, passando por ele, passando por todos, a passos firmes, como se uma única vontade comandasse braços e pernas em uniformidade, e a vida, com sua diversidade e irreticências, tivesse sido sepultada sob um pavimento de monumentos e coroas e transformada pelo torpor da disciplina em um cadáver rígido que, no entanto, ainda encarava. Há de se respeitar; pode-se até rir, mas há de se respeitar, pensou ele. Lá vão eles, pensou Peter Walsh, detendo-se à beira da calçada; e todas as estátuas exaltadas, Nelson, Gordon, Havelock, as espetaculares imagens negras de grandes soldados com olhar fixo adiante,[48] como se todos tivessem feito a mesma renúncia (Peter Walsh sentia que ele próprio também fizera essa grande renúncia), tolhidos pelo peso das mesmas tentações, conquistando, enfim, um olhar pétreo. Mas Peter Walsh não almejava tal olhar pétreo para si, nem de longe, embora o respeitasse nos outros. Ainda mais nos jovens. Eles ainda não entendem as agruras da carne, pensou, enquanto perdia de vista os rapazes que marchavam em direção à Strand Street – tudo o que já que passei, pensou, atravessando a rua e parando diante da estátua de Gordon; Gordon que ele tanto venerara quando garoto, Gordon de pé sozinho com a perna erguida e os braços cruzados, – pobre Gordon, pensou.

E como ainda ninguém sabia que ele estava em Londres, além de Clarissa, e a terra, depois da viagem, mais

---

48. A Coluna de Nelson é um monumento de 45 metros de altura erigido em 1842, em homenagem ao renomado Almirante Horatio Nelson (1758–1805). Ao leste da Coluna há uma estátua de bronze de Sir Henry Havelock (1795–1857), general britânico que serviu com distinção em uma série de conflitos nas colônias inglesas no sudeste asiático. A terceira menção é ao General Charles George Gordon (1833–1885), que também tinha uma estátua de bronze na Trafalgar Square.

lhe parecia uma ilha, sentiu-se dominado pela estranheza de estar ali, na Trafalgar Square[49], sozinho, vivo, anônimo, às onze e meia da manhã. O que é isso? Onde estou? E por que, afinal, fazemos o que fazemos?, pensou, o divórcio parecendo um tremendo de um disparate. E sua mente se aplainou feito uma estepe pantanosa, e três grandes emoções o dominaram; compreensão; profunda filantropia; e por fim, como se fosse resultado das demais, um irrepreensível e formidável prazer; como se dentro do cérebro dele outra mão puxasse os fios e mexesse nas portinholas, enquanto ele, sem ter nada a ver com isso, ainda permanecia diante de avenidas intermináveis pelas quais, se desejasse, ele poderia perambular. Fazia anos que não se sentia tão jovem.

Tinha escapado! estava completamente livre — como acontece quando, ao abandonar um hábito, a mente se curva e se dobra feito chama desprotegida, prestes a se apagar. Faz anos que não me sinto tão jovem!, pensou Peter, fugindo (durante cerca de uma hora, claro) de ser exatamente quem era, sentindo-se como um garoto que corre porta afora e que, correndo, vê a velha babá acenando na janela errada. Mas ela é extraordinariamente atraente, pensou ele, ao cruzar, enquanto atravessava a Trafalgar Square em

---

49. Praça na região central de Londres, considerada o coração da capital, criada para celebrar a última grande vitória da armada britânica nas Guerras Napoleônicas, a Batalha de Trafalgar (1805).

direção à Haymarket[50], com uma jovem que, ao passar pela estátua de Gordon, deu a Peter Walsh (suscetível como era) a impressão de ir despindo um véu atrás do outro até se transformar na mulher que sempre habitara a imaginação dele; jovem, porém refinada; alegre, porém discreta; morena, porém encantadora.

Empertigando-se e acariciando furtivamente o canivete, foi atrás dela, seguindo aquela mulher, aquela exultação, que mesmo de costas parecia derramar sobre ele um feixe de luz que os conectava, elegendo-o, como se o alarido aleatório do tráfego unisse as mãos em concha e sussurrasse o nome dele, não Peter, mas o nome secreto que ele atribuía a si mesmo em pensamento. "Você", dizia ela, apenas "você", por meio das luvas brancas e dos ombros. E então o comprido manto fino tremulou ao vento quando ela passou pela loja da Dent[51] na Cockspur Street e o tecido se enfunou com uma gentileza envolvente, uma ternura pesarosa, como braços abertos para receber o cansado...

---

50. Rua que vai do cruzamento de Piccadilly Circus até a Pall Mall Street, conhecida por suas casas de espetáculo – faz parte do West End, o famoso distrito dos teatros em Londres. O nome Haymarket advém de uma feira de produtos agrícolas que acontecia na rua entre os séculos XVII e XIX.

51. Relojoaria fundada pelo famoso relojoeiro inglês Edward John Dent. A empresa foi responsável pelo mecanismo original do Big Ben e também pelo relógio do Observatório Real de Greenwich.

Mas ela não é casada; ela é jovem, bem jovem, pensou Peter, e o cravo que vira em sua lapela quando cruzara a Trafalgar Square voltou a queimar na retina dele, enrubescendo os lábios dela. Estava parada diante do meio-fio. Tinha uma aura de dignidade. Não era mundana, como Clarissa; não era rica, como Clarissa. Será, indagou-se ele quando ela andou, que era respeitável? Sagaz, com uma língua inquieta de lagarto, pensou ele (pois se fazia necessário inventar, permitir-se um pouco de diversão), uma sagacidade calma e contida, rápida no gatilho; nada barulhenta.

Ela andou; ela atravessou; ele a seguiu. Constrangê-la era a última coisa que desejava. Contudo se ela parasse ele diria: "Vamos tomar um sorvete?", diria mesmo, e ela responderia pura e simplesmente: "Ah, sim".

Mas na rua outras pessoas se puseram entre eles, atrapalhando-o, apagando-a. Ele perseguiu; ela mudou. Havia rubor nas faces dela; zombaria nos olhos; ele se via como um aventureiro, impetuoso, ligeiro, ousado, até (pois que chegara ontem mesmo da Índia), um bucaneiro romântico, indiferente a todas aquelas malditas propriedades, roupões amarelos, cachimbos, caniços, nas vitrines das lojas; e aos bons costumes, a festas e a homens elegantes que usavam faixas brancas por baixo dos coletes. Ele era um bucaneiro. Ela seguia seu caminho, atravessando a Piccadilly, pegando a Regent, à frente dele, a capa, as luvas, os ombros ornando com as franjas e as rendas e os boás nas vitrines para compor a atmosfera de opulência e extravagância que emanava das lojas e minguava na beira da calçada, tal qual a luz das lamparinas que se dissipa pelas sebes na escuridão da noite.

Risonha e encantadora, ela atravessou a Oxford Street e a Great Portland Street e pegou uma das ruelas menores, e agora, agora o grande momento se aproximava, pois agora ela desacelerava o passo, abria a bolsa e, com um olhar na direção dele mas não para ele, um olhar de despedida que resumia toda a situação e a descartava de modo triunfal, para sempre, ela punha a chave na fechadura, abria a porta e ia embora! A voz de Clarissa dizendo, Não se esqueça da minha festa, não se esqueça da minha festa, cantava nos ouvidos dele. A casa era uma daquelas casas vermelhas atarracadas com cestos de flor pendurados e uma vaga aura de indecência. Estava tudo terminado.

Pois bem, pelo menos eu me diverti, pensou ele; foi divertido, pensou, olhando para os vasos suspensos de gerânios pálidos. Assim reduziu-se ao pó sua diversão, pois era meio fabricada, como ele bem sabia; uma ilusão, aquela escapada com a moça; uma invenção, tal qual se inventa a melhor parte da vida, pensou — inventar-se, inventar a garota; tecer uma fantástica diversão, e mais. Mas como era estranho, e como era verdade; tudo aquilo que jamais se podia compartilhar — tudo reduzido ao pó.

Deu meia-volta; subiu a rua, pensando em procurar algum lugar para sentar e matar o tempo até a hora de ir ao Lincoln's Inn — de ir ver Mr. Hooper e Mr. Grateley. Aonde ir? Tanto faz. Avante, então, rumo ao Regent's Park.

Na calçada as botas dele marcavam o compasso de "tanto faz"; pois ainda estava cedo, estava cedo demais.

Mesmo porque a manhã estava esplêndida. Como o palpitar de um coração perfeito, a vida pulsava pelas ruas. Sem acanhamento — sem hesitação. Derrapando e deslizando, pontual, preciso, silencioso, ali, naquele exato instante certeiro, o automóvel freou diante da porta. A garota, com meias de seda e penas, efêmera porém pouco atraente para ele em especial (pois ele já tinha acabado de viver sua aventura), desceu. Mordomos dignos, chow-chows trigueiros, salões de piso xadrez preto e branco com esvoaçantes cortinas brancas, tudo isso Peter viu e aprovou através da porta aberta. À sua própria maneira, Londres era mesmo um esplêndido triunfo; a temporada[52]; a civilização. Para um membro de uma respeitável família anglo-indiana que administrava os assuntos de um continente inteiro havia, no mínimo, três gerações (e que sentimento curioso, pensou ele, já que tanto desgostava da Índia e do império e do

---

52. Temporada social, período anual (geralmente abarcando o verão) em que a alta sociedade britânica se realocava para Londres para participar de bailes, jantares e eventos de caridade. Era costume que as elites considerassem as casas de campo como suas residências principais, portanto as residências londrinas eram mais usadas durante a temporada social. A tradição começou no século XVII, teve seu auge no período vitoriano e foi caindo em desuso após a Primeira Guerra Mundial, quando muitas das famílias se desfizeram de suas mansões na cidade. Hoje em dia ainda existem eventos que são considerados parte da temporada social londrina, mas já não têm o caráter exclusivo de outrora.

exército), ele até tinha seus momentos de grande apreço pela civilização, mesmo daquela forma, estimando-a como se fosse uma de suas posses; momentos de orgulho da Inglaterra; dos mordomos; dos chow-chows; das garotas que desfrutavam seu privilégio. Admito, pensou ele, por mais ridículo que seja. E os médicos e os homens de negócios e as mulheres competentes, às voltas com seus afazeres, pontuais, alertas, firmes, passavam-lhe a impressão de serem camaradas formidáveis e impecáveis a quem ele poderia confiar a própria vida, cúmplices na arte de viver, gente com quem se podia contar. A despeito disso ou daquilo, no fim das contas o espetáculo era bastante tolerável, e ele ia se sentar à sombra e fumar.

E lá estava o Regent's Park. O próprio. Passeara no Regent's Park quando criança – curioso, pensou ele, como ando cheio dessas reminiscências da infância – decerto por conta de ter visto Clarissa; pois as mulheres, pensou, vivem muito mais no passado do que nós. A mulher se prende mais aos lugares; e ao pai – mulheres sempre sentem orgulho do pai. Bourton era um lugar agradável, muito agradável, mas nunca fui capaz de me dar bem com o velho, pensou. Certa noite houvera uma cena e tanto – uma discussão sobre um assunto qualquer, o quê, exatamente, ele nem se lembrava mais. Política, por certo.

Sim, lembrava-se bem do Regent's Park; o passeio longo e reto; a casinha onde se compravam balões de gás à esquerda; uma estátua absurda com um dístico em algum lugar. Procurou um lugar para sentar. Não queria ser estorvado (pois sentia certa sonolência) por gente perguntando a hora. Uma babá idosa e emaciada, com um bebê dormindo no carrinho – era o melhor que ele conseguiria, sentar-se na outra ponta do banco em que estava a babá.

É uma menina esquisita, pensou ele, lembrando de repente de Elizabeth entrando na sala e se postando ao lado da mãe. Estava crescida; quase adulta; não exatamente bonita, mas refinada; e não devia ter mais de dezoito. Provavelmente não se dava com Clarissa. "Eis a minha Elizabeth" – esse tipo de coisa – por que não apenas "Eis Elizabeth"? – tentando entender nas coisas, tal qual a maioria das mães, algo que elas não são. Ela se vale demais do próprio charme, pensou. Ela exagera.

A fumaça rica e benigna do charuto rebojou garganta abaixo em um torvelinho gelado; soprada em seguida para fora, ela peitou o ar bravamente por um momento; os anéis azulados – vou tentar dar uma palavrinha a sós com Elizabeth hoje à noite, pensou ele – então ganharam contornos trêmulos de ampulheta antes de se dissipar; mas que formas curiosas ela faz, pensou. De repente, fechou os olhos, ergueu a mão com esforço e atirou longe a pesada guimba do charuto. Uma imensa escova varreu a mente dele, levando junto o chacoalhar dos galhos, vozes infantis, o rumorejo de passos, de gente caminhando, do tráfego, os sons do tráfego que aumentavam e diminuíam. Ele foi afundando cada vez mais nas plumas e penas da sonolência, afundando-se no silêncio.

* * *

A babá grisalha voltou a tricotar enquanto Peter Walsh, sentado na ponta ensolarada do banco, começou a roncar. De vestido cinzento, trabalhando com mãos infatigáveis porém silenciosas, mais parecia uma defensora dos direitos dos adormecidos, uma daquelas presenças espectrais que irrompem, ao cair da noite, nos bosques feitos de céu e ramagem. O viajante solitário, assombração das veredas, perturbador das samambaias e destruidor de grandes pés de cicuta, ergue os olhos de repente e depara com a figura gigantesca no fim do caminho.

Ateu por convicção, talvez, ele é pego de surpresa por momentos de extraordinária exaltação. Nada existe fora de nós, pensa ele, à exceção de um estado de espírito; um anseio por consolo, por alívio, por qualquer coisa que extrapole esses pigmeus infelizes, esses débeis, esses torpes, esses covardes homens e mulheres. Mas sendo ele capaz de concebê-la, então de algum modo ela existe, pensa ele; seguindo seu caminho com os olhos voltados para o céu e para os galhos, ele logo confere a eles um caráter feminino, admirando-se com a circunspecção que assumem; o esplendor com que, no farfalhar umbroso das folhas ao sabor da leve brisa, exalam caridade, compreensão e absolvição, e então, atirando-se de chofre ao alto, misturam sua índole caridosa com uma selvagem ebriedade.

Tais são as visões que oferecem grandes cornucópias de frutas ao viajante solitário, ou murmuram ao pé do ouvido como sereias saracoteando pelas verdes ondas do mar, ou saltam diante do rosto como ramalhetes de flores, ou emergem à superfície como os rostos pálidos que pescadores tentam alcançar debatendo-se em meio ao aguaçal.

Tais são as visões que vêm à tona, incansáveis, caminhando ao lado e postando-se diante das coisas reais; assoberbando com frequência o viajante solitário, tomando dele a sensação da terra e o desejo de voltar e oferecendo-lhe em troca com uma paz difusa, como se toda essa febre de viver (pensa ele, embrenhando-se pela trilha na mata) fosse apenas a própria simplicidade; e as miríades de coisas transformadas em uma só coisa; e essa figura, feita de céu e de rama, emergisse das águas turbulentas do mar (ele já tem idade avançada, passa dos cinquenta) feito um vulto que sai das ondas a fim de fazer jorrar de suas mãos magníficas compaixão, compreensão, absolvição. Então, pensa ele, quem dera nunca mais retornar à luz da lâmpada, à sala de estar; quem dera nunca terminar meu livro, nunca mais esvaziar meu cachimbo e mandar chamar Mrs. Turner para fazer a limpeza; quem dera, em vez disso, seguir de braços abertos até essa grandiosa figura que, num meneio de cabeça, há de me carregar em seus fachos de luz, permitindo que, junto com todo o resto, eu seja reduzido ao nada.

Tais são as visões. Logo o viajante solitário terminou de atravessar o bosque, e então, achegando-se à porta com as mãos erguidas a toldar os olhos, talvez a fim de vigiar o retorno dele, avental branco enfunado, vem uma mulher de idade que aparenta (tamanho poder em sua enfermidade) esquadrinhar o deserto em busca de um filho perdido; procurar um cavaleiro decaído; personificar a figura da mulher que perdeu os filhos nas batalhas do mundo. Assim, enquanto o viajante solitário avança pela rua do vilarejo onde mulheres tricotam e homens jardinam, a noite parece agourenta; as figuras, imóveis; como se uma sina assombrosa, conhecida por todos, impavidamente aguardada, estivesse prestes a varrê-los por completo da existência.

Dentro de casa, em meio a coisas banais, o armário, a mesa, o parapeito da janela com seus gerânios, de repente a silhueta da senhoria, inclinando-se para tirar a mesa, orla-se com uma suave claridade, um emblema adorável que apenas a lembrança das frias relações humanas nos proíbe de abraçar. Ela pega a geleia; ela a guarda no armário.

— Ainda vai querer alguma coisa hoje, senhor?

Mas a quem responde o viajante solitário?

* * *

E assim a babá idosa tricotava e cuidava do bebê adormecido no Regent's Park. E assim Peter Walsh ressonava. Acordou de sobressalto, dizendo consigo: "A morte da alma".

— Céus! — disse consigo em voz alta, espreguiçando e abrindo os olhos. — A morte da alma. — As palavras se ligavam a uma determinada cena, a um determinado cômodo, a um determinado passado com que estivera sonhando. Ficaram mais claros; a cena, o cômodo, o passado com que estivera sonhando.

Foi em Bourton naquele verão, no começo dos anos 1890, que ele ficara perdidamente apaixonado por Clarissa.

Havia muitas pessoas lá, rindo e conversando, reunidas ao redor da mesa após o chá, a sala banhada de luz amarela e repleta de fumaça de cigarro. Estavam falando de um homem que se casara com a criada, um dos aristocratas da vizinhança, não conseguia lembrar o nome dele. Tinha se casado com a criada e convidaram-na a vir a Bourton — e que visita horrível. Ela estava toda emperiquitada, "feito uma cacatua", dissera Clarissa, imitando-a, e nunca calava a boca. Falava e falava sem parar. Clarissa a imitara. E então perguntaram — foi Sally Seton quem perguntou —, alguém haveria de se espantar ao saber que, antes de se casarem, ela já tivera um filho? (Era um atrevimento e tanto dizer tal coisa em ambientes mistos naquela época.) Peter ainda podia ver Clarissa ruborizando; encolhendo-se ao dizer: "Ah, nunca mais vou conseguir lhe dirigir a palavra!". Com isso, todo o grupo sentado ao redor da mesa de chá pareceu estremecer. Foi muito constrangedor.

Ele não a culpara por pensar assim, pois naqueles tempos uma menina com a criação que ela tivera não sabia de nada, mas foi o jeito dela que o irritou; tímida; severa; arrogante; pudica. "A morte da alma." Dissera instintivamente, rotulando o momento como de costume — a morte da alma dela.

Todos estremeceram; todos pareceram se curvar às palavras dela e, ao se reerguer, pareceram diferentes. Ele ainda podia ver Sally Seton, como uma criança fazendo arte, inclinada para a frente, rosto afogueado, querendo falar mais, mas amedrontada, e Clarissa amedrontava mesmo as pessoas. (Ela era a melhor amiga de Clarissa, estava sempre pela casa, era muito diferente dela, uma criatura atraente, formosa, morena, com fama de ser muito ousada, e ele dava a Clarissa charutos que ela ia fumar no quarto, e Sally tinha ou deixado de ser noiva de alguém ou brigado com a família, e o velho Parry desaprovava a ambos na mesma medida, o que criara um forte vínculo entre eles.) E então Clarissa, ainda com um ar de ofendida com todo mundo, levantou-se, deu uma desculpa qualquer e saiu, sozinha. Abriu a porta e logo entrou aquele imenso cão desgrenhado que vivia correndo atrás das ovelhas. Ela se atirou sobre ele, embevecida. Foi como se dissesse a Peter — ele sabia bem que tudo aquilo se dirigia a ele — "Eu sei que você me achou ridícula pelo que eu disse sobre aquela mulher, mas veja só como sou generosa; veja só como amo o meu Rob!".

Sempre tiveram a peculiar habilidade de se comunicar sem palavras. Ela percebia no ato quando ele a condenava. Então logo fazia algo óbvio a fim de se defender, como aquela farra toda com o cachorro — mas ele nunca se deixava enganar, sempre percebia as artimanhas de Clarissa. Não que ele dissesse algo, é claro; só ficava calado, carrancudo. Assim começava a maioria das discussões deles.

Ela fechou a porta. Na mesma hora, ele ficou muito deprimido. Tudo parecia sem cabimento — continuar apaixonado, continuar brigando, continuar fazendo as pazes; e ele saiu a vagar sozinho, entre estábulos e outras construções, olhando os cavalos. (A propriedade era modesta; os Parry nunca foram muito abastados;

mas sempre havia cavalariços e criados nas estrebarias de lá – Clarissa amava cavalgar – e um velho cocheiro – como era mesmo o nome dele? –, uma velha babá, Moody, Goody, um nome desses, a quem se visitava em um quartinho apinhado de fotografias, apinhado de gaiolas de passarinho.)

Foi uma noite terrível! Ele foi ficando cada vez mais taciturno, não só por causa daquilo, mas por causa de tudo. E ele não tinha como procurá-la; não tinha como lhe explicar, acertar as contas. Sempre havia gente à volta – e ela continuava agindo como se nada tivesse acontecido. Esse era o lado diabólico dela – aquela frieza, aquela impassibilidade, um timbre muito profundo que ele notara de novo naquela manhã ao falar com ela; aquela impenetrabilidade. Mas, céus, como ele a amava. Ela tinha um poder inusitado de fazer a pessoa dar corda ao desassossego, tocando-o então como uma corda de violino.

Peter chegara tarde à mesa do jantar, movido por alguma intenção obtusa de querer se fazer notar, e sentara-se ao lado da velha Miss Parry – tia Helena –, irmã de Mr. Parry, que supostamente presidia naquela casa. Lá estava ela, com seu xale de caxemira branca, sentada de costas para a janela – uma senhora temível, mas sempre muito gentil com ele, pois ele tinha trazido para ela uma flor rara, e ela era uma grande botanista que se metia na mata de botina no pé e lata de coleta a tiracolo. Sentara-se ao lado dela, sem conseguir dizer nada. Parecia que tudo lhe escapava e ele só ficou sentado ali, comendo. E então no meio do jantar ele se forçou a erguer o rosto e olhar para Clarissa, pela primeira vez, do outro lado da mesa. Ela estava conversando com um jovem à sua direita. Foi então que o acometeu um lampejo repentino. "Ela vai se casar com aquele homem", disse para si mesmo. Nem sequer sabia o nome dele.

Pois é claro que aquela fora a tarde, a fatídica tarde em que Dalloway viera visitar; e Clarissa o chamara de "Wickham"; aquele fora o começo de tudo. Viera junto com alguém e Clarissa entendera o nome dele errado. Ia apresentando-o a todos como Wickham. Até que, enfim, ele falara "Meu nome é Dalloway!" — esse foi o primeiro contato que Peter teve com Richard — um jovem de pele clara, um tanto esquisito, que estava sentado em uma espreguiçadeira e bradava: "Meu nome é Dalloway!". Sally cismou com isso; depois ela continuou chamando-o sempre de "Meu nome é Dalloway!".

Naquela época Peter andava propenso a revelações. Aquela — a de que ela se casaria com Dalloway — foi ofuscante — assoberbante, na hora. Havia certa — como poderia dizer? — certo desembaraço na forma como ela lidava com ele; um quê de maternal, de ternura. Estavam falando de política. Durante todo o jantar, Peter tentou escutar o que diziam.

Depois, ele se lembrava de estar de pé ao lado da poltrona da velha Miss Parry na sala de visitas. Clarissa se acercou dele, com seus modos irretocáveis, como uma legítima anfitriã, a fim de apresentá-lo a alguém — falando como se eles ainda não o conhecessem, o que o enfureceu. Contudo, apesar de tudo, ele a admirou. Admirou sua coragem; seu condão social; admirou sua habilidade de cumprir o combinado. "A perfeita anfitriã", acusou ele, ao que ela se encolheu toda. Mas queria mesmo que ela se condoesse. Teria feito qualquer coisa a fim de magoá-la, depois de vê-la daquele jeito com Dalloway. Então ela o deixou sozinho. E ficou com a sensação de que todos estavam ali reunidos em uma conspiração contra ele – rindo e conversando –, pelas suas costas. Ali ficou, ao lado da poltrona de Miss Parry como se fosse um entalhe de madeira, conversando sobre flores silvestres. Nunca, jamais havia sofrido tamanho inferno! Talvez tivesse se esquecido de fingir que prestava atenção; despertou, enfim; deu com o semblante meio incomodado, meio indignado de Miss Parry, que o fitava com seus olhos protuberantes. Ele quase gritou que não havia como prestar atenção porque estava no inferno! As pessoas começaram a deixar a sala. Entreouviu uma conversa de ir buscar os casacos; de que na água faria frio, dentre outras coisas. Estavam indo passear de canoa no lago sob o luar – mais um dos desatinos de Sally. Escutou-a descrever a lua. E todos saíram da casa. Ele ficou sozinho.

– Não vai querer ir com eles? – perguntou tia Helena (pobre velhinha!) tinha adivinhado tudo. Então ele se virou e lá estava Clarissa outra vez. Ela voltara a fim de buscá-lo. Ficou comovido com a generosidade dela, a bondade.

– Ora, vamos – disse ela. – Estamos esperando.

Nunca se sentira tão feliz em toda a sua vida! Sem uma única palavra, eles tinham feito as pazes. Caminharam até o lago. Viveu vinte minutos de uma felicidade perfeita. A voz, a risada, o vestido dela (uma peça esvoaçante, branca, carmesim), o espírito vivo e aventureiro dela; ela fez com que todos desembarcassem para explorar a ilha; ela assustou uma galinha; ela gargalhava; ela cantava. E todo aquele tempo, ele sabia muito bem, Dalloway estava se apaixonando por ela; ela estava se apaixonando por Dalloway; mas não importava. Nada importava. Sentaram-se no chão e conversaram — Clarissa e ele. Entravam e saíam da mente um do outro sem o menor esforço. Até que, de um segundo para o outro, tudo acabou. Estavam entrando na canoa quando ele pensou: "Ela vai casar com aquele sujeito", apático, sem ressentimento algum; mas era óbvio. Dalloway ia se casar com Clarissa.

Dalloway remou, levando todos de volta. Não disse nada. Mas enquanto todos o observavam saltar na motocicleta a fim de partir para a jornada de trinta quilômetros pela mata, descer o caminho serpeante, acenar e desaparecer, de alguma forma ele certamente sentia, instintivamente, tremendamente, fortemente, a coisa toda; a noite; o romance; Clarissa. Dalloway merecia ficar com ela.

Quanto a ele, ele era absurdo. O que exigia de Clarissa (compreendia agora) era absurdo. Pedia coisas impossíveis. Fizera cenas terríveis. Ela ainda o teria aceitado, talvez, se ele tivesse se portado de forma menos absurda.

Era o que Sally achava. Passara o verão inteiro escrevendo longas cartas para ele; e como elas falavam dele; como ela o elogiava, como Clarissa caía no choro! Foi um verão extraordinário — cartas, cenas, telegramas — chegar a Bourton de manhã cedinho, ficar acordado até a hora em que os criados se levantavam; *tête-à-tête* lamentáveis com o velho Mr. Parry durante o café da manhã; tia Helena temível mas gentil; Sally arrastando-o para ir conversar na horta; Clarissa na cama com dor de cabeça.

A cena final, a terrível cena final que ele considerava mais importante do que qualquer outra coisa em toda a sua vida (talvez fosse exagero, mas era assim que parecia-lhe agora), aconteceu às três horas de uma tarde muito quente. Foi uma coisinha à toa que levou a ela — Sally no almoço fazendo um comentário qualquer sobre Dalloway, chamando-o de "Meu nome é Dalloway"; ao que Clarissa se retesou de súbito, ruborizando, daquele jeito dela, e retrucando com rispidez: "Ninguém aguenta mais essa piada medíocre". Foi só isso; mas para ele, foi como se ela tivesse dito: "Estou só brincando com você; já acertei tudo com Richard Dalloway". Foi assim que ele entendeu. Fazia noites que não dormia direito. "Isso precisa acabar, de um jeito ou de outro", disse a si mesmo. Mandou Sally entregar um bilhete a ela pedindo que fosse vê-lo na fonte às três. "Aconteceu uma coisa muito importante", escrevinhou ele no fim.

A fonte ficava no meio de um pequeno arboreto afastado da casa, cercada de moitas e árvores. Lá veio ela, antes da hora até, e eles pararam ali, separados pela fonte, o bico (estava quebrado) pingando água sem parar. Como se fixam na mente determinadas visões! Por exemplo, o musgo verde-vivo.

Ela estava imóvel.

— Diga-me a verdade, diga-me a verdade — repetia ele. Estava com a cabeça a ponto de estourar. Ela parecia retraída, petrificada. Ela estava imóvel. — Diga-me a verdade — repetiu, quando o velho Breitkopf surgiu do nada com o *Times* debaixo do braço; encarou-os; pasmou; e foi embora. Ambos ficaram imóveis, os dois. — Diga-me a verdade — repetia ele. Sentia que estava se ralando numa superfície áspera e rígida; ela era inquebrantável. Era dura como ferro, como sílex, inflexível até o osso. E então ela disse:

— Não adianta. Não adianta. É o fim. — Depois de ele ter passado o que parecera horas falando, com lágrimas escorrendo pelas faces; foi como se ela tivesse dado um tapa na cara dele. Ela se virou, ela o deixou, ela se foi.

— Clarissa! — gritou ele. — Clarissa! — Mas ela nunca mais voltou. Estava tudo terminado. Ele foi embora naquela noite. Ele nunca mais tornou a vê-la.

* * *

Foi horrível, gemeu ele, horrível, horrível!

Ainda assim, o sol brilhava. Ainda assim, superavam-se as coisas. Ainda assim, a vida foi dando seu jeito de seguir em frente, um dia após o outro. Ainda assim, pensou ele, bocejando e começando a notar — o Regent's Park mudara muito pouco desde seus tempos de menino, exceto pelos esquilos — ainda assim, presumia que deveria haver compensações — quando a pequena Elsie Mitchell, que estava catando seixos para a coleção que ela e o irmão guardavam na cornija da lareira do quarto das crianças, despejou um punhado de pedrinhas no colo da babá e saiu correndo outra vez, trombando com as pernas de uma moça. Peter Walsh não conteve o riso.

Mas Lucrezia Warren Smith vinha falando consigo, Que coisa mais perversa; por que tenho de sofrer assim?, perguntava-se ela enquanto seguia pelo passeio. Não; não suporto mais, dizia ela, deixando Septimus, que já não era mais Septimus, no banco logo à frente, a dizer coisas cruéis, duras, perversas, a falar sozinho, a conversar com um defunto; e então a menina que corria trombou com ela, esborrachou-se e abriu o berreiro.

Até que foi um pouco reconfortante. Ergueu a menina do chão, sacudiu a poeira do vestidinho, deu um beijo nela.

Porém, ela mesma não tinha feito nada de errado; tinha amado muito Septimus; tinha sido feliz; tivera um lindo lar, onde ainda moravam as irmãs, que faziam chapéus. Por que *ela* tinha de sofrer assim?

A menina correu de volta para a babá, e Rezia ficou observando a criança ser repreendida, confortada, pega no colo pela babá, que deixou o tricô de lado, e o senhor de ares gentis entregou-lhe o relógio, divertindo-a com o abrir da tampa — mas por que *ela* tinha de ficar tão vulnerável? Por que não ficara em Milão? Por que se torturar? Por quê?

Levemente estremecidos pelas lágrimas, o passeio, a babá, o homem de cinza, o carrinho de bebê subiam e desciam diante de seus olhos. Ser atormentada por aquele algoz maligno era a sua sina. Mas por quê? Era como um passarinho que se abriga embaixo de uma fina folha e fica ofuscado pelo sol, piscando, quando a folha se mexe; assustado ao menor estalar de um graveto seco. Ela estava vulnerável; estava cercada das árvores imensas e das nuvens imponentes de um mundo indiferente, vulnerável, atormentada; e por que ela tinha de sofrer? Por quê?

Franziu o cenho; bateu o pé. Tinha que voltar para junto de Septimus, pois já estava quase na hora da consulta com Sir William Bradshaw. Tinha de voltar e contar a ele, voltar para junto dele naquela cadeira verde à sombra da árvore, falando sozinho, ou com o falecido Evans, um homem que ela só vira durante alguns momentos na loja. Parecera-lhe um sujeito quieto e agradável; grande amigo de Septimus e morrera na Guerra. Mas são coisas que acontecem com todo mundo. Todo mundo tem amigos que morreram na Guerra. Todo mundo abre mão de algo ao se casar. Ela abrira mão de seu lar. Viera morar aqui, nesta cidade horrorosa. Mas Septimus se deixava levar pelos pensamentos horríveis, assim como ela poderia, se tentasse. Andava cada vez mais estranho. Dizia que havia gente conversando do outro lado da parede do quarto. Mrs. Filmer achava esquisito. Também via coisas — como a cabeça de uma velha no meio da samambaia. Contudo, quando queria, ele também era capaz de ser feliz. Quando foram a Hampton Court[53], no alto do ônibus, estavam ambos perfeitamente felizes. A grama estava cravejada de mil florzinhas amarelas e vermelhas que pareciam lanternas flutuantes, disse ele, conversando e papeando e rindo, imaginando histórias. Ele disse: "É agora que nós nos matamos", quando estavam diante do rio, contemplando-o com aquele olhar que ela já vira no rosto dele diante do passar de um trem ou ônibus – um olhar de puro fascínio; e ela sentiu que ele fazia menção de se afastar e o pegou pelo braço. Mas no caminho para casa ele se mostrou perfeitamente tranquilo – perfeitamente razoável. Elencou os motivos pelos quais eles tinham de se matar; explicou que as pessoas eram muito cruéis; disse que, ao passar por elas na rua, conseguia ver as mentiras que inventavam. Ele sabia tudo o que pensavam; ele sabia de tudo. Conhecia o sentido do mundo, disse ele.

E então, quando chegaram, ele mal conseguia andar. Deitou-se no sofá e insistiu para que ela segurasse sua mão para ele não cair, cair, gritou ele, bem no meio das chamas! E via rostos nas paredes, zombando dele, xingando-o da forma mais repugnante, e mãos apontando ao redor do biombo. No entanto, estavam mesmo sozinhos. Mas ele se

---

53. Palácio Real situado no distrito de Richmond upon Thames, no sudoeste de Londres, às margens do rio Tâmisa. Construído no século XVI, tornou-se uma das residências de Henrique VIII e suas várias esposas. Famoso por seus jardins, é considerado uma das mais belas obras arquitetônicas no estilo Tudor.

pôs a falar alto, respondendo a alguém, discutindo, rindo, chorando, insistindo, afogueado, que ela tomasse nota do que dizia. Era tudo ilógico: absurdos sobre a morte, sobre Miss Isabel Pole. Ela não aguentava mais. Iria voltar.

Agora estava bem perto dele, via-o fitar o céu, murmurando consigo, retorcendo as mãos. Mas o Dr. Holmes disse que não havia nada de errado com ele. Então o que tinha acontecido? – então por que ele se fora, por que, quando ela sentou ao lado dele, ele se sobressaltou, franziu o cenho, recuou, e apontou para a mão dela, pegou a mão dela e a olhou aterrorizado?

Seria porque ela tinha tirado a aliança?

– Meus dedos andam tão mirrados – disse ela. – Guardei-a na bolsa – informou.

Ele soltou a mão dela. O casamento acabou, pensou ele, com aflição, com alívio. A corda se rompera; ele se aprumou; estava livre, de acordo com o decreto de que ele, Septimus, senhor dos homens, deveria ser livre; sozinho (já que a mulher jogara fora a aliança, já que ela o abandonara), ele, Septimus, estava sozinho, fora convocado antes da massa humana para ouvir a verdade, para aprender o sentido que, agora, por fim, depois de todo o árduo trabalho da civilização – gregos, romanos, Shakespeare, Darwin, e agora ele mesmo –, estava prestes a ser integralmente concedido a...

– A quem? – disse ele, em voz alta.

– Ao Primeiro-Ministro – sussurraram as vozes que pairavam sobre sua cabeça. O segredo supremo deve ser levado ao gabinete ministerial; primeiro, que as árvores estão vivas; segundo, que crime não existe; em terceiro vem o amor, amor universal, murmurou ele, ofegante, trêmulo, extraindo dolorosamente as verdades profundas que, de tão densas, tão difíceis, exigiam um esforço imenso para serem enunciadas, mas que mudariam o mundo por completo e para sempre.

Crime não existe; amor; ele repetiu, procurando papel e lápis, quando um skye terrier veio farejar suas calças e ele se sobressaltou, agoniado de medo. O cachorro estava se transformando em um homem! Não suportaria ver tal coisa! Era horrível, terrível, ver um cachorro virando homem! Logo depois, o cão trotou para longe.

O céu e sua clemência divina, sua benevolência infinita. Ele foi poupado e sua fraqueza, perdoada. Mas qual era a explicação científica (pois é preciso, acima de tudo, ser científico)? Como ele era capaz de ver através de corpos, de enxergar o futuro, quando cães se transformariam em homens? Devia ser obra da onda de calor, afetando um cérebro tornado vulnerável por éons de evolução. Em termos científicos, a carne havia se derretido, desprendendo-se do mundo. Seu corpo fora macerado até sobrarem apenas as fibras nervosas. E estiraçado, feito um véu que cobre uma rocha.

Ficou ali, recostado na cadeira, exausto porém aprumado. Ficou descansando, aguardando, antes de voltar ao seu posto, árduo e angustiante, de intérprete da humanidade. Ficou suspenso lá no alto, no dorso do mundo. A terra se eriçou sob seus pés. Flores vermelhas cresciam por dentro de sua carne; as folhas firmes farfalhavam ao redor de sua cabeça. Uma música começou a ecoar nas pedras aqui no alto. É a buzina de um automóvel na rua, murmurou ele; mas aqui em cima o ruído reverberava de pedra em pedra, se apartando e colidindo em choques sonoros que se erguiam em colunas lisas (que a música fosse visível era uma descoberta e tanto), transformando-se em um hino, um hino que agora um jovem pastor fiava com sua flauta (É um velho tocando pífaro na porta do pub, murmurou ele) e que, enquanto o jovem permanecia imóvel, ia brotando de sua flauta e então, conforme o jovem subia, ia tecendo seu formoso lamento, enquanto lá embaixo circulava o tráfego. A elegia do jovem é tocada em meio ao tráfego, pensou Septimus. Agora ele se recolhe em meio à neve, circundado das rosas que pendiam à volta – as espessas rosas vermelhas que nascem na parede do meu quarto, lembrou a si mesmo. A música parou. O tocador de pífaro já ganhou uns trocados, concluiu ele, e partiu para o próximo pub.

Mas ele mesmo continuava no alto do rochedo, como um marujo afogado em um rochedo. Eu me inclinei por cima da murada do barco e caí, pensou ele. Fui para o fundo do mar. Já estive morto, contudo agora estou vivo, mas me deixe quieto para descansar, implorou ele (falava consigo mesmo outra vez – era horrível, horrível!); e então, antes de acordar, as vozes, o canto dos pássaros e o som das rodas ressoam e tagarelam em uma harmonia estranha, ficando cada vez mais altos, e a pessoa adormecida sente-se atraída para as margens da vida, então ele também se sentiu atraído para a vida, o sol cada vez mais forte, sons cada vez mais altos, algo portentoso prestes a acontecer.

Só tinha que abrir os olhos; mas tinha um peso sobre eles; um medo. Ele se aguçou; ele se esforçou; ele olhou; viu o Regent's Park diante dele. Longas réstias de sol se desmanchavam aos seus pés. As árvores sacudiam, brandiam. Nós acolhemos, o mundo parecia dizer; nós aceitamos, nós criamos. Beleza, o mundo parecia dizer. Como comprovação (científica), para onde quer olhasse, as casas, os gradis, os antílopes esticando-se por cima das cercas, a beleza saltava aos olhos. Admirar uma folha tremulando em uma lufada de ar era um ato de puro deleite. Andorinhas arremetiam e se alçavam ao alto, esvoaçando de um lado para o outro, girando e girando, mas sempre com um controle tão perfeito como se presas por um elástico; e as moscas subiam e desciam; e num gracejo o sol reluzia ora nesta folha, ora naquela, adornando-a de um dourado suave, pleno de júbilo; de quando em vez se ouvia um ressoar (talvez uma buzina de automóvel), um tilintar divino na grama alta — tudo isso, com toda a sua calma e bom senso, sua origem nas coisas corriqueiras, era agora a verdade; a beleza, essa era agora a verdade. A beleza estava em toda parte.

— Está na hora — disse Rezia.

A palavra "hora" rompeu seu invólucro; despejou sobre ele suas benesses; e caíram de seus lábios como cascas, como serragem de uma plaina, sem que ele as tivesse formulado, palavras, duras, pálidas, imperecíveis, que alçaram voo até tomar seu lugar em uma ode ao Tempo, uma ode imortal ao

Tempo. Ele cantou. Por detrás da árvore, Evans respondeu. Os mortos estavam na Tessália[54], entoou Evans entre orquídeas. Estavam à espera na Tessália até o fim da Guerra, e agora os mortos, e agora o próprio Evans...

— Pelo amor de Deus, não venham! — gritou Septimus. Pois ele não seria capaz de encarar os mortos.

Mas algo afastou os galhos. Um homem de cinza caminhava na direção deles. Era Evans! Mas não estava coberto de lama; não tinha ferimentos; não havia mudado nada. Preciso contar ao mundo inteiro, bradou Septimus, erguendo a mão (enquanto o homem morto de terno cinza se aproximava), erguendo a mão feito uma figura colossal que passara eras lamentando o destino dos homens, sozinha no deserto, com as mãos espalmadas na testa e vincos de desespero nas bochechas, até enfim enxergar na divisa do deserto uma luz que se alastra e golpeia a figura negra como ferro (e Septimus fez menção de se levantar da cadeira) e, com legiões de homens prostrados atrás de si, ele, o colosso enlutado, recebe por um instante no rosto toda a...

— Mas estou tão infeliz, Septimus — disse Rezia, tentando fazê-lo sentar.

As multidões se lamentavam; seu pranto já durava eras. Ele iria se virar, em instantes, em meros instantes ele lhes contaria sobre o alívio, a alegria, sobre a revelação magnífica...

---

54. Região da Grécia, palco de um confronto na Primeira Guerra Mundial.

— A hora, Septimus — repetiu Rezia. — Que horas são?

Ele estava falando sozinho, ele estava sobressaltado, aquele homem havia de tê-lo notado. Estava olhando para eles.

— Vou lhe dizer as horas — disse Septimus de forma vagarosa e sonolenta, com um sorriso misterioso para o homem morto de terno cinza. Ainda estava ali, sentando, sorrindo, quando bateu o quarto de hora; quinze para o meio-dia.

Ser jovem é assim, pensou Peter Walsh ao passar por eles. É protagonizar uma cena terrível — a pobre moça parecia tomada pelo desespero — no meio da manhã. Mas por quê?, perguntou-se ele; o que o jovem de sobretudo dissera para que ela ficasse daquele jeito; em que apuro temível haveriam de ter se metido para aparentarem tamanho desespero naquela belíssima manhã de verão? O curioso de voltar, depois de cinco anos, era a propensão que a Inglaterra tinha, pelo menos nos primeiros dias, a fazer com que todas as coisas saltassem aos olhos como se nunca tivessem sido vistas antes; namorados brigando à sombra da árvore; a vida doméstica e familiar dos parques. Londres nunca lhe parecera tão encantadora — a suavidade das distâncias; a riqueza; o verdume; a civilização, depois da Índia, pensou ele, caminhando pela grama.

Sem dúvida, ser tão suscetível às impressões fora sua ruína. Mesmo com essa idade, tal qual um menino ou mesmo uma menina, ele ainda sofria mudanças de humor; dias bons e dias ruins sem muito motivo, alegrava-se ao ver um rosto bonito, acabrunhava-se diante do feio. Depois da Índia, é claro que a pessoa se apaixona por todas as mulheres que encontra. Tinham certo frescor; era inegável que até mesmo as mais pobres andavam se vestindo melhor do que cinco anos atrás; e ele achava que a moda nunca tivera um caimento tão bom; as compridas capas pretas; a magreza; a elegância; sem falar no hábito delicioso e aparentemente universal da maquiagem. Todas as mulheres, até as mais respeitáveis, tinham na face um rubor das rosas de estufa; lábios talhados na ponta da faca; ondas negras de kajal; em tudo havia arte e elegância; era evidente que algo havia mudado. O que se passa na cabeça dos jovens?, perguntou-se Peter Walsh.

Suspeitava que aqueles cinco anos — de 1918 até 1923 — tinham sido, de algum modo, muito importantes. As pessoas haviam mudado. Os jornais haviam mudado. Agora, por exemplo, em um dos semanários de respeito, havia um homem que escrevia abertamente sobre vasos sanitários. Isso era impensável dez anos atrás — escrever abertamente sobre vasos sanitários em um dos semanários de respeito. Para não falar nisso de pegar um ruge ou um pó de arroz e se maquiar em público. A bordo do navio que o trouxera de volta para casa, havia vários rapazes e várias moças — ele se lembrava bastante de Betty e Bertie, em particular — flertando muito abertamente; a velha mãe só ficava sentada lá, observando-os por cima do tricô, sem dar bola. Sem o menor pudor, a menina empoava o nariz diante de todos. E nem noivos eles estavam;

estavam apenas se divertindo juntos, sem qualquer mágoa em nenhum dos lados. Ela era dura na queda, aquela Betty Alguma Coisa, mas era gente boníssima. Daria uma ótima esposa lá pelos trinta anos — iria se casar quando lhe conviesse; iria se casar com um ricaço qualquer, e iria morar em um casarão perto de Manchester[55].

Quem era mesmo que tinha feito algo assim? Peter Walsh ficou tentando se lembrar, virando na alameda do parque — quem se casou com um ricaço e foi morar em um casarão perto de Manchester? Alguém que mandou para ele bem recentemente uma carta longa e efusiva sobre "hortênsias azuis". Sobre ter visto hortênsias azuis e pensado nele e nos velhos tempos — Sally Seton, é claro! Tinha sido Sally Seton — a última pessoa no mundo que se esperaria ver casada com um ricaço e morando em um casarão perto de Manchester, a selvagem, audaciosa e romântica Sally!

Mas de toda aquela turma das antigas, os amigos de Clarissa — os Whitbread, os Kindersley, os Cunningham, os Kinlock Jones —, ele achava que Sally era a melhor pessoa. Pelo menos tentava ver as coisas da maneira certa. Pelo menos enxergava a verdade por trás de Hugh Whitbread — o admirável Hugh — enquanto Clarissa e os outros todos se atiravam aos pés dele.

---

55. Cidade situada no noroeste da Inglaterra, polo da Revolução Industrial. Justamente por seu caráter industrial, representa um cenário muito diferente da vida aristocrática e cosmopolita de Londres.

— Os Whitbread? — ainda podia ouvi-la dizer. — Quem são os Whitbread? Vendedores de carvão. Comerciantes respeitáveis.

Hugh, por algum motivo, ela detestava. Era incapaz de pensar em algo além da própria aparência, dizia ela. Tinha de ter nascido duque. Teria dado um jeito de acabar casado com uma das Princesas Reais. E Hugh, é claro, tinha o mais extraordinário, mais natural e mais sublime respeito pela aristocracia britânica de qualquer ser humano que ele já conhecera na vida. Até Clarissa tinha de admitir. Ah, mas ele era tão querido, tão altruísta, deixava de lado as caçadas para agradar à velha mãe — lembrava-se dos aniversários das tias, e assim por diante.

Justiça seja feita, Sally nunca se deixou enganar por nada daquilo. Ele se lembrava muito bem de uma discussão numa manhã de domingo em Bourton sobre os direitos das mulheres (que assunto mais antediluviano) quando, de repente, Sally perdeu a paciência, encrespou-se e acusou Hugh de personificar tudo o que havia de mais deplorável na vida da classe média britânica, de ser responsável pelo estado "daquelas pobres meninas em Piccadilly"[56] — Hugh, o perfeito cavalheiro, o pobre Hugh! — ninguém nunca ficara tão escandalizado quanto ele! Ela fizera de propósito, como confessou mais tarde (pois eles tinham o hábito de se encontrar na horta e

---

56. Prostitutas.

trocar impressões). – "Ele nunca leu nada, nunca pensou nada, nunca sentiu nada" – podia ainda ouvi-la dizer, naquela voz enfática que se propagava muito mais do que ela conseguia se dar conta. Qualquer cavalariço tinha mais vida que Hugh, dizia ela. Era o mais perfeito espécime dos internatos de elite, dizia ela. Só mesmo a Inglaterra para produzir um sujeito como ele. Foi extremamente impiedosa, por algum motivo; tinha cismado com ele. Algo acontecera – ele já tinha se esquecido do quê – na sala de fumar. Ele a insultara de alguma forma – acaso a teria beijado? Inacreditável! Naturalmente, todos se recusavam a acreditar em uma única palavra contra ele. Quem poderia acreditar? Hugh beijando Sally na sala de fumar! Se ainda fosse alguma Honorável Edith ou Lady Violet,[57] talvez; mas não a pobretona da Sally, que não tinha onde cair morta, com pai ou mãe que vivia apostando em Monte Carlo. De todas as pessoas que ele já conhecera, Hugh era o mais esnobe – o mais obsequioso – mas bajulador, isso ele não era. Era pedante demais para tanto. A comparação óbvia era com um criado

---

57. Aqui, trata-se de uma menção a filhas de aristocratas. Todas as filhas de marqueses e condes são chamadas de "Lady" (no caso dos homens, todos os filhos dos marqueses são chamados de "Sir", mas apenas os primogênitos dos condes são chamados assim). Já os filhos e as filhas de viscondes gozam de menos honrarias e ganham apenas o título de "Honorável". Por fim, filhos de barões não têm direito a títulos e são tratados por "Miss" e "Mister".

de primeira categoria — um sujeito que andava atrás a carregar as malas, a quem se confiavam os telegramas a enviar — indispensável às anfitriãs. E havia arrumado seu emprego — havia casado com sua Honorável Evelyn; conseguira um carguinho modesto na Corte, cuidava das adegas reais, polia as fivelas dos sapatos imperiais, circulava vestindo calça de montaria e babados. Como era implacável a vida! Um cargo modesto na Corte!

Casara-se com a tal Honorável Evelyn, com quem morava por aquelas bandas, pensava ele (fitando as residências pomposas que circundavam o Regent's Park), pois já tinha almoçado em uma casa por ali que tinha, feito todas as posses de Hugh, algo que não se encontrava em nenhum outro lugar — armários repletos de lençóis finos, talvez. A pessoa tinha de ir ver essas coisas — tinha de passar um tempo precioso admirando o que quer que fosse — armários com lençóis finos, fronhas, móveis antigos de carvalho, retratos — que Hugh havia comprado por uma ninharia. Mas às vezes Mrs. Hugh entregava o jogo. Era uma daquelas mulherzinhas soturnas com cara de rato que admiram homens grandiosos. Era quase insignificante. Até que, de repente, dizia algo inesperado — e perspicaz. Conservava talvez os grandes modos de outrora. O carvão para o aquecimento era um pouco forte para ela — deixava o ar pesado. E assim moravam ali, com seus armários de lençóis finos e suas pinturas de grandes mestres e suas fronhas com rendas de verdade, com seus rendimentos de uns cinco ou dez mil por ano,[58] enquanto ele, dois anos mais velho que Hugh, tinha que mendigar por um emprego.

Aos cinquenta e três tinha que vir pedir para que eles o pusessem em alguma secretaria, que lhe arrumassem algum trabalho ensinando latim para garotinhos ou o deixassem à disposição de algum mandarim em um escritório, algo que rendesse umas quinhentas libras por ano; pois se ele se casasse com Daisy, mesmo com a pensão, não daria para viver com menos. Em tese, podia ser Whitbread; ou Dalloway. Não se incomodava em pedir a Dalloway qualquer coisa que fosse. Ele era gente boníssima; um pouco limitado; um pouco obtuso, de fato, mas era gente boníssima. Fazia tudo com o mesmo jeito sensato e sem rodeios; sem o menor toque de imaginação, sem a menor centelha de inteligência, porém com a inexplicável cortesia típica de sujeitos como ele. Tinha de ter nascido na aristocracia rural — era um verdadeiro desperdício na política. Era ao ar livre que se destacava, com cavalos e cães — como se saíra bem, por exemplo, quando o cão desgrenhado de Clarissa ficara preso em uma armadilha e quase perdera a pata; Clarissa quase desmaiou e foi Dalloway quem cuidou de tudo: fez talas, enfaixou, disse a Clarissa que deixasse de bobagens. Era por isso, talvez, que ela gostava dele — era disso que ela precisava. "Ora essa, minha querida, deixe de bobagens. Segure isto... passe aquilo", conversando com o cão o tempo inteiro, como se o bicho fosse um ser humano.

---

58. De acordo com a calculadora do Bank of England, mil libras de 1923 seriam, em 2019, cerca de 60 mil libras.

Mas como ela conseguia engolir toda aquela baboseira sobre poesia? Como aturava quando ele discorria sobre Shakespeare? Sério e solene, Richard Dalloway empertigava-se todo para dizer que um cavalheiro que se prezasse jamais deveria ler os sonetos de Shakespeare pois era como espiar pelo buraco da fechadura (além do mais, o relacionamento não inspirava a aprovação dele). Um cavalheiro que se prezasse jamais permitiria que a esposa visitasse a irmã de uma falecida esposa.[59] Inacreditável! Só restou bombardeá-lo com amêndoas açucaradas – pois isso foi durante o jantar. Mas Clarissa engolia tudo; achava tão honesto, tão independente da parte dele; por Deus, talvez ela o considerasse a mente mais singular que já conhecera!

Esse era um dos assuntos que o vinculava a Sally. Havia um jardim que eles visitavam juntos, uma área cercada com roseiras e imensos pés de couve-flor – ela ainda se lembrava de Sally arrancando uma rosa, detendo-se para admirar a beleza das folhas de repolho ao luar (era

---

59. Na Inglaterra, era considerado imoral e incestuoso que um viúvo se casasse com a irmã de sua falecida esposa – a prática chegou a ser oficialmente proibida em 1835. A situação só foi se regularizar em 1907, quando o Parlamento aprovou o Deceased Wife's Sister Marriage Act – ou seja, a lei matrimonial da irmã da falecida esposa, literalmente. A expressão escolhida por Woolf neste trecho é justamente "deceased wife's sister", o que parece fazer referência direta ao dilema que se arrastou durante tanto tempo no Reino Unido. Um detalhe curioso: a lei matrimonial da viúva do irmão falecido (ou seja, para uma viúva que desejasse se casar com o cunhado) só surgiu catorze anos depois.

mesmo extraordinária a vividez com que vinham as lembranças, as coisas em que passara tantos anos sem nem pensar), enquanto ela implorava, meio em tom de brincadeira obviamente, que ele arrebatasse Clarissa, que a salvasse dos Hugh e dos Dalloway e de todos aqueles outros "perfeitos cavalheiros" que iriam "sufocar a alma dela" (naqueles tempos ela andava escrevendo calhamaços de poesia), transformá-la em uma mera anfitriã, alimentar sua faceta mais mundana. De todo modo, fazendo justiça a Clarissa, ela jamais teria se casado com Hugh. Tinha uma ideia perfeita do que queria. Trazia as emoções todas à flor da pele, mas por dentro era muito astuta — uma juíza de caráter muito mais calejada do que Sally, por exemplo, mas, por outro lado, puramente feminina; dona daquele dom extraordinário, aquele dom de mulher, de criar um mundo próprio onde quer que fosse. Adentrava um salão; detinha-se, como ele já vira tantas vezes, diante da porta de entrada, com uma multidão à sua volta. Mas era de Clarissa que as pessoas se lembravam depois. Não que fosse arrebatadora; nem bonita ela era; não havia nada pitoresco em sua figura; ela nunca fazia comentários particularmente inteligentes; fazia-se notar, contudo; fazia-se notar.

Não, não, não! Não estava mais apaixonado por ela! Sentia-se apenas incapaz, depois de vê-la naquela manhã, cercada de tesouras e linhas de seda, preparando-se para a festa, de tirá-la da cabeça; ela insistia em voltar à mente dele, feito uma pessoa sentada ao lado dele no trem, meio adormecida, que não para de tombar em cima dele; não que estivesse apaixonado, naturalmente; era só o ato de pensar nela, de criticá-la, de tentar explicá-la, trinta anos depois. De Clarissa, o mais óbvio a dizer era do seu aspecto mundano; conferia desmedida importância à posição na sociedade, ao seu lugar no mundo — algo que era verdade até certo ponto; já havia admitido para ele. (Dando-se ao trabalho, era sempre possível fazer com que ela admitisse, honesta que era.) Afirmava então detestar gente desleixada, defasada, derrotada, como ele próprio, talvez; embora não houvesse cabimento que as pessoas vivessem à toa, com as mãos enfiadas nos bolsos; tinham de fazer alguma coisa, ser alguma coisa; e aquelas grã-finas, as Duquesas, as velhas Condessas grisalhas que recebiam as pessoas em suas salas de visitas, figuras que ele considerava incomensuravelmente distantes de tudo o que tivesse a menor importância, possuíam para ela um valor muito tangível. Lady Bexborough, dissera ela uma vez, mantinha-se sempre aprumada (feito a própria Clarissa; nunca relaxava, em qualquer dos sentidos da palavra; vivia empertigada como uma flecha, um tanto rígida até). Dissera que elas eram donas de uma coragem que, quanto mais velha ficava, mais Clarissa respeitava. Havia muito de Dalloway naquilo tudo, naturalmente; muito daquele discurso do interesse público, daquele espírito imperialista e reformista das classes dominantes que fora se instaurando nela, como haveria de ser. Duas vezes mais inteligente do que o marido, ela não podia deixar de enxergar o mundo pela ótica dele — uma das tragédias da vida conjugal. Dona de opiniões próprias, ela não deixava de citar Richard a todo momento — como se não desse para depreender as opiniões de Richard nos mínimos detalhes só de abrir o *Morning Post*[60] de uma manhã qualquer! Aquelas festas, por exemplo, eram todas para ele — ou para a imagem que ela tinha dele (sendo justo com Richard, ele seria muito mais feliz vivendo uma vida rural em Norfolk). Ela transformara sua sala de visitas em uma espécie de ponto de encontro; tinha uma aptidão natural para tal. Tantas foram as vezes em que ele vira Clarissa escolher um jovenzinho ainda cru e torcê-lo, moldá-lo, despertá-lo; pô-lo diante do caminho certo. Um sem-número de gente tediosa convergia ao seu redor, naturalmente. Mas surgiam também alguns tipos inesperados; um artista às vezes; às vezes um escritor; sujeitos que se sobressaíam naquela atmosfera. E por trás disso havia toda aquela trama de fazer visitas, mandar bilhetes, ser afável; viver portando ramalhetes de flores, agradinhos; Fulano de Tal estava de viagem para a França, precisava de uma almofada inflável; todo aquele périplo interminável tão característico às mulheres de tal estirpe e que ela executava de forma genuína e instintiva, ainda que à custa de todas as suas forças.

Causava espanto, contudo, que ela fosse uma das pessoas mais céticas que ele conhecera na vida, e era bem capaz (ele inventava essa teoria para tentar explicá-la, tão transparente em alguns aspectos, tão inescrutável em

---

60. Jornal diário conservador britânico publicado entre 1772 e 1937, quando foi adquirido pelo periódico *The Daily Telegraph*.

outros), bem capaz que dissesse a si mesma, Como somos uma raça condenada, acorrentada a um navio naufragando (quando menina seus autores preferidos eram Huxley e Tyndall,[61] ambos afeitos a tais metáforas náuticas), como a coisa toda não passa de uma piada de mau gosto, façamos, de todo modo, a nossa parte; mitiguemos o sofrimento de nossos companheiros de cárcere (Huxley outra vez); decoremos a masmorra com ramalhetes de flores e almofadas infláveis; sejamos as pessoas mais decentes que pudermos ser. Os Deuses, os pérfidos Deuses, não haveriam de vencer – pois ela achava que os Deuses, que nunca perdiam uma oportunidade de ferir, prejudicar e estorvar as vidas humanas, ficavam extremamente desconcertados quando, apesar de tudo, alguém se portava como uma dama. Essa fase começou logo depois da morte de Sylvia – um negócio medonho. Ver a própria irmã morta pela queda de uma árvore (tudo culpa de Justin Parry – de seu tremendo descuido), bem diante de seus olhos, uma jovem com toda a vida pela frente, a mais talentosa, Clarissa sempre dizia, era mais do que suficiente para amargurar uma pessoa. Suas convicções

---

61. Thomas Henry Huxley (1825-1895) era um cientista britânico, humanista e agnóstico – foi ele próprio que cunhou o termo "agnóstico" para descrever sua visão religiosa. Ganhou a alcunha de "O Buldogue de Darwin", por ser um grande defensor da teoria da evolução. John Tyndall (1820-1893) era um físico controverso, professor de História Natural na Real Instituição da Grã-Bretanha. Huxley e Tyndall se empenhavam para popularizar a ciência. Ambos foram amigos dos pais de Virginia Woolf.

foram se abrandando com o tempo, talvez; passou a acreditar que não existiam Deuses; não havia a quem culpar; e desenvolveu sua crença ateísta de fazer o bem apenas pelo próprio bem.

E encantava-se imensamente com a vida, é claro. Era sua natureza (embora tivesse certas ressalvas, sabe-se lá Deus por quê; ele às vezes sentia que, mesmo depois de tantos anos, sua compreensão de Clarissa mal chegava para um esboço). De todo modo, não havia nela qualquer amargura; tampouco aquele senso de virtude moral tão desagradável nas mulheres de bem. Quase tudo a encantava. Passear com ela pelo Hyde Park era vê-la deleitando-se ora com um canteiro de tulipas, ora com uma criança num carrinho de bebê, ora com algum melodraminha absurdo que inventava no calor do momento. (Era muito provável que fosse conversar com o jovem casal, caso achasse que pareciam infelizes.) Tinha um senso de humor bastante requintado, mas dependia dos outros, sempre dependia dos outros para trazê-lo à tona, e era por isso que desperdiçava tanto tempo almoçando, jantando, dando aquelas incessantes festas, falando abobrinhas, fazendo comentários pouco sinceros, embotando o fio da mente, perdendo o discernimento. Lá ia ela sentar-se à cabeceira da mesa, num esforço infinito para fazer companhia a um velho decrépito que talvez tivesse alguma serventia para Dalloway — o casal conhecia os sujeitos mais absurdamente fastidiosos de toda a Europa —, ou então lá vinha Elizabeth e tudo era posto de lado em virtude *dela*. Na última visita dele, ela ainda estava no colégio, num estado monossilábico, uma garota de olhos redondos e rosto pálido, sem nada que lembrasse a mãe, uma criatura silenciosa e estólida, consistentemente impassível, que deixou a mãe fazer todo aquele alarido em torno dela para então entoar: "Já posso ir agora?", tal qual uma criança de quatro anos; estava saindo para jogar hóquei, explicou Clarissa, com aquela mistura de divertimento e orgulho que o próprio Dalloway parecia suscitar nela. Agora, contudo, Elizabeth já deve ter debutado; devia achá-lo um velho antiquado, devia zombar dos amigos da mãe. Bem, pouco importa. A compensação de envelhecer, pensou Peter Walsh, saindo do Regent's Park, chapéu na mão, era apenas esta: as paixões permanecem fortes como nunca, mas conquista-se — até que enfim! — o poder que dota a existência de um sabor supremo — o poder da experiência, da contemplação, de tomar posse das coisas e examinar cada detalhe, lentamente, à luz.

Era uma confissão terrível (tornou a vestir o chapéu), mas agora, aos cinquenta e três anos, quase não precisava mais dos outros. A própria vida, cada momento, cada gota de vida, aqui, este instante, agora, sob o sol, no Regent's Park, era suficiente. Era até demais. O decorrer de uma vida inteira era pouco, agora que tinha adquirido tal poder, para fazer vir à tona todo o sabor; para extrair cada grama de prazer, cada traço de significado — ambos muito mais sólidos do que costumavam ser, muito menos pessoais. Impossível sofrer outra vez com a mesma intensidade com que sofrera por Clarissa. Por horas a fio (Deus queira que possamos dizer tais coisas sem sermos entreouvidos!), por horas e dias a fio, ele nem chegara a pensar em Daisy.

Seria possível que agora estivesse apaixonado por ela, rememorando o sofrimento, a tortura, a paixão descabida daqueles dias? Era de todo diferente — muito mais agradável — pois a verdade, naturalmente, era que agora *ela* estava apaixonada por *ele*. E talvez tivesse sido por isso que, assim que o navio zarpara, ele sentira tamanho alívio, desejando mais do que tudo ficar sozinho; exasperando-se ao encontrar em seu camarote todos os regalos dela — charutos, bilhetes, uma manta para a viagem. Se todos fossem sinceros, afirmariam a mesmíssima coisa: aos cinquenta anos, o sujeito não deseja mais ninguém; não quer mais ficar tendo de elogiar as mulheres; isso é o que afirmariam os homens de cinquenta anos, pensava Peter Walsh, se fossem sinceros.

Mas o que dizer daqueles rompantes ilógicos de emoção — ter desatado a chorar naquela mesma manhã, o que foi aquilo? O que Clarissa teria pensado dele? Teria pensado, decerto não pela primeira vez, que ele era um tolo. O que estava por trás daquilo era o ciúme — o ciúme que sobrevive a todas as outras paixões da humanidade, pensou Peter Walsh, segurando o canivete com o braço estendido. Ela andava se encontrando com o Major Orde, relatara Daisy na última carta; dissera de propósito, ele bem sabia; dissera só para deixá-lo enciumado; até conseguia vê-la franzindo a testa, pensando no que escrever para magoá-lo; mas não fazia a menor diferença, pois mesmo ele estava furioso! Aquela azáfama toda de ir procurar os advogados na Inglaterra não era para poder se casar com ela, e sim para impedir que se casasse com outro. Era isso o que o atormentava; foi isso o que se apossou dele ao ver Clarissa tão calma, tão fria, tão concentrada no vestido ou coisa que o valha; perceber do que ela poderia tê-lo poupado, entender a que fora reduzido por ela: um velho carrancudo e lamuriento. Mas as mulheres, pensou ele, fechando o canivete, não sabem o que é paixão. Não sabem o que a paixão significa para os homens. Clarissa era fria como um pingente de gelo. Fora capaz de ficar lá sentada no sofá ao lado dele, permitir que tomasse sua mão, dar-lhe um beijo na bochecha – Pronto, ele havia chegado ao cruzamento.

Foi interrompido por um som; um som frágil e trêmulo, uma voz que brotava sem direção, sem vigor, sem começo nem fim, propagando-se de forma débil, estridente e sem qualquer significado humano em

ee um fah um so
foo swee too eem oo...

a voz desprovida de idade ou sexo, a voz de uma primavera ancestral germinando do seio da terra; que vinha, do outro lado da estação de metrô do Regent's Park, de uma figura alta e trêmula, como uma chaminé, como uma bomba d'água enferrujada, como uma árvore eternamente estéril que deixa o vento açoitar seus galhos destituídos de folhas e canta

ee um fah um so
foo swee too eem oo...

e soçobra e range e geme em meio à brisa eterna.

No decorrer de todas as eras — quando a calçada era grama, quando era pântano, no decorrer da era da presa afiada e do mamute, no decorrer da era do alvorecer silencioso — a mulher quebrantada — pois vestia uma saia —, mão direita estendida, mão esquerda cerrada junto ao corpo, cantava a sua canção de amor — o amor que durara um milhão de anos, cantava ela, o amor que triunfa, pois milhões de anos atrás o seu amado, que tinha morrido havia séculos, o seu amado, entoava ela, passeara a seu lado no mês de maio; mas ao curso das eras, longas como dias de verão, e flamejantes, lembrava bem, com nada além de ásteres vermelhos, ele se fora; a foice colossal da morte varrera os imensos montes, e ao enfim deitar ao solo a cabeça branca e indizivelmente velha, agora reduzida a meros sobejos de gelo, ela implorou aos Deuses que dispusessem ao seu lado um maço de urze roxa, naquele seu sepulcro alto que os derradeiros raios do derradeiro sol vinham acariciar; pois então o espetáculo do universo teria chegado ao fim.

Enquanto brotava a canção ancestral diante da estação de metrô do Regent's Park, a terra ainda parecia verdejante e florida; ainda assim, apesar de entoada por uma boca tão rude, pouco mais que um buraco enlameado na terra, coberto de raízes e grama emaranhada, ainda assim, a velha canção brotante e borbulhante, encharcando as raízes nodosas de idades eternas e esqueletos e tesouros, fluía em pequenos veios sobre a calçada e por toda a Marylebone Road, seguindo na direção de Euston, fertilizando, deixando para trás uma mancha úmida.

Sempre se lembrando de quando, durante algum maio primevo, ela caminhara ao lado de seu amado, aquela enrugada bomba d'água, aquela velha quebrantada com uma mão estendida em mendicância, a outra cerrada junto ao corpo, ainda estaria ali dez milhões de anos depois, lembrando-se de passear durante aquele mês de maio onde agora corria o mar, não importava com quem – era um homem, ah, sim, um homem que a amara. Mas o decorrer das eras obscurecera a clareza daquele dia ancestral de maio; as flores de pétalas vivas estavam opacas e esbranquiçadas de neve; e ela não via mais, ao implorar ao amado (como agora acontecia, com bastante clareza) "volta teu doce olhar para os olhos meus"[62], ela não via mais olhos castanhos, costeletas negras nem o rosto queimado de sol, só uma silhueta espreitadora, uma silhueta sombria, à qual, com aquele frescor de pássaro dos mais velhos, ela ainda chilreou "dá-me tua mão, deixa-me apertá-la de leve" (Peter Walsh cedeu e entregou uma moeda à pobre criatura antes de entrar no táxi), "e se alguém vir, o que importa?", exigiu ela; e cerrou o punho junto ao corpo, e sorriu, embolsando seu xelim, e todos os olhos inquisitivos pareceram borrados, e as gerações

62. Citação de uma versão em inglês de "Allerseelen", canção de Richard Strauss (1864–1949) com letra de Hermann von Gilm (1812–1864).

que passavam — a calçada transbordava de uma classe média apressada — desapareceram, como folhas, para serem pisoteadas, encharcadas e embebidas e transformadas em adubo por aquela fonte eterna...

ee um fah um so
foo swee too eem oo...

* * *

— Pobre senhora — falou Rezia Warren Smith.

Ah, coitada da velha!, disse ela, esperando para atravessar.

E se chovesse mais tarde? E se calhasse de passar ali o pai da pessoa, ou alguém que a conhecera em dias melhores, e então a visse ali, na sarjeta? E onde ela passava a noite?

Com alegria, quase enlevo, o fio invencível de canção pairava no ar feito a fumaça que se desprendia de uma chaminé, evolando-se por entre as faias limpas e aglomerando-se num tufo de fumaça azulada no topo da copa das árvores. "E se alguém vir, o que importa?"

Como estava tão infeliz já fazia semanas e semanas, Rezia andava conferindo significado a coisas que lhe aconteciam, sentindo-se quase na necessidade de parar as pessoas na rua, as que parecessem bondosas e generosas, só para dizer "eu estou infeliz"; e aquela velha senhora cantando no meio da rua "e se alguém vir, o que importa?", de repente, imbuiu-a de certeza de que tudo daria certo. Eles iam ver Sir William Bradshaw; ela achava que o nome soava bem; e ele curaria Septimus de uma vez por todas. E então havia uma carroça de cervejaria, e o rabo dos cavalos cinzentos estava cheio de cerdas esticadas de palha; havia cartazes de jornais. Era um sonho tolo, muito tolo, ser infeliz.

Então atravessaram a rua, Mr. e Mrs. Septimus Warren Smith, e havia, afinal, qualquer coisa que atraísse a atenção para eles, qualquer coisa que levantasse num transeunte a suspeita de que aquele jovem carregava dentro de si a mais importante mensagem do mundo, sendo também, inclusive, o homem mais feliz do mundo, e o homem mais infeliz do mundo? Talvez caminhassem mais devagar que os outros, e talvez houvesse um quê de hesitação e claudicância nos passos do homem, mas nada seria mais natural para um escriturário que fazia anos não pisava no West End durante a semana àquela hora do dia, nada mais natural que ficar mirando o céu, olhando isto, aquilo e aquilo outro, como se Portland Place fosse um salão em que só se podia entrar quando a família não estava, com lustres envoltos em sacos de pano e uma zeladora que, ao levantar uma ponta das compridas cortinas de modo que réstias de luz poeirenta tocassem as peculiares poltronas desabitadas, explica aos visitantes como o lugar era maravilhoso; como era maravilhoso, mas ao mesmo tempo, pensa ele, como era estranho.

À primeira vista, ele podia muito bem ser um escriturário, mas da melhor qualidade; pois calçava botas marrons; tinha mãos finas, tal como o perfil — seu perfil inteligente, sensível, ancorado num proeminente nariz anguloso; o mesmo não valia, contudo, para os lábios, que eram frouxos; e seus olhos (como tendem a ser os olhos) eram meros olhos, castanho-esverdeados, grandes; de modo que era, no geral, um caso limítrofe, nem uma coisa nem outra; era capaz de acabar arrumando uma casa em Purley e um automóvel, ou continuar morando de aluguel a vida inteira em aposentos modestos; um daqueles homens semieducados que se encarregam sozinhos de concluir a própria formação, com livros emprestados de bibliotecas públicas, lidos à noite depois do expediente, por indicação de renomados autores consultados por carta.

Quanto às demais experiências, as solitárias, que as pessoas enfrentam sozinhas em seus quartos, em seus escritórios, caminhando pelos campos e pelas ruas de Londres, ele também as tivera; saíra de casa, ainda garoto, por causa da mãe; porque ela mentia; porque ele desceu para tomar chá pela quinquagésima vez com as mãos sem lavar; pois não via futuro para um poeta em Stroud[63]; e assim, com a irmãzinha como confidente, partira para Londres, deixando para trás apenas um bilhete absurdo, como aqueles escritos pelos grandes homens e lidos mundo afora depois que sua história de superação ficou famosa.

Londres já devorou muitos milhões de jovens chamados Smith; nenhum dos quais, contudo, com um nome

---

63. Cidade-natal de Septimus, fica no condado de Gloucestershire, próxima ao rio Severn.

excêntrico feito Septimus, escolhido por pais com ganas de distinção. Alojado na região da Euston Road, houve experiências, mais experiências, tal qual a mudança na face arredondada e inocente que, no curso de dois anos, transformou-se num rosto descarnado, teso, hostil. Mas de tudo isso, o mais observador de seus amigos só teria a dizer o mesmo que um jardineiro diz ao abrir a porta da estufa pela manhã e encontrar um broto novo em sua planta: – Floresceu; floresceu a partir de vaidade, ambição, idealismo, paixão, solidão, coragem, ócio, as sementes habituais que, todas aglomeradas (em um quarto em Euston Road), tornaram-no acanhado, tartamudo, deixaram-no ansioso para se aprimorar, fizeram-no apaixonar-se por Miss Isabel Pole, que ensinava Shakespeare em Waterloo Road[64].

Não seria ele como Keats[65]?, perguntou ela, refletindo que poderia lhe oferecer um vislumbre de *Antônio e Cleópatra*[66] e dos demais; então emprestou livros; escreveu bilhetes; acendeu nele o tipo de fogo que só arde uma vez ao curso de toda a vida, sem calor, uma chama bruxuleante rubro-dourada infinitamente etérea e diáfana que ardia por Miss Pole; *Antônio e Cleópatra*; e Waterloo Road.

---

64. Rua ao sul do rio Tâmisa, onde Virginia Woolf, assim como Miss Isabel Pole, lecionou literatura, redação e história. Suas aulas foram ministradas na Morley College, escola para adultos, no período noturno, entre 1905 e 1907.

65. John Keats (1795-1821), poeta romântico inglês.

66. Peça teatral de William Shakespeare.

Achava-a linda, julgava-a impecavelmente sábia; sonhava com ela, escrevia-lhe poemas que, desconsiderando o tema, ela corrigia em vermelho; numa tardinha de verão ele a viu caminhando em uma praça, de vestido verde. "Floresceu", poderia ter dito o jardineiro se abrisse a porta; se viesse, por assim dizer, numa noite qualquer por aquela época e o encontrasse escrevendo; rasgando em pedaços o que escrevera; concluindo uma obra-prima às três horas da manhã e precipitando-se porta afora para andar na rua, e visitando igrejas, e jejuando um dia, embriagando-se noutro, devorando Shakespeare, Darwin, *A história da civilização*[67] e Bernard Shaw[68].

Mr. Brewer sabia que algo estava acontecendo; Mr. Brewer, o gerente dos escriturários da Sibleys & Arrowsmiths, leiloeiros, avaliadores, agentes imobiliários; algo estava acontecendo, pensou, e, por ser tão paternal com seus rapazes, por ter Smith em tão alta conta, por profetizar que, dali a dez ou quinze anos, herdaria o lugar na poltrona de couro que ficava na sala interna sob a claraboia, cercada das caixas de inventários, "desde que cuide dessa saúde", dizia Mr. Brewer, e era ali que morava o perigo — ele tinha uma

---

67. Provavelmente *A história da civilização na Inglaterra,* de Henry Thomas Buckle (1821–1862), um historiador britânico autodidata, feito os "homens semieducados" que Septimus menciona poucas linhas acima.

68. George Bernard Shaw (1856–1950), dramaturgo, romancista, contista, ensaísta e crítico irlandês. Sua obra foi muito marcada por sátiras, com um forte cunho sociopolítico avesso ao conservadorismo.

aparência combalida; recomendou o futebol, convidou-o para jantar e estava em vias de recomendá-lo para um aumento, quando aconteceu algo que solapou os intentos de Mr. Brewer, levou embora seus rapazes mais promissores e, tão intrometidos e insidiosos eram os dedos da Guerra Europeia, despedaçou um busto de gesso de Ceres[69], abriu uma cratera nos canteiros de gerânios e, com efeito, deixou em frangalhos os nervos da cozinheira da residência de Mr. Brewer em Muswell Hill[70].

Septimus foi um dos primeiros a se alistar. Foi à França para salvar uma Inglaterra que consistia quase inteiramente de peças de Shakespeare e Miss Isabel Pole caminhando pela praça de vestido verde. Nas trincheiras, a mudança almejada por Mr. Brewer ao recomendar o futebol ocorreu em um instante; sua masculinidade desabrochou; foi promovido; conquistou o respeito, até mesmo a afeição, de seu oficial superior, que atendia por Evans. Eram como cães brincando no tapete diante da lareira; um mordendo um papel amarrotado, grunhindo, chacoalhando, mordiscando, de vez em quando, a orelha do mais velho; o outro deitado, piscando, sonolento, ao fitar o fogo, erguendo a pata, virando, emitindo um rosnar bem-humorado. Tinham de estar sempre juntos, compartilhando, brigando, discutindo. Mas quando Evans (Rezia, que só o vira uma

---

69. Deusa romana da fertilidade, correspondente à grega Deméter.
70. Assim como Purley, mais um subúrbio londrino que se desenvolveu após a Primeira Guerra Mundial.

vez, o chamara de "um homem calado", um homem ruivo e corpulento, impassível diante de companhias femininas), quando Evans morreu, logo antes do Armistício[71], na Itália, longe de demonstrar qualquer emoção e reconhecer o fim de uma amizade, Septimus parabenizou a si mesmo pela sensatez de sentir quase nada. A Guerra o ensinara. Era sublime. Havia suportado todo o espetáculo, amizade, Guerra Europeia, morte, fora promovido, ainda não tinha nem trinta anos e estava fadado a sobreviver. Estava bem ali. As últimas bombas não o acertaram. Explodiram diante do olhar indiferente dele. Quando a paz chegou ele estava em Milão, aquartelado na casa de estalajadeiro onde havia um pátio, vasinhos de flores, mesas ao ar livre, filhas que confeccionavam chapéus, e da caçula, Lucrezia, ficou noivo numa noite em que estava assoberbado pelo pânico – de não sentir mais nada.

Pois agora, terminado tudo, firmado o acordo de paz, enterrados os mortos, ele era acometido, principalmente à noite, por aqueles clarões repentinos de pavor. Não sentia mais nada. Abrindo a porta do aposento onde as italianas confeccionavam chapéus, ele logo as viu; ouvia as moças; estavam enfiando arames por contas coloridas em pires; moldando a tarlatana assim e assado; a mesa coberta de plumas, fitas, sedas, cetins; o clangor das tesouras no tampo da mesa; mas algo lhe fugia; não sentia mais nada.

---

71. Firmado em 11 de novembro de 1918, deu início ao fim das hostilidades entre Aliados e a Alemanha e marcou o fim da Primeira Guerra Mundial.

Contudo, o clangor das tesouras, a risada das meninas, os chapéus sendo feitos, tudo aquilo o protegia; asseveravam segurança; garantiam seu refúgio. Mas ele não podia passar a noite toda parado ali. Havia momentos em que despertava no meio da matina. A cama despencando; ele despencando. Se não fossem as tesouras e a lamparina e os moldes entelados! Pediu Lucrezia em casamento, a mais jovem, a irmã alegre e frívola, que estendia aqueles dedinhos de artista e dizia "O segredo está aqui". Seda, plumas e tudo mais ganhava vida naqueles dedos.

— O mais importante é o chapéu — dizia ela durante os passeios que faziam. Esquadrinhava cada chapéu que passava; e a capa e o vestido e o porte da mulher. Reprovava o desmazelo e a ostentação, não de forma enérgica, mas com gestos impacientes, como um pintor que afasta alguma impostura óbvia e gritante, porém inócua; então, com benevolência e olhar sempre crítico, elogiava uma jovem vendedora capaz de extrair elegância de suas vestes modestas, ou exaltava, com entusiasmo chancelado pela *expertise* profissional, uma dama francesa que descia da carruagem com peles de chinchila, vestido longo e pérolas.

— Que lindo! — murmurava, cutucando Septimus para que ele também visse. Mas a beleza estava atrás de uma vidraça. Nem mesmo o paladar (Rezia gostava de sorvete, chocolate, coisas doces) o comprazia. Pôs a xícara na mesinha de mármore. Olhou as pessoas lá fora; pareciam felizes, reunidas no meio da rua, gritando, rindo, fazendo muito barulho por nada. Mas não sentia gosto, não sentia mais nada. Entre as mesas e os garçons tagarelas do salão de chá, o tenebroso pavor acercou-se dele; não sentia mais nada. Conseguia pensar; conseguia ler Dante, por exemplo, com assaz facilidade ("Septimus, faça o favor de largar esse livro", pediu Rezia fechando com delicadeza o *Inferno*[72]), conseguia fazer contas; o cérebro estava em perfeitas condições; devia então ser culpa do mundo, que ele não sentisse mais nada.

"Os ingleses são tão calados" dizia Rezia. Ela gostava, dizia. Admirava os homens ingleses, e queria conhecer Londres, e ver os cavalos ingleses, e os ternos sob medida, e se lembrava de já ter ouvido maravilhas sobre as lojas, quem falara fora uma tia que se casara e se mudara para o Soho.

É bem possível, pensou Septimus, fitando a Inglaterra pela janela, enquanto o trem partia de Newhaven; é bem possível que o próprio mundo não tenha mais significado.

No escritório foi promovido a um posto de considerável responsabilidade. Tinham orgulho dele; ganhara condecorações. – Você já cumpriu seu dever, agora cabe a nós... – começou a dizer Mr. Brewer; não foi capaz de prosseguir, de tão prazerosa a emoção. Foram morar em ótimos aposentos nas imediações da Tottenham Court Road.

Então voltou a ler Shakespeare. Aquela obsessão, coisa pueril, pela linguagem – *Antônio e Cleópatra* – murchara de vez. Como Shakespeare execrava a humanidade

---

72. Primeira parte de *A divina comédia,* de Dante Alighieri (1265–1321), escritor, poeta e político italiano.

— o trocar de roupas, a concepção de filhos, a sordidez da boca e das entranhas! Agora tudo isso se revelava para Septimus; a mensagem oculta na beleza das palavras. O gesto secreto que uma geração passa veladamente à outra é o desprezo, ódio, desespero. Em Dante era igual. Em Ésquilo[73] (traduzido) era igual. À mesa, Rezia enfeitava chapéus. Enfeitava chapéus para as amigas de Mrs. Filmer; enfeitava chapéus cobrando por hora. Tinha uma aparência pálida, misteriosa, como um lírio, afogado, coberto de água, pensou ele.

— Os ingleses são tão sérios — dizia ela, abraçando Septimus, face colada à dele.

O amor entre homem e mulher causava grande repulsa a Shakespeare. Para ele, a coisa da cópula era asquerosa diante do fim. No entanto, Rezia dizia que precisava ter filhos. Já tinham cinco anos de casados.

Visitaram juntos a Torre de Londres; o Museu Victoria & Albert; juntaram-se à multidão para ver o Rei abrir o Parlamento. Para não falar das lojas — lojas de sapato, lojas de vestido, lojas com bolsas de couro na vitrine que a faziam parar e admirar. Mas ela precisava de um filho.

Precisava de um menino como Septimus, dizia. Mas ninguém jamais seria como Septimus; tão gentil; tão sério; tão inteligente. Não podia ela também ler Shakespeare? Shakespeare era um autor muito difícil?, perguntava ela.

---

73. Dramaturgo da Grécia Antiga, um dos expoentes da tragédia.

Não dá para ter filhos num mundo assim. Não dá para perpetuar o sofrimento, multiplicar essa raça de feras devassas, desprovidas de emoções duradouras, reféns do capricho e da vaidade que as compõem e as conduzem ora para um lado, ora para o outro.

Ele a observava aparar, modelar, como quem observa um pássaro saltitar, chispar na grama, sem se atrever a mexer um músculo. Pois a verdade (por mais que ela ignorasse) é que seres humanos são incapazes de bondade, ou fé, ou caridade, para além do que se presta a aumentar o prazer do momento. Caçam em matilhas. As matilhas exploram as estepes e desaparecem uivando imensidão afora. Abandonam os feridos. Têm na cara um perpétuo esgar. Feito o Brewer, no escritório, com seu bigode encerado, seu alfinete coral na gravata, seu peitilho branco e suas emoções cordiais — por dentro, todo gélido e pegajoso —, seus gerânios arruinados na Guerra — os nervos da cozinheira em frangalhos; ou Amelia Alguma Coisa, distribuindo xícaras de chá pontualmente às cinco — uma megera obscena, dissimulada e sardônica; e os Toms e os Berties com seus peitilhos engomados deixando escorrer gotas espessas de perversão. Nem imaginavam que ele os desenhava no caderno, nus, em toda a sua descompostura. Nas ruas, furgões rugiam por todo lado; a brutalidade estampava os cartazes de jornais; homens presos em minas; mulheres eram queimadas vivas; e certa ocasião passou por ele na Tottenham Court Road uma fila desconjuntada de lunáticos, exibidos num espetáculo de mau gosto para a ralé (que se acabava de gargalhar), desfilando e assentindo e rindo para ele, todos meio constrangidos, meio triunfantes, por infligir aos outros sua desgraça inoportuna. Mas quem estava enlouquecendo era *ele*, pois sim.

Na hora do chá, Rezia contou que a filha de Mrs. Filmer estava grávida. *Ela* é que não podia envelhecer sem ter filhos! Estava muito sozinha, estava muito infeliz! Chorou pela primeira vez desde que se casaram. Ele ouvia os soluços dela bem ao longe; ouvia bem; ouvia com nitidez; comparava o som ao baque de um pistão. Mas não sentia nada.

Sua esposa estava chorando, e ele não sentia nada; mas a cada soluçar profundo, silencioso e desconsolado, ele descia mais um degrau rumo ao fundo do abismo.

Por fim, com um gesto melodramático que fez de forma mecânica e com total consciência da própria falsidade, enterrou o rosto nas mãos. Agora estava rendido; era bom que viessem pessoas ajudá-lo. Era bom mandar chamar as pessoas. Ele se entregou.

Nada foi capaz de despertá-lo. Rezia o levou para a cama. Mandou chamar o médico — Dr. Holmes, médico de Mrs. Filmer. Dr. Holmes o examinou. Não havia absolutamente nada de errado, disse Dr. Holmes. Ah, mas que alívio! Que homem gentil, que homem bom!, pensou Rezia. Quando ele próprio se sentia assim, disse o Dr. Holmes, ia ao teatro de variedades. Tirava o dia de folga e saía com a esposa para jogar golfe. Convinha experimentar tomar duas pastilhas de brometo dissolvidas em água antes de dormir. Essas casas antigas de Bloomsbury[74], disse Dr. Holmes dando batidinhas na parede, costumam ter uns lambris fantásticos que os senhorios fazem o desserviço de mandar cobrir com papel. Outro dia mesmo, de visita a um paciente, um Sir desses qualquer, em Bedford Square...

Então não tinha justificativa; absolutamente nada de errado, exceto o pecado pelo qual a natureza humana já o condenara à morte: não sentia mais nada. Nem se importara quando Evans morrera; esse fora o pior; mas todos os outros crimes levantavam a cabeça e apontavam e pilheriavam e escarneciam por cima do espaldar da cama pela matina, rindo daquele corpo prostrado que ia tomando consciência de sua degradação; de como havia se casado com uma mulher que não amava; de como a enganara; como a seduzira; ultrajara Miss Isabel Pole; estava tão coberto de pústulas, tão conspurcado pela perversão que as mulheres estremeciam ao vê-lo passar na rua. O veredito da natureza humana para um ser tão desgraçado era a morte.

Dr. Holmes veio outra vez. Espadaúdo, bonito, de rosto corado, batendo as botinas, olhando-se no espelho, ele descartou tudo — dores de cabeça, insônia, pavores, sonhos

---

74. Elegante área residencial do centro de Londres com construções que datam dos séculos XVII e XVIII, célebre por suas inúmeras instituições acadêmicas e culturais. Também foi o local de origem do Círculo de Bloomsbury, um grupo de artistas e intelectuais britânicos que existiu entre o início do século XX e o fim da Segunda Guerra Mundial, do qual fez parte a própria Virginia Woolf.

— sintomas nervosos e nada mais, disse. O próprio Dr. Holmes, ao menor sinal do ponteiro da balança pendendo para menos de setenta quilos, pedia logo à esposa que preparasse mais mingau no café da manhã. (Rezia poderia aprender a fazer mingau.) Mas, prosseguiu ele, nossa saúde está, em grande medida, em nossas próprias mãos. Atire-se de cabeça em outros interesses; encontre um passatempo. Abriu o Shakespeare — *Antônio e Cleópatra* —; deixou o Shakespeare de lado. Um passatempo, disse Dr. Holmes, pois não devia ele próprio sua saúde de ferro (e olha que trabalhava tanto quanto qualquer londrino) ao hábito de se desligar dos pacientes e se concentrar em suas mobílias antigas? E que belo pente, se lhe permitiam dizer, Mrs. Warren Smith estava usando!

Quando aquele maldito palerma veio outra vez, Septimus se recusou a vê-lo. Não diga!, falou Dr. Holmes, com um sorriso afável. Pois não lhe restava escolha exceto afastar delicadamente a encantadora Mrs. Smith para poder entrar no quarto do marido.

— Então o senhor está para baixo — disse em tom amável, sentando ao lado do paciente. Chegara até mesmo a falar em suicídio com a esposa, uma moça e tanto, estrangeira, não era? Não estaria passando a ela uma impressão pouco lisonjeira acerca dos maridos ingleses? Acaso não havia um dever a cumprir com a própria esposa? Não seria melhor fazer alguma coisa em vez de apenas ficar deitado na cama? Pois Dr. Holmes tinha mais de quarenta anos de experiência; Septimus podia confiar: não havia absolutamente nada de errado com ele. E tomara que, da próxima vez que viesse, Dr. Holmes encontrasse Smith fora da cama, sem causar angústia para a adorável senhora sua esposa.

A natureza humana, em suma, estava no seu encalço — aquele facínora repulsivo de narinas sanguíneas. Holmes estava no seu encalço. Dr. Holmes vinha quase todos os dias, sem falta. É só tropeçar, escreveu Septimus no verso de um cartão-postal, que a natureza humana fica no seu encalço. Holmes estava no seu encalço. A única chance que tinham era fugir, sem que Holmes soubesse; para a Itália — para qualquer lugar, qualquer lugar longe de Dr. Holmes.

Mas Rezia não conseguia entender. Dr. Holmes era um homem tão bom. Estava tão preocupado com Septimus. Só queria ajudar, dizia ele. Tinha quatro filhos pequenos e a convidara para tomar chá, contou ela a Septimus.

Então ele tinha sido abandonado. O mundo inteiro bradava: Se mate, se mate, pelo nosso bem. Mas por que ele haveria de se matar pelo bem deles? A comida era saborosa; o sol, agradável; e essa história de se matar, como é que se faz isso, usando uma faca de cozinha, uma visão desagradável, rios de sangue — metendo o nariz no cano de gás? Estava enfraquecido demais; mal conseguia erguer a mão. Além do mais, agora que estava mesmo sozinho, condenado, abandonado, solitário como apenas os que estão fadados a morrer são capazes de ficar, havia certo deleite, certa sublimidade no isolamento, uma liberdade eternamente fora do alcance dos apegados. Holmes vencera, é claro; o facínora de narinas sanguíneas vencera. Mas nem mesmo Holmes poderia alcançar aquele derradeiro espólio que vagava pelos confins do mundo, aquele pária que só via de longe as regiões habitadas, que repousava, feito marujo afogado, nas águas limiares do mundo.

Esse foi o momento (Rezia tinha ido às compras) em que a epifania o arrebatou. Uma voz falou por detrás do biombo. Quem falava era Evans. Os mortos estavam com ele.

— Evans, Evans! — bradou.

Mr. Smith estava falando sozinho, gritou Agnes, a criada, para Mrs. Filmer na cozinha. "Evans, Evans!", gritou ele, logo quando ela trazia a bandeja. Ela levou um susto, foi. Tratou de correr escada abaixo.

E Rezia entrou em casa, flores na mão, e atravessou o aposento, e pôs as rosas num vaso, o vaso no sol, e se pôs a rir, saltitando.

Tivera de comprar as rosas, disse Rezia, de um pobre sujeito na rua. Mas já estavam quase mortas, disse ela, arrumando as rosas.

Então havia um sujeito na rua; haveria de ser Evans; e as rosas, que Rezia dizia estarem quase mortas, teriam sido colhidas por ele nas campinas da Grécia. Comunicação é saúde; comunicação é felicidade. Comunicação, resmungou ele.

— O que foi que você disse, Septimus? — perguntou Rezia, apavorada, pois ele estava falando sozinho.

Mandou Agnes ir correndo buscar Dr. Holmes. O marido, disse ela, enlouqueceu. Mal e mal a reconhecia.

— Seu facínora! Seu facínora! — gritou Septimus ao ver entrar a natureza humana, ou seja, Dr. Holmes.

— Ora, mas o que é isso? — Dr. Holmes tinha o tom mais amável do mundo. — Falando sandices para assustar a sua esposa? — Mas ele já lhe daria algo para dormir. E, se fossem ricos, disse Dr. Holmes, olhando à volta com ares de sarcasmo, pois que fossem consultar outro médico em Harley Street; se não confiassem nele, disse Dr. Holmes, com ares já menos gentis.

* * *

Era precisamente meio-dia; meio-dia marcava o Big Ben, cuja badalada reverberava pelo norte de Londres; diluída junto às badaladas de outros relógios, em uma mistura etérea, suave, com as nuvens e fiapos de fumaça dissipando-se lá no alto por entre as gaivotas — ribombavam as badaladas do meio-dia enquanto Clarissa Dalloway estendia o vestido verde na cama, e os Warren Smith desciam a Harley Street. Meio-dia era a hora da consulta. Provavelmente, pensou Rezia, aquela era a casa de Sir William Bradshaw, com o automóvel cinza na frente. (Os círculos plúmbeos se dissolviam no ar.)

E era mesmo — o automóvel de Sir William Bradshaw; baixo, potente, cinza, com austeras iniciais entrelaçadas no painel, como se as pompas de um brasão fossem incongruentes para esse homem, auxiliar fantasmagórico, sacerdote da ciência; e, posto que o automóvel era cinza, a fim de combinar com sua suavidade sóbria, mantas de pele cinza e tapetes cinza-prata foram empilhados no interior para manter a esposa dele aquecida enquanto aguardava. Pois de quando em quando Sir William viajava cem quilômetros ou mais pelo interior para visitar os ricos, os aflitos, que podiam bancar os honorários deveras robustos que ele muito apropriadamente cobrava por seus conselhos. Sua esposa aguardava com os tapetes sobre os joelhos, uma hora ou mais, recostada, pensando às vezes no paciente, às vezes, compreensivamente, na muralha de ouro que se edificava a cada minuto enquanto ela aguardava; a muralha de ouro que se edificava entre eles e todos os expedientes e ansiedades (ela os suportara com bravura; eles tiveram suas dificuldades) até ela se sentir embalada em um oceano plácido, onde sopram apenas ventos aromáticos; respeitada, admirada, invejada, com quase mais nada para desejar, embora lamentasse seu peso; grandes jantares toda quinta à noite aos colegas de profissão; um bazar ou outro a serem inaugurados; homenagens à realeza; era pouquíssimo tempo, infelizmente, na companhia do marido, cujo trabalho se avolumava cada vez mais; um menino com um currículo distinto em Eton[75]; uma filha também teria sido bem-vinda; interesses não lhe faltavam, contudo; o bem-estar das crianças; os cuidados com os epiléticos, e a fotografia, de modo que se houvesse uma igreja em construção, ou uma igreja em ruínas, ela subornava o sacristão, pegava a chave e tirava fotos, que mal se distinguiam do trabalho de profissionais, enquanto aguardava.

---

75. Eton é uma tradicional escola interna para garotos, associada à mais alta elite e aristocracia britânica.

O próprio Sir William já não era mais jovem. Trabalhara bastante; ganhara a posição por pura aptidão (sendo filho de um comerciante); adorava a profissão; tinha uma bela compostura em cerimônias e falava bem – tudo isso, à época que foi condecorado, já havia lhe conferido um olhar pesado, um olhar cansado (sendo o fluxo de pacientes incessante, e as responsabilidades e privilégios de sua profissão, onerosas), e o cansaço, somado aos cabelos grisalhos, reforçava a distinção extraordinária de sua presença e lhe proporcionava uma reputação (de suma importância ao tratar de casos de nervos) não só de uma habilidade lampejante e precisão infalível em diagnósticos, mas de solidariedade; tato; compreensão da alma humana. Ele viu assim que entraram na sala (os Warren Smith, assim eram chamados); teve certeza tão logo viu o homem; era um caso grave, severo. Era um caso de colapso total – colapso físico e nervoso, com todos os sintomas em estágio avançado, constatou em dois ou três minutos (conforme anotava, em um cartão cor-de-rosa, respostas a perguntas murmuradas discretamente).

Quanto tempo fazia que se consultava com o Dr. Holmes?

Seis semanas.

Ele tinha prescrito um pouco de brometo? Disse que não havia nada de errado? Pois bem (esses clínicos gerais! pensou Sir William. Tomava-lhe metade do tempo reverter seus equívocos. Alguns eram irreparáveis).

– Você serviu com grande distinção na Guerra?

O paciente repetiu a palavra "Guerra" em tom interrogativo.

Estava atribuindo sentidos de caráter simbólico às palavras. Um sintoma grave a ser assinalado no cartão.

— A Guerra? — perguntou o paciente. A Guerra Europeia, aquela algazarra entre moleques com pólvora? Servira ele com distinção? Já não lembrava mais. Na própria Guerra ele falhara.

— Sim, ele serviu com grande distinção — Rezia garantiu ao doutor —, foi promovido.

— E, no escritório, parece que o têm em alta conta, não? — murmurou Sir William, fitando a carta com palavras generosas escrita por Mr. Brewer. — Então você não tem nada com o que se preocupar, nenhuma aflição financeira, certo?

Cometera um crime horrendo e fora condenado à morte pela natureza humana.

— Eu... Eu... — arriscou. — Cometi um crime...

— Ele não fez nada de errado — Rezia garantiu ao médico. Se Mr. Smith fizesse a gentileza de esperar, disse Sir William, ele iria ter com Mrs. Smith na sala ao lado. O marido dela estava gravemente enfermo, disse Sir William. Ele ameaçou se matar?

Ai, ameaçou sim, lamuriou ela. Mas não estava falando sério, disse ela. Evidente que não. Era apenas uma questão de repouso, disse Sir William; repouso, repouso, repouso; um bom tempo de repouso absoluto. Havia uma casa adorável no campo, onde cuidariam muito bem de seu marido. Longe de mim?, indagou ela. Infelizmente; as pessoas que nos são mais caras não nos fazem bem quando estamos doentes. Mas ele não estava louco, estava? Sir William disse que jamais falava em "loucura"; referia-se a casos do tipo como uma falta de senso de proporção. Mas o marido dela não gostava de médicos. Iria se recusar a ir para lá. Em poucas palavras e trato gentil, Sir William explicou a ela a gravidade do caso. Ele tinha ameaçado se matar. Não tinham alternativa. Era uma questão de lei. Ele passaria um tempo acamado em uma casa idílica no campo. As enfermeiras eram muito boas. Sir William o visitaria uma vez por semana. Caso Mrs. Warren Smith não tivesse mais dúvidas — ele nunca apressava os pacientes — retornariam ao marido dela. Ela não tinha mais o que perguntar — não a Sir William.

Então retornaram ao mais exaltado dos homens; o criminoso que enfrentou seus juízes; a vítima exposta nas alturas; o fugitivo; o marinheiro afogado; o poeta da ode imortal; o Senhor que passara da vida à morte; retornaram a Septimus Warren Smith, que, sentado na poltrona sob a claraboia, encarava uma fotografia de Lady Bradshaw em vestido de corte e murmurava mensagens sobre beleza.

— Já acabamos a nossa prosa — disse Sir William.

— Ele comentou que você está muito, muito doente — lamuriou Rezia.

— Estamos tomando as providências para que você vá para uma casa de repouso.

— Uma das casas de Holmes? — desdenhou Septimus.

O sujeito lhe causava uma impressão desagradável.

Pois havia em Sir William, cujo pai fora um comerciante, um respeito natural por estirpe e vestimenta, e o desleixo o afrontava; e ainda, em termos mais profundos, havia em Sir William, que jamais tivera tempo para ler, um rancor profundamente arraigado contra pessoas cultas que entravam em sua sala e insinuavam que os médicos, cuja profissão é uma tensão constante sobre as mais elevadas faculdades, não eram homens instruídos.

— Uma das *minhas* casas, Mr. Warren Smith — disse —, onde vamos ensiná-lo a repousar.

E havia ainda mais uma questão.

Ele tinha certeza absoluta de que, quando Mr. Warren Smith estava bem, era o último homem do mundo a assustar a esposa. Mas tinha falado em se matar.

— Todos nós temos os nossos momentos de depressão — disse Sir William.

Basta sucumbir, Septimus repetiu a si mesmo, que a natureza humana nos acossa. Holmes e Bradshaw nos acossam. Exploram as estepes. Debandam uivando imensidão afora. O potro e os anjinhos de tortura[76] entram em ação. A natureza humana é implacável.

— Ele se deixa levar por impulsos às vezes? — indagou Sir William, com a ponta do lápis sobre um cartão cor-de-rosa.

Essa questão dizia respeito somente a si próprio, disse Septimus.

---

76. Antigos instrumentos de tortura.

— Ninguém vive somente para si — disse Sir William, mirando a fotografia da esposa em vestido de corte.

— E você tem uma carreira brilhante pela frente. — Lá estava a carta de Mr. Brewer, à mesa. — Uma carreira excepcionalmente brilhante.

Mas e se ele confessasse? E se comunicasse? Por acaso o liberariam então, Holmes, Bradshaw?

— Eu... Eu... — balbuciou.

Mas qual era seu crime? Não conseguia lembrar.

— Diga — Sir William o encorajou. (Mas estava ficando tarde.)

Amor, árvores, não há crime — qual era sua mensagem?

Não conseguia lembrar.

— Eu... Eu... — balbuciou Septimus.

— Tente pensar o menos possível em você mesmo — disse Sir William, afável. De fato, ele não estava apto a cuidar de si.

Desejavam lhe perguntar mais alguma coisa? Sir William tomaria todas as providências (ele murmurou a Rezia) e retornaria a ela com uma resposta entre cinco e seis da tarde.

— Deixem tudo por minha conta — disse, e os dispensou.

Jamais Rezia tinha sentido tamanha agonia! Pedira ajuda e fora desertada! Sir William Bradshaw falhara com eles. Não era um homem bom.

Só a manutenção daquele automóvel deve lhe custar uma fortuna, disse Septimus, quando botaram o pé na rua.

Ela se agarrou ao braço dele. Tinham sido desertados.

Mas o que mais ela queria?

Ele concedia a seus pacientes quarenta e cinco minutos; e nessa ciência rigorosa, que nada tem a ver com aquilo que, afinal, desconhecemos de todo — o sistema nervoso, o cérebro humano —, quando o mé- dico perde seu senso de proporção, falha enquanto médico. Saúde havemos de ter; e saúde é proporção; então quando um homem entra na sua sala e alega ser Cristo (um delírio comum), e tem uma mensagem, como quase todos têm, e ameaça se matar, como tantas vezes ameaçam, é preciso invocar proporção; prescrever repouso absoluto; repouso solitário; silêncio e repouso; repouso sem amigos, sem livros, sem mensagens; seis meses de repouso; até que um homem que chegou pesando 47 quilos saia pesando 80.

Proporção, a proporção divina, a deusa de Sir William, fora adquirida por ele ao caminhar em hospitais, pescar salmão, gerar um filho na Harley Street com Lady Bradshaw, que também pescava salmão e tirava fotografias que mal se distinguiam do trabalho de profissionais. Em sua devoção à proporção, Sir William não só prosperava por conta própria como tornava a Inglaterra próspera, isolava seus lunáticos, coibia sua procriação, penalizava o desespero, impossibilitava os incapazes de propagarem seus pontos de vista até que eles também partilhassem de seu senso de proporção — seu senso, caso fossem homens, ou o senso de Lady Bradshaw, fossem mulheres (ela bordava, tricotava, passava quatro noites por semana em casa com o filho), de modo que não só seus colegas o respeitavam e seus subordinados o temiam, como os amigos e familiares de seus pacientes nutriam por ele a mais profunda gratidão, por insistir que tais Cristos proféticos, homens e mulheres que pressagiavam o fim do mundo, ou o advento de Deus, haviam de tomar leite na cama, conforme Sir William receitava; Sir William com seus trinta anos de experiência nesses casos e seu instinto infalível para diagnosticar, isso é loucura, isso é proporção; seu senso de proporção.

Mas a Proporção tem uma irmã, menos sorridente, mais temível, uma Divindade que agora mesmo está comprometida — no calor e nas areias da Índia, no lamaçal e nos charcos da África, nos arredores de Londres, em qualquer lugar, em suma, onde o clima ou os demônios tentem os homens a perderem a fé, que é a dela própria — agora mesmo está comprometida a derrubar santuários, destroçar ídolos e estabelecer no lugar seu próprio semblante severo. Conversão é seu nome e ela se refestela nas vontades dos fracos, adora impressionar, impor, cultuando os próprios traços estampados no rosto do povo. Na Hyde Park Corner[77], ela prega, altiva, sobre um tonel; envolta em mortalha branca, caminha em penitência, disfarçada de amor fraternal, por entre fábricas e parlamentos;

---

77. Praça situada no sudeste do Hyde Park. É possível que Woolf estivesse pensando na praça Speakers' Corner (Recanto do Orador), a nordeste do parque, onde, tradicionalmente, qualquer cidadão pode subir no palanque e discursar.

oferece ajuda, mas anseia por poder; sem piedade, tira do caminho os dissidentes, ou os insatisfeitos; concede sua bênção àqueles que, mirando ao alto, submissos, recolhem nos olhos dela a luz de seus próprios olhos. Essa dama também (Rezia Warren Smith adivinhou) tinha a sua morada no coração de Sir William, embora oculta, como costuma estar, sob algum disfarce plausível; algum nome venerável; amor, dever, sacrifício. E como ele trabalhava – como labutava para angariar fundos, propagar reformas, fundar instituições! Mas a conversão, Divindade obstinada, prefere sangue a tijolos, e se refestela mais sutilmente na vontade humana. Por exemplo, Lady Bradshaw. Quinze anos antes tinha sucumbido. Não era nada que desse para perceber; não houve cena ou estalo, somente o afundamento lento e pesado de sua vontade em meio à dele. Doce era seu sorriso, e diligente, sua submissão; os jantares na Harley Street, com oito ou nove pratos, para dez ou quinze convidados, profissionais de classe média-alta, eram tranquilos e amistosos. Somente quando avançava a noite, um leve enfado, ou talvez uma inquietação, um tique, um achaque e uma confusão nervosa deixavam transparecer o que era doloroso de acreditar – que a pobre dama mentia. Outrora, ela pescara salmão livremente: agora, servindo de prontidão ao apetite por domínio, por poder, que fazia brilhar untuosamente os olhos do marido, ela se encolhia, contraía, tolhia, comprimia, recuava, mal se via; ainda que não soubesse ao certo o que tornava o anoitecer tão desagradável e causava essa pressão no topo da cabeça (que podia muito bem ser atribuída à conversa profissional, ou à fadiga de um grande médico cuja vida, disse Lady Bradshaw, "não pertence a ele, mas a seus pacientes"), era de fato desagradável: de modo que os convidados, quando o relógio dava as dez horas, respiravam o ar da Harley Street com arroubo; alívio esse, contudo, que era negado aos pacientes dele.

Lá naquele consultório cinzento, com os quadros na parede e os móveis de valor, sob a claraboia de vidro fosco, davam-se conta da dimensão de suas transgressões; encolhidos nas poltronas, viam-no praticar, para benefício deles, um exercício curioso com os braços, que ele estirava e trazia rápido de volta ao quadril, para provar (caso o paciente fosse obstinado) que Sir William era senhor de suas próprias ações, coisa que o paciente não era. Lá alguns dos mais fracos desabavam, debulhavam-se, cediam; outros, inspirados por sabe lá Deus qual desvario imoderado, chamavam Sir William de maldito impostor na cara dele; questionavam, ainda mais incrédulos, a vida por si só. Por que viver?, inquiriam. Sir William respondia que a vida era boa. Sem dúvida, Lady Bradshaw, com suas plumas de avestruz, pendia sobre a cornija da lareira, e quanto à renda dele, eram uns bons doze mil ao ano. Mas para nós, protestavam eles, a vida não concedeu tamanha recompensa. Ele consentia. Faltava-lhes um senso de proporção. E se talvez, afinal, Deus não existir? Ele dava de ombros. Em suma, essa questão de viver ou não viver nos diz respeito? Mas nisso eles se equivocavam. Sir William tinha um amigo em Surrey[78], onde lecionavam aquilo que ele admitia abertamente ser uma arte difícil — um senso de proporção. Havia, ademais, afeição familiar; honra; coragem; e uma carreira brilhante. Tudo isso tinha em Sir William um arauto resoluto. Acaso falhassem, ele contava ainda com o apoio da polícia e do bem da sociedade, que, ele observava com bastante discrição, assegurariam, lá em Surrey, que tais impulsos antissociais, cultivados mais do que tudo pela falta de sangue sadio, fossem mantidos sob controle. E então se esgueirava de seu esconderijo e ascendia ao trono aquela Divindade cujo desejo é sobrepujar a oposição, carimbar em santuários de outrem a imagem indelével de si. Nus, indefesos, os exaustos, os desamparados recebiam a marca da vontade de Sir William. Ele arremetia; devorava. Calava as pessoas. Era essa combinação de resolução e humanidade que tornava Sir William tão caro aos familiares de suas vítimas.

Mas Rezia Warren Smith bradou, descendo a Harley Street, que não gostara daquele homem.

Triturando e fatiando, dividindo e subdividindo, os relógios da Harley Street roíam o dia de junho, sugeriam submissão, sustentavam autoridade e apontavam em coro as vantagens supremas de um senso de proporção, até que o outeiro do tempo ficou tão reduzido, que um relógio comercial, suspenso sobre uma loja na Oxford Street, anunciou,

---

78. Condado próspero que fica na margem sul do rio Tâmisa.

em tom alegre e fraternal, como se fosse um prazer para Mr. Rigby e Mr. Lowndes oferecer tal informação grátis, que já era uma e meia.

Olhando para cima, parecia que cada letra de seus nomes representava uma das horas; subconscientemente, quem olhava se sentia grato a Rigby & Lowndes por informar o horário ratificado por Greenwich[79]; e essa gratidão (assim ruminou Hugh Whitbread, perambulando por ali, diante da vitrine da loja) mais tarde viria a se expressar, naturalmente, pela compra das meias ou sapatos da Rigby & Lowndes. Assim ruminava. Era o hábito dele. Não se aprofundava. Roçava superfícies; as línguas mortas, as vivas, a vida em Constantinopla, Paris, Roma; montaria, caçadas, tênis, tudo isso tinha ficado para trás. Corriam as más línguas que ele agora montava guarda no Palácio de Buckingham, vestindo culotes e meias de seda, por qual razão, ninguém sabia. Mas ele o fazia com extrema eficácia. Flutuava pela nata da sociedade inglesa havia cinquenta e cinco anos. Reunira-se com Primeiros-Ministros. Suas afeições eram tidas como profundas. E ainda que não tivesse tomado parte em nenhum dos grandes movimentos da época, tampouco tivesse exercido funções importantes, uma ou duas reformas modestas pesavam a seu favor;

---

79. O meridiano de Greenwich é uma linha imaginária que passa pelo Observatório Real e, por convenção, demarca a divisão das longitudes do globo terrestre e serve de referência para a demarcação dos fusos horários.

sendo uma delas a melhoria dos abrigos públicos; a proteção das corujas em Norfolk, a outra; as criadas tinham motivos para lhe serem gratas; e seu nome ao fim das cartas ao *Times*, pedindo financiamento, apelando ao público para proteger, preservar, recolher o lixo, abater a fumaça e erradicar a imoralidade nos parques, impunham respeito.

Passava uma imagem esplêndida também, pausando por um instante (conforme fenecia a toada da meia-hora) para lançar um olhar crítico e magistral às meias e sapatos; impecável, sólido, como se contemplasse o mundo de certa eminência, e se vestia de acordo; mas compreendia as obrigações impostas por porte, riqueza e saúde, e observava meticulosamente, mesmo quando não se fazia absolutamente necessário, as pequenas cortesias, as cerimônias à moda antiga, o que conferia qualidade a seus modos, algo para se imitar, algo pelo que ser lembrado, pois ele jamais compareceria a um almoço, por exemplo, com Lady Bruton, que conhecia havia vinte anos, sem lhe estender um buquê de cravos e perguntar a Miss Brush, a secretária de Lady Bruton, do irmão dela na África do Sul, e por alguma razão, Miss Brush, desprovida que era dos atributos do charme feminino, ressentia-se tanto que dizia, "Obrigada, ele vai muito bem na África do Sul", quando na verdade, havia meia dúzia de anos, ele andava mal das pernas em Portsmouth.

A própria Lady Bruton preferia Richard Dalloway, que chegou no mesmo instante. De fato encontraram-se à porta.

Lady Bruton preferia Richard Dalloway, claro. Ele era feito de um material muito mais refinado. Mas ela não permitiria que desdenhassem do pobre e querido Hugh. Jamais se esqueceria de sua gentileza — tinha sido de fato, deveras gentil — ainda que ela tenha esquecido em qual ocasião. Contudo, tinha sido — deveras gentil. De todo modo, a diferença entre um homem e outro não era tão relevante. Ela nunca vira muito sentido em dissecar as pessoas, como fazia Clarissa Dalloway — dissecá-las e montá-las de volta; ao menos não aos sessenta e dois anos. Ela pegou os cravos de Hugh com seu sorriso anguloso, soturno. Não estava esperando mais ninguém, disse. Reunira-os ali sob falsos pretextos, para ajudá-la com um contratempo...

— Mas, antes, vamos comer — disse.

E assim começou, silenciosa e primorosa, a passagem para lá e para cá, pelas portas de vaivém, de criadas uniformizadas, de avental e touca branca, serviçais não por necessidade, mas adeptas do mistério ou da grande ilusão praticada por anfitriãs em Mayfair[80] da uma e meia às duas, quando, a um aceno de mão, o tráfego para, e emerge no lugar essa profunda ilusão sobretudo acerca da comida — a ideia de que não é paga; e então de que a mesa se põe voluntariamente com taças e prataria, descansos, travessas de frutas vermelhas; películas de creme castanho mascaram o linguado; frangos despedaçados nadam em caçarolas; corado, bravio, o fogo queima; e com o vinho e o café (que

80. Distrito londrino habitado e frequentado pela alta sociedade, vizinho do Hyde Park, famoso por suas casas geminadas de arquitetura georgiana e butiques.

também não são pagos) emergem visões radiantes diante de olhos contemplativos; olhos ligeiramente especulativos; olhos para os quais a vida parece musical, misteriosa; olhos acesos agora, para observar com alegria a beleza dos cravos vermelhos que Lady Bruton (cujos movimentos eram sempre angulosos) colocara ao lado de seu prato, de modo que Hugh Whitbread, sentindo-se em sintonia com todo o universo e, ao mesmo tempo, absolutamente seguro de sua posição disse, descansando o garfo:

– Não ficariam encantadores sobre a renda de seu vestido?

Miss Brush ofendeu-se profundamente com essa familiaridade. Julgava-o um homem vulgar. Ela fazia Lady Bruton rir.

Lady Bruton ergueu os cravos, segurando-os com rigidez, quase a mesma compostura com que o General segurava o pergaminho no quadro atrás dela; permaneceu imóvel, em transe. O que ela era mesmo, bisneta do General, tataraneta?, perguntou-se Richard Dalloway. Sir Roderick, Sir Miles, Sir Talbot – era isso. Era notável como, naquela família, a semelhança persistia nas mulheres. Devia ter sido ela própria uma general de cavalaria. E Richard teria servido sob suas ordens de bom grado; tinha o maior respeito por ela; apreciava essas visões românticas de senhoras distintas, de *pedigree*, e teria gostado, à sua maneira bem-humorada, de trazer alguns jovens turrões de seu círculo para almoçar com ela; como se uma mulher dessas pudesse ser cria de entusiastas e apreciadores de um bom chá! Ele conhecia a terra natal dela. Conhecia sua gente. Havia uma videira, ainda frutífera, sob a qual Lovelace ou Herrick[81] — ela própria jamais lera uma palavra de poesia, mas assim corria a história — sentara. Melhor esperar para abordar com eles a questão que a incomodava (tratava-se de fazer um apelo ao público; e nesse caso, em que termos e afins), melhor esperar até terminarem o café, pensou Lady Bruton; e então colocou os cravos na mesa, ao lado do prato.

— Como vai Clarissa? — perguntou, abruptamente.

Clarissa sempre dizia que Lady Bruton não gostava dela. De fato, Lady Bruton tinha a reputação de se interessar mais por política do que por pessoas; de falar como um homem; de ter figurado em uma notória intriga dos anos oitenta, que agora começava a ser mencionada em memórias. Decerto havia uma alcova em sua sala de visitas, e uma mesa nessa alcova, e uma fotografia em cima da mesa, do General Sir Talbot Moore, já falecido, que escrevera ali (uma noite na década de oitenta), na presença de Lady Bruton, com seu conhecimento, talvez até aconselhamento, um telegrama ordenando às tropas britânicas para avançarem em certa ocasião histórica. (Ela guardou a caneta e contou a história.) Assim, quando perguntava, à sua maneira indiscreta, "Como vai Clarissa?", os maridos tinham dificuldade

---

81. Richard Lovelace (1618-1657) e Robert Herrick (1591-1674) faziam parte da escola dos "Cavalier poets" (poetas cavaleiros), partidários do rei Carlos I na Guerra Civil Inglesa. Ambos compunham poemas líricos e madrigais.

em persuadir suas esposas e, de fato, por mais devotados que fossem a Lady Bruton, tinham eles próprios suspeitas quanto ao interesse dela por mulheres que se colocavam no caminho dos maridos e os impediam de aceitar postos no exterior e, em meio a sessões parlamentares, precisavam ser levadas para o litoral para se recuperar da gripe espanhola. Ainda assim, a indagação "Como vai Clarissa?" era conhecida entre mulheres, infalivelmente, por ser uma mensagem de bem-aventurança, quase que de uma companheira silenciosa, cujas declarações (meia dúzia talvez, no decorrer de uma vida) significavam reconhecimento de uma camaradagem feminina que existia à parte dos almoços sociais masculinos e unia Lady Bruton e Mrs. Dalloway, que tão raro se encontravam, e pareciam, ao encontro, indiferentes, hostis até, em um laço singular.

— Vi Clarissa no parque, hoje de manhã — disse Hugh Whitbread, mergulhando na caçarola, ansioso para conceder a si próprio esse pequeno tributo, pois mal chegava a Londres, encontrava todo mundo ao mesmo tempo; porém voraz, um dos homens mais vorazes que ela já conhecera, pensou Milly Brush, que observava os homens com uma retidão inabalável, e era capaz de uma devoção eterna, sobretudo para com as pessoas de seu próprio sexo, sendo toda cheia de calombos, arranhões, angulosa, sem charme feminino algum.

— Sabem quem está na cidade? — disse Lady Bruton, recordando-se de súbito. — Nosso velho amigo, Peter Walsh.

Todos sorriram. Peter Walsh! E Mr. Dalloway estava genuinamente contente, pensou Milly Brush; e Mr. Whitbread pensava apenas no frango.

Peter Walsh! Os três, Lady Bruton, Hugh Whitbread e Richard Dalloway, rememoraram a mesma história — o quão apaixonado Peter estivera; fora rejeitado; seguira para a Índia; lascara-se; atrapalhara-se; e Richard Dalloway gostava bastante do velho comparsa também. Milly Brush enxergava isso; enxergava uma profundeza no castanho de seus olhos; via-o hesitar; considerar; e lhe interessava, como Mr. Dalloway sempre lhe interessava, pois o que ele estaria pensando, perguntou-se, de Peter Walsh?

Que Peter Walsh fora apaixonado por Clarissa; que retornaria logo após o almoço e iria até Clarissa; que diria a ela, com todas as letras, que a amava. Sim, ele diria isso.

Outrora Milly Brush teria quase se apaixonado por esses silêncios; e Mr. Dalloway era sempre tão confiável; um cavalheiro e tanto. Agora, aos quarenta, bastava Lady Bruton menear ou virar o rosto um pouco abruptamente, que Milly Brush entendia o sinal, por mais profundamente imersa que estivesse nessas reflexões de um espírito indiferente, de uma alma pura a quem a vida não podia enganar, pois a vida não lhe oferecera nem uma quinquilharia sequer; cacho, sorriso, lábio, maçã do rosto, nariz; nada de nada; bastou a Lady Bruton um meneio, que Perkins foi instruído a apressar o café.

— Pois é, Peter Walsh está de volta — disse Lady Bruton. Era vagamente lisonjeiro para todos eles. Ele tinha voltado, derrotado e malsucedido, a suas margens seguras. Mas ajudá-lo, refletiram, era impossível; tinha alguma falha de caráter. Hugh Whitbread disse que podiam, claro, mencionar seu nome para Fulano de Tal. Franziu o cenho soturnamente, por consequência, ao pensar nas cartas que teria de escrever aos chefes de gabinete sobre "meu velho amigo, Peter Walsh", e assim por diante. Mas não levaria a nada — nada permanente, por conta de seu caráter.

— Está às voltas com alguma mulher — comentou Lady Bruton. Todos já haviam adivinhado que *esse* era o cerne da questão.

— De todo modo — disse Lady Bruton, ansiosa para deixar o assunto de lado —, saberemos a história toda do próprio Peter.

(O café estava custando a sair.)

— O endereço? — murmurou Hugh Whitbread; e de imediato encapelou-se uma pequena ondulação na maré cinzenta dos serviços que banhavam Lady Bruton dia após dia, recolhendo, retendo, envelopando-a em uma delicada trama que amortecia abalos, mitigava interrupções, e se alastrava em torno da casa na Brook Street uma fina malha onde coisas se assentavam e eram apuradas com precisão, instantaneamente, pelo grisalho Perkins, que estava com Lady Bruton havia trinta anos e agora anotava o endereço; entregou-o a Mr. Whitbread, que tirou sua caderneta do bolso, arqueou as sobrancelhas, e guardando-o entre documentos da mais alta importância, disse que iria convencer Evelyn a convidá-lo para almoçar.

(Estavam esperando que Mr. Whitbread terminasse para trazer o café.)

Hugh era muito devagar, pensou Lady Bruton. Estava engordando, reparou ela. Richard sempre se mantinha em sua melhor forma. Ela estava ficando impaciente; todo o seu ser se impunha, resoluto, inabalável, dominante, escamoteando toda a frivolidade desnecessária (Peter Walsh e suas questões) em torno daquele assunto que ocupava sua atenção, e não somente sua atenção, mas aquela fibra que era a haste de sua alma, aquela parte essencial dela sem a qual Millicent Bruton não teria sido Millicent Bruton; aquele projeto de emigração e assentamento para jovens de ambos os sexos, de famílias respeitáveis, com um prospecto de sucesso no Canadá. Ela exagerava. Talvez tivesse perdido o senso de proporção. Emigração não era a solução óbvia para os outros, a suprema solução. Não era para eles (não para Hugh, ou Richard, ou mesmo para a devota Miss Brush) o libertador do egotismo reprimido que uma forte mulher marcial, bem nutrida, de boa família, impulsos diretos, sentimentos francos e pouco poder de introspecção (franca e simples – por que era tão difícil para os outros serem francos e simples?, indagava ela) sente insurgir dentro dela, uma vez finda a juventude, e precisa projetar sobre algum objeto – pode ser Emigração, pode ser Emancipação; mas o que quer que seja, esse objeto em torno do qual a essência de sua alma é diariamente secretado se torna inevitavelmente prismático, lustroso, metade espelho, metade pedra preciosa; ora bem escondido, acaso as pessoas resolvam vilipendiá-lo, ora exibido com orgulho. A Emigração se tornara, em suma, em grande parte Lady Bruton.

Mas ela precisava escrever. E uma carta para o *Times*, ela costumava dizer a Miss Brush, custava-lhe mais que organizar uma expedição para a África do Sul (coisa que ela tinha feito na guerra). Depois da batalha matinal, começando, rasgando, recomeçando, costumava sentir a futilidade de sua própria feminilidade como não sentia em nenhuma outra ocasião, e voltava o pensamento, agradecida, para Hugh Whitbread, que dominava — ninguém duvidaria — a arte de escrever cartas para o *Times*.

Um ser de constituição tão diferente da dela, com tamanho comando da linguagem; capaz de organizar as ideias como os editores gostavam; tinha paixões que não podiam ser simplesmente cobiçadas. Não raro Lady Bruton suspendia o julgamento dos homens em respeito ao misterioso acordo segundo o qual eles, e mulher nenhuma, seguiam as leis do universo; sabiam como expressar as coisas; sabiam o que dizer; de modo que, se Richard a aconselhasse, e Hugh escrevesse por ela, tinha a certeza de que, de certo modo, estaria certa. Então deixou Hugh comer o suflê; perguntou da pobre Evelyn; esperou até estarem fumando e então disse:

— Milly, você poderia trazer os papéis?

E Miss Brush se retirou, retornou; colocou os papéis na mesa; e Hugh tirou do bolso sua caneta-tinteiro; a caneta-tinteiro prateada, que lhe servia havia vinte anos, disse ele, desrosqueando a tampa. Ainda estava em perfeitas condições; ele a mostrara aos fabricantes; não havia motivo algum, disseram, para um dia secar; em parte por mérito de Hugh, em parte por mérito dos pareceres que a caneta expressava (assim sentiu Richard Dalloway) conforme Hugh começava a redigir letras maiúsculas com esmero, com arabescos em torno delas, à margem, e assim admiravelmente conferia aos enroscos de Lady Bruton um sentido e uma correção gramatical que, sentiu Lady Bruton ao assistir à fantástica transformação, o editor do *Times* haveria de respeitar. Hugh era devagar. Hugh era pertinaz. Richard comentou que era preciso correr riscos. Hugh propôs modificações em respeito aos sentimentos das pessoas, que, disse ele um tanto cáustico quando Richard riu, "precisavam ser considerados", e leu em voz alta "como, portanto, somos da opinião de que o momento chegou... a juventude excedente de nossa população cada vez maior... tudo aquilo que devemos aos mortos...", o que, para Richard, não passava de encheção e conversa fiada, mas não havia nenhum mal nisso, claro, e Hugh seguiu esboçando os mais nobres sentimentos em ordem alfabética, espanando as cinzas do cigarro do paletó e oferecendo de quando em quando um resumo do progresso que tinham feito até que, por fim, leu um rascunho da carta, que Lady Bruton julgou decerto ser uma obra-prima. Era possível mesmo que suas intenções soassem assim?

Hugh não tinha como garantir que o editor fosse publicá-la; mas iria se reunir com alguém no almoço.

Foi então que Lady Bruton, que tão raro fazia algo gracioso, enfiou todos os cravos de Hugh no decote do vestido, estirou os braços e clamou:

— Meu Primeiro-Ministro!

O que faria sem eles, não sabia dizer. Levantaram-se. E Richard Dalloway, como de praxe, foi dar uma olhada no retrato do General, pois pretendia, tão logo tivesse um momento de lazer, escrever a história da família de Lady Bruton.

E Millicent Bruton tinha muito orgulho da família. Mas podiam esperar, podiam esperar, disse ela, contemplando o quadro; querendo dizer que sua família, de militares, administradores, almirantes, tinham sido homens de ação, que tinham cumprido seu dever; e o primeiro dever de Richard era para com o seu país, mas era mesmo um belo rosto, disse ela; e todos os documentos estariam à disposição de Richard em Aldmixton para quando chegasse a hora; referia-se ao Partido Trabalhista.

— Ah, as notícias da Índia! — bradou ela.

E então, no vestíbulo, enquanto recolhiam as luvas amarelas de uma vasilha na mesa de malaquita e Hugh agraciava a Miss Brush, com uma cortesia desnecessária, algum ingresso menosprezado ou outro agrado qualquer, que ela abominou do fundo do coração, ruborizada, vermelho-tijolo, Richard se virou para Lady Bruton, com o chapéu em mãos, e disse:

— Nos vemos na festa hoje à noite? — Foi a deixa para Lady Bruton recobrar a imponência que a composição da carta estilhaçara. Talvez fosse; talvez não fosse. Clarissa tinha uma energia maravilhosa. As festas deixavam Lady Bruton apavorada. Mas, claro, estava ficando velha. Assim insinuou ao pé da porta; formosa; toda empertigada; enquanto seu chow-chow se espreguiçava atrás dela, e Miss Brush desaparecia ao fundo com as mãos cheias de papéis.

E Lady Bruton se retirou, portentosa, majestosa, para seu quarto, deitou-se, com um braço estendido, no sofá. Suspirou, ressonou, não que estivesse dormindo, estava apenas sonolenta e pesada, sonolenta e pesada, feito um campo de trevos sob o sol desse dia quente de junho, com as abelhas em polvorosa e borboletas amarelas. Ela sempre retornava àqueles campos em Devonshire, onde pulara riachos na garupa de Patty, seu pônei, com Mortimer e Tom, seus irmãos. E lá estavam os cães; lá estavam os camundongos; lá estavam seu pai e sua mãe no gramado, debaixo das árvores, com a parafernália do chá disposta, e os canteiros de dálias, as malvas-rosa, o capim-dos-pampas; e eles, endiabrados que eram, sempre aprontando alguma!, de fininho por entre os arbustos, para não serem vistos, esgrouvinhados depois de alguma travessura. As coisas que a velha ama costumava dizer de seus vestidos!

Céus, ela lembrou – era quarta-feira na Brook Street. Aqueles camaradas gentis, Richard Dalloway, Hugh Whitbread, haviam partido no calor desse dia pelas ruas cujo rumor chegava ali ao pé dela, deitada no sofá. Ela tinha poder, posição, fortuna. Vivera a vanguarda de seu tempo. Curtira bons amigos; conhecera os homens mais capazes. A Londres murmurante fluía até ela, e sua mão, estendida nas costas do sofá, enrodilhava-se em torno de um bastão imaginário, como aqueles que seus avôs talvez tivessem empunhado, e assim parecia, sonolenta e pesada, estar comandando batalhões em marcha rumo ao Canadá, e aqueles camaradas atravessando Londres, o território deles, uma lasca do tapete, Mayfair.

E se afastavam cada vez mais, ligados a ela por um fio fino (desde que tinham almoçado juntos), que se estendia cada vez mais, ficava cada vez mais fino, conforme atravessavam Londres; como se os amigos permanecessem ligados a seu corpo, depois de almoçarem juntos, por um fino fio, que (conforme ela adormecia) enturvava-se com o som dos sinos que davam as horas ou chamavam os criados, como a solitária teia de uma aranha que se estufa com gotas de chuva e, sobrecarregada, começa a ceder. Assim ela caiu no sono.

E Richard Dalloway e Hugh Whitbread hesitaram na esquina da Conduit Street no mesmo instante que Millicent Bruton, deitada no sofá, deixou o fio se partir; começou a roncar. Ventos contrários se atracaram na esquina. Olharam a vitrine; não queriam fazer compras ou conversar, queriam apenas se despedir, mas com os ventos contrários que se atracavam na esquina, com certo lapso nas marés do corpo, duas forças ao encontro em um redemoinho, manhã e tarde, pararam. O cartaz de um jornaleiro alçou voo, galante, primeiro feito pipa, então parou, mergulhou, esvoaçou; e o véu de uma dama suspendeu. Toldos amarelos estremeceram. A velocidade do tráfego matutino abrandou, e carroças isoladas desciam aos solavancos, sossegadas, ruas semivazias. Em Norfolk, que tomava boa parte dos pensamentos de Richard Dalloway, uma brisa morna balançava as pétalas; confundia as águas; ruflava o campo florido. Os ceifadores, que haviam se abrigado sob as sebes para descansar da labuta matinal, descortinavam folhas verdes; moviam globos trêmulos de erva-doce para ver o céu; o céu azul, o inabalável céu ardente de verão.

Ciente de que fitava uma antiquíssima xícara prateada de duas alças, e que Hugh Whitbread admirava, com condescendência e ares de entendido, um colar espanhol cujo preço ele pensou em averiguar, de que talvez Evelyn gostasse, Richard seguia entorpecido; não conseguia pensar ou se mover. A vida tornara esses despojos; vitrines cheias de bijuterias coloridas, deixando o passante austero, com a letargia dos velhos, imóvel, com a rigidez dos velhos, olhando lá para dentro. Evelyn Whitbread talvez quisesse comprar esse colar espanhol — talvez. Bocejar se fez preciso. Hugh entraria na loja.

— Muito que bem! — disse Richard, entrando atrás dele.

Deus sabe que ele não queria comprar colares na companhia de Hugh. Mas o corpo tem marés. A manhã encontra a tarde. Carregado qual uma frágil chalupa em um dilúvio pesado, muito pesado, o bisavô de Lady Bruton e suas memórias e campanhas na América do Norte foram engolidas e naufragaram. Assim como Millicent Bruton. Afundou. Richard não tinha o menor interesse no futuro da Emigração; ou mesmo na carta, se o editor viria a publicá-la ou não. O colar pendia por entre os admiráveis dedos de Hugh. Pois que o presenteie a uma moça, já que precisa tanto comprar joias — qualquer moça, qualquer moça na rua. Pois a insignificância dessa vida acometeu Richard com todas as forças — comprar colares para Evelyn. Se tivesse um filho, diria a ele, Trabalhe, trabalhe. Mas tivera sua Elizabeth; adorava sua Elizabeth.

— Queria falar com Mr. Dubonnet — disse Hugh, com um tom seco e mundano. Ao que parecia, o tal Dubonnet tinha as medidas do pescoço de Mrs. Whitbread, ou, mais estranho ainda, sabia do gosto dela para joias espanholas e de todo o inventário de sua coleção (coisa que Hugh não conseguia lembrar). Tudo isso pareceu a Richard Dalloway um tanto peculiar. Pois nunca presenteava Clarissa, exceto por um bracelete dois ou três anos atrás, que não fizera sucesso. Ela nunca usava. Doía lembrar que ela nunca tinha usado. E como a solitária teia de uma aranha, depois de titubear para lá e para cá, prende-se à ponta de uma folha, assim a mente de Richard, recobrando-se da letargia, focava agora em sua esposa, Clarissa, que Peter Walsh amara fervorosamente; e Richard tivera uma visão repentina dela, no almoço; deles juntos, da vida a dois; e então puxou para si a bandeja de joias antigas e pegou primeiro um broche, depois um anel.

— Quanto custa? — perguntou, mas duvidava do próprio gosto. Queria abrir a porta da sala e entrar com algo em mãos; um presente para Clarissa. Mas o quê? Hugh, contudo, estava no comando de novo. Indescritivelmente pomposo. De fato, depois de trinta anos fazendo negócios na loja, não se deixaria desencorajar por um mero rapaz que não entendia do assunto. Pois Dubonnet, ao que parecia, estava fora, e Hugh não compraria nada até que Mr. Dubonnet se prestasse a atendê-lo; ao que o rapaz corou e fez a devida reverência. Estava tudo perfeitamente nos eixos. E nem assim Richard conseguiria ter se declarado, nem que lhe custasse a vida! Por que essa gente suportava aquela maldita insolência, ele não conseguia conceber. Hugh estava virando um cretino insuportável. Richard Dalloway não aguentava mais de uma hora em sua companhia. E inclinando o chapéu-coco em despedida, Richard virou a esquina da Conduit Street, ansioso, sim, muito ansioso para percorrer aquela teia de aranha que o ligava a Clarissa; iria direto ao encontro dela, em Westminster.

Mas queria chegar com algo em mãos. Flores? Sim, flores, já que não confiava no próprio gosto por ouro; quantas flores fossem, rosas, orquídeas, para celebrar o que era, no fim das contas, um acontecimento; aquilo que sentira por ela quando mencionaram Peter Walsh no almoço; e nunca falavam disso; por anos não tinham falado disso; o que, pensou, agarrado às rosas vermelhas e brancas (um buquê robusto embrulhado em papel de seda), é o maior erro do mundo. Chega o momento em que é impossível dizer; a timidez é tremenda, pensou, enfiando no bolso um xelim ou dois de troco, partindo com o enorme buquê colado ao corpo, rumo a Westminster, para dizer, direto e reto, com todas as letras (independentemente do que ela pensasse dele), estendendo as flores, "Eu te amo". Por que não? Era mesmo um milagre, considerando na guerra, nos milhares de pobres rapazes, com a vida toda pela frente, enterrados juntos, já semiesquecidos; era um milagre. Aqui estava ele, atravessando Londres para dizer a Clarissa, com todas as letras, que a amava. Algo que não se costuma dizer, pensou ele. Em parte por preguiça, em parte por timidez. E Clarissa — era difícil pensar nela; exceto de sobressalto, como no almoço, quando a viu de modo tão distinto; a vida toda deles. Ele parou no cruzamento; e repetiu — sendo simples por natureza e incorruptível, pois tinha marchado e disparado armas; sendo obstinado e tenaz, tendo defendido os oprimidos e seguido seus instintos na Câmara dos Comuns; permanecendo contido em sua simplicidade e, ao mesmo tempo, tornando-se um tanto calado, um tanto severo — repetiu que era um milagre ter se casado com Clarissa; um milagre — a vida dele tinha sido um milagre, pensou; hesitando para atravessar. Todavia, ver criancinhas de cinco ou seis anos atravessando a Piccadilly sozinhas fazia o sangue dele ferver. A polícia devia ter parado o trânsito de imediato. Ele não se iludia com a polícia londrina. De fato, estava coletando evidências de suas irregularidades; e aqueles ambulantes, proibidos de armar suas padiolas nas ruas; e prostitutas, por Deus, a culpa não era delas, tampouco dos jovens rapazes, mas do nosso detestável sistema social e assim por diante; tudo isso ele considerou, podia ser visto considerando, grisalho, obstinado, garboso, aprumado, conforme atravessava o parque para dizer à esposa que a amava.

Pois iria dizer com todas as letras quando entrasse no quarto. Porque é uma baita pena jamais dizer o que se sente, pensou, atravessando o Green Park e observando com gosto como, à sombra das árvores, famílias inteiras, pobres famílias, estendiam-se; criancinhas balançando as pernas; mamando; sacos de papel pardo largados, que poderiam ser facilmente recolhidos (se as pessoas reclamassem) por um daqueles cavalheiros robustos de farda; pois ele era da opinião de que todo parque e toda praça, durante os meses de verão, deveriam ser abertos para as crianças (o gramado do parque corava e desbotava, iluminando as pobres mães de Westminster e seus bebês que engatinhavam, como se uma lâmpada amarela se movesse por baixo). Mas o que poderia ser feito pelas mulheres indigentes, como aquela pobre criatura de bruços (como se tivesse se lançado à terra, livre de todas as amarras, para observar com curiosidade, para especular com audácia, para considerar efeitos e causas, atrevida, abusada, espirituosa), ele não sabia. Portando as flores feito arma, Richard Dalloway se aproximou dela; passou por ela ensimesmado; ainda assim, houve tempo para uma faísca entre os dois — ela riu à vista dele, ele abriu um sorriso simpático, levando em conta o problema das mulheres indigentes; não que fossem conversar um dia. Mas diria a Clarissa que a amava, com todas as letras. No passado, ele sentira ciúmes de Peter Walsh; ciúmes dele com Clarissa. Mas de quando em quando ela confiava a ele que tinha feito certo em não se casar com Peter Walsh; o que, conhecendo Clarissa, era claramente verdade; ela queria apoio. Não que fosse fraca; mas queria apoio.

Quanto ao Palácio de Buckingham (qual uma velha prima-dona diante da plateia, toda de branco), não há como deixar de lhe conceder certa dignidade, considerou ele, tampouco detestar aquilo que, afinal, representa para milhões de pessoas (uma pequena multidão estava à espera no portão, para ver o Rei sair de automóvel), um símbolo, por mais absurdo que seja; uma criança brincando com uma caixa de tijolos teria feito melhor, pensou ele; olhando para o monumento à Rainha Vitória (de quem se lembrava com seus óculos em armação de tartaruga, dirigindo por Kensington), para o outeiro branco, o ar maternal drapejante; mas ele gostava de ser reinado pela descendente de Horsa[82]; gostava de continuidade; e do sentimento de repassar as tradições de outrora. Tinha sido uma época maravilhosa para se viver. De fato, a própria vida dele era um milagre; ele que não se enganasse; ali estava, na primavera da vida, caminhando rumo à sua casa em Westminster para dizer a Clarissa que a amava. Felicidade é isso, pensou ele.

É isso, disse, ao entrar em Dean's Yard. O Big Ben estava começando a badalar, primeiro o aviso, musical; depois a hora, irrevogável. Almoços sociais tomam a tarde toda, pensou ele, aproximando-se da porta de casa.

---

82. Referir-se a uma pessoa como descendente de Horsa indica que ela vem de uma linhagem saxônica. Reza a lenda que os irmãos Hengist e Horsa foram os primeiros saxões a se estabelecerem na Inglaterra, no século V.

O som do Big Ben inundou a sala de estar de Clarissa, onde ela estava sentada, muito irritada, à escrivaninha; preocupada, irritada. Era bem verdade que não havia convidado Ellie Henderson para sua festa; mas tinha feito de propósito. Agora Mrs. Marsham escreveu: "Ela havia dito a Ellie Henderson que trataria com Clarissa — Ellie queria tanto ir".

Mas por que ela deveria convidar todas as mulheres tediosas de Londres para suas festas? Por que Mrs. Marsham havia de intervir? E lá estava Elizabeth, enclausurada esse tempo todo com Doris Kilman. Não conseguia conceber nada mais nauseante. Orações a essa hora com aquela mulher. E o som do sino inundou o quarto com sua onda de melancolia; que retrocedeu e se recompôs para recair mais uma vez, quando ela ouviu, sobressaltando-se, alguém que tateava, arranhava a porta. Quem seria a essa hora? Três horas, por Deus! Já são três horas! Pois com clareza e dignidade assoberbantes o relógio deu as três horas; e ela não ouviu mais nada; mas a maçaneta da porta girou e eis que era Richard! Que surpresa! Eis que Richard entrou estendendo flores. Ela o havia decepcionado, uma vez em Constantinopla; e Lady Bruton, cujos almoços tinham fama de ser excepcionalmente prazerosos, não a convidara. Ele estava lhe estendendo flores — rosas, vermelhas e brancas. (Mas então conseguiu tomar coragem para dizer que a amava; não com todas as letras.)

Que adorável, disse ela, pegando as flores. Ela entendeu; entendeu sem que ele precisasse dizer; sua Clarissa. Colocou-as em vasos na cornija da lareira. Eram lindas!, disse ela. E foi divertido?, perguntou. Por acaso Lady Bruton perguntara dela? Peter Walsh estava de volta. Mrs. Marsham havia escrito. Devia mesmo convidar Ellie Henderson? Aquela mulher, a Kilman, estava lá em cima.

— Que tal sentarmos um pouco, cinco minutos? — disse Richard.

Parecia tudo tão vazio. Todas as cadeiras estavam encostadas na parede. O que andavam fazendo? Ah, era para a festa; não, ele não se esquecera da festa. Peter Walsh estava de volta. Ah, sim; ela o vira. E ele iria se divorciar; e estava apaixonado por uma mulher de lá. E não havia mudado nada. Lá estava ela, remendando o vestido...

— Pensando em Bourton — disse ela.

— Hugh estava no almoço — disse Richard. Ela também o encontrara! Bom, ele estava ficando absolutamente insuportável. Comprando colares para Evelyn; mais gordo que nunca; um cretino insuportável.

— E de repente pensei "Eu podia ter me casado com você" — disse ela, pensando em Peter sentado ali com sua gravatinha-borboleta; com o canivete, abrindo, fechando. — O mesmo de sempre, você sabe.

Estavam falando dele no almoço, comentou Richard. (Mas ele não conseguiu dizer que a amava. Segurou a mão dela. Felicidade é isto, pensou ele.) Escreveram uma carta para o *Times* em nome de Millicent Bruton. Era para isso que Hugh servia, e nada mais.

— E a nossa querida Miss Kilman? — perguntou ele. Clarissa achou as rosas lindíssimas; primeiro apinhadas no buquê; agora começando a se separar no vaso por livre e espontânea vontade.

— Kilman chegou assim que terminamos o almoço — disse ela. — Elizabeth ficou ruborizada. Estão trancafiadas no quarto. Imagino que estejam rezando.

Por Deus! Ele não gostava daquilo; mas essas coisas passam se deixarmos para lá.

— De gabardina, com uma sombrinha — disse Clarissa.

Ele não tinha dito "Eu te amo"; mas segurou a mão dela. Felicidade é isto, é isto, pensou ele.

— Mas por que eu deveria convidar todas as mulheres tediosas de Londres para as minhas festas? — indagou Clarissa. E quando Mrs. Marsham dava uma festa, por acaso *ela* dava palpites sobre os convidados?

— Pobre Ellie Henderson — disse Richard; era estranho o quanto Clarissa se importava com essas festas, pensou.

Mas Richard não tinha noção alguma do arranjo de um salão. Contudo... o que podia dizer?

Se era para se irritar tanto com essas festas, ele não iria mais permitir que ela as desse. Será que ela preferia ter se casado com Peter? Mas ele tinha de ir.

Tinha de ir, disse, já se levantando. Mas ficou ali parado um instante como se estivesse prestes a dizer alguma coisa; e ela se perguntou, o que seria? Por quê? Ali estavam as rosas.

— Algum comitê? — indagou ela, quando ele abriu a porta.

— Armênios[83] — disse ele; ou talvez tivesse dito "albaneses".

E há uma dignidade nas pessoas; uma solidão; mesmo entre marido e mulher, um fosso; que é preciso respeitar, pensou Clarissa, vendo-o abrir a porta; pois não há como abdicar dela, ou tomá-la, contra a vontade dele, do marido, sem perder independência, sem perder respeito próprio — coisa que, no fim das contas, não tem preço.

Ele voltou com um travesseiro e uma manta.

— Uma hora de repouso depois do almoço — disse. E se retirou.

Típico dele! Continuaria a dizer, "Uma hora de repouso absoluto depois do almoço" até o fim dos tempos, pois um médico prescrevera uma vez. Era típico dele tomar ao pé da letra o que diziam os médicos; parte de sua adorável, divina simplicidade, que ninguém mais tinha na mesma medida; que o impelia a se retirar e fazer o que tinha de fazer, enquanto ela e Peter desperdiçavam tempo discutindo. Ele já estava no meio do caminho para a Câmara dos Comuns, preocupado com seus armênios ou albaneses, tendo a acomodado no sofá, olhando para as rosas. E as pessoas diziam "Clarissa Dalloway é mimada". Ela se importava muito mais com suas rosas do que com os armênios. Rechaçadas da existência, mutiladas, congeladas, vítimas da crueldade e da injustiça (ouvira

83. Referência ao Genocídio Armeno, ocorrido no Império Otomano entre 1915 e 1923.

Richard dizer isso incessantemente) — não, ela não sentia nada pelos albaneses, ou seriam os armênios?, mas adorava suas rosas (isso não ajudava os armênios?) — as únicas flores que ela tolerava ver cortadas. Mas Richard já estava na Câmara dos Comuns; no Comitê, tendo resolvido todas as dificuldades dela. Mas não; infelizmente, não era verdade. Ele não via razões para não convidar Ellie Henderson. Ela o faria, claro, tal como ele queria. E já que ele tinha trazido os travesseiros, ela iria se deitar... Mas... Mas... Por que ela de repente se sentia, sem motivo aparente, desesperadamente infeliz? Como uma pessoa que derruba uma conta de pérola ou diamante na grama e separa as folhas altas com muito cuidado, deste ou daquele jeito, e procura aqui e acolá em vão, e por fim a espia ali nas raízes, assim ela vasculhava uma coisa após a outra; não, não era Sally Seton dizendo que Richard jamais faria parte do gabinete porque tinha um cérebro de segunda classe (avivou-lhe a memória); não, ela não se importava com aquilo; tampouco tinha a ver com Elizabeth e Doris Kilman; fatos são fatos. Era antes uma sensação, uma sensação desagradável, de manhã cedo talvez; algo que Peter havia dito, combinado a uma depressão própria dela, em seu quarto, tirando o chapéu; e o comentário de Richard acrescentara uma nova camada, mas o que foi mesmo que ele disse? Ali estavam as rosas dele. Suas festas! Era isso! Suas festas! Ambos a criticavam muito injustamente, riam dela muito injustamente, por suas festas. Era isso! Era isso!

Bom, como ela poderia se defender? Agora que sabia do que se tratava, sentiu-se perfeitamente contente. Eles pensavam, ou Peter ao menos pensava, que ela gostava de se impor; gostava de ter pessoas famosas em sua companhia; grandes nomes; que era uma mera esnobe, em suma. Bom, talvez assim Peter julgasse. Richard apenas pensava ser tolo da parte dela gostar de emoção, quando ela sabia que fazia mal para seu coração. Era infantil, pensava ele. E ambos estavam absolutamente equivocados. O que lhe agradava era a vida, simplesmente.

— É para isso que dou essas festas — disse ela, em voz alta, à vida.

Como estava deitada no sofá, enclausurada, retida, a presença dessa coisa que sentia ser óbvia passou a existir fisicamente; em mantos sonoros vindos da rua, ensolarada, com um bafo quente, sussurrando, soprando as persianas. Suponhamos que Peter lhe tivesse dito: "Sim, sim, mas as suas festas — qual é o sentido das suas festas?", tudo que lhe cabia dizer era (e a ninguém cabia entender): São uma oferenda; o que soava terrivelmente vago. Mas quem era Peter para definir a vida como puro velejo — Peter sempre apaixonado, sempre apaixonado pela mulher errada? Qual é a sua paixão?, talvez dissesse a ele. E ela sabia qual seria a resposta dele; que é a coisa mais importante do mundo e nenhuma mulher seria capaz de entender. Muito que bem. Mas seria algum homem capaz de entender o que ela queria dizer? Sobre a vida? Ela jamais seria capaz de imaginar Peter ou Richard dando-se ao trabalho de oferecer uma festa sem motivo aparente.

Mas mergulhar mais fundo, para além do que diziam as pessoas (e esses julgamentos, quão superficiais, quão fragmentados são!) em sua própria mente agora, o que significava para ela, essa coisa chamada vida? Ah, era um tanto estranho. Aqui estava Fulano de Tal, em South Kensington; lá estava Sicrano em Bayswater; e outro alguém, digamos, em Mayfair. E ela sentia continuamente a existência de cada um deles; e sentia o desperdício; e lamentava; e sentia que, se ao menos pudessem se reunir; então assim o fez. E era uma oferenda; para combinar, para criar; mas para quem?

Uma oferenda pelo simples gesto em si, quiçá. De todo modo, era o presente dela. Nada mais lhe importava, nem um pouco; não sabia pensar, escrever, ou mesmo tocar piano. Confundia armênios e turcos; adorava o sucesso; abominava o desconforto; precisava ser apreciada; dizia todo um oceano de asneiras: e até este dia, podiam lhe perguntar onde ficava o Equador, que ela não saberia dizer.

Entretanto, sabia que um dia havia de suceder a outro; quarta, quinta, sexta, sábado; que era preciso acordar cedo; olhar para o céu; caminhar no parque; encontrar Hugh Whitbread; eis que de repente surge Peter; então essas rosas; foi o bastante. Depois disso, como era inacreditável a morte! — como há de terminar; e ninguém no mundo inteiro sabia o quanto ela amara tudo; o quanto, a cada instante...

A porta se abriu. Elizabeth sabia que sua mãe estava descansando. Entrou de fininho. Ficou completamente imóvel. Era verdade que algum mongol naufragara na costa de Norfolk (como tinha dito Mrs. Hilbery[84]), misturara-se com as mulheres Dalloway, talvez um século atrás? Pois os Dalloway, em geral, tinham cabelo claro; olhos azuis; Elizabeth, por outro lado, era morena; tinha olhos chineses em um rosto alvo; um mistério oriental; era gentil, amável, plácida. Quando criança, tinha um senso de humor impecável; mas agora, aos dezessete, Clarissa não conseguia entender por que se tornara tão séria; feito um jacinto revestido de verde lustroso com botões levemente coloridos, um jacinto jamais agraciado pela luz do sol.

Permaneceu imóvel e olhou para a mãe; mas a porta estava escancarada, e do lado de fora estava Miss Kilman, como bem sabia Clarissa; Miss Kilman envolta em sua gabardina, escutando o que quer que dissessem.

Sim, Miss Kilman estava no patamar da escadaria, e vestia uma gabardina; mas tinha seus motivos. Primeiro, era um traje barato; segundo, ela já passara dos quarenta; e no fim das contas não se vestia para agradar. Era pobre, além de tudo; de uma pobreza degradante. Caso contrário, não aceitaria trabalhos de pessoas como os Dalloway; de pessoas ricas que gostavam de ser gentis. Mr. Dalloway, para lhe fazer jus, era gentil. Mas Mrs. Dalloway, não. Era apenas condescendente. Vinha da mais desprezível das classes — a dos ricos, com suas noções de cultura. Tinham coisas

---

84. Diversas fontes e edições comentadas de *Mrs. Dalloway* confirmam que a Mrs. Hilbery citada aqui é personagem de outro livro de Woolf, *Noite e dia*.

caras por toda parte; quadros, tapetes, criados aos borbotões. Julgava ter todo o direito a qualquer coisa que os Dalloway fizessem por ela.

Tinha sido traída. Isso mesmo, a palavra não era exagero nenhum, pois decerto uma moça tem direito a alguma felicidade, não? E jamais fora feliz, sendo tão desajeitada e tão pobre. E então, justo quando estava prestes a ter uma chance na escola de Miss Dolby, veio a guerra; e ela nunca fora capaz de contar mentiras. Miss Dolby imaginou que ela seria mais feliz com pessoas que partilhavam de seu ponto de vista sobre os alemães. Ela tivera de sair. Era verdade que sua família era de origem alemã; soletrava-se Kiehlman no século XVIII; mas seu irmão também fora morto. Demitiram-na porque se recusava a fingir que os alemães eram todos vilões — ela tinha amigos alemães, e os únicos dias felizes de sua vida tinham se passado na Alemanha! E, no fim das contas, ela sabia ler história. Viu-se obrigada a aceitar a oportunidade que fosse. Mr. Dalloway a conheceu quando trabalhava para os Amigos[85]. Permitira-lhe (e foi deveras generoso de sua parte) lecionar história à filha. Tinha feito também algumas aulas de reforço e assim por diante. Então Nosso Senhor se revelara a ela (e neste trecho ela sempre baixava a cabeça). Vira a luz dois anos e três meses antes. Agora não mais invejava mulheres como Clarissa Dalloway; tinha pena delas.

---

85. Uma alusão à Sociedade Religiosa dos Amigos (os quakers), grupo protestante de origem inglesa.

Tinha pena e as desprezava do fundo do coração, ali, altiva sobre o tapete macio, olhando para a antiga gravura de uma menininha com um regalo. Com todo esse luxo ao redor, que esperança havia por um melhor estado das coisas? Em vez de ficar deitada no sofá – "Minha mãe está descansando", Elizabeth tinha dito – ela deveria estar em uma fábrica; atrás de um balcão; Mrs. Dalloway e todas as demais finas damas!

Amarga e irascível, Miss Kilman tinha entrado em uma igreja dois anos e três meses antes. Ouvira o reverendo Edward Whittaker pregar; os garotos cantarem, vira luzes solenes rescindirem, e talvez em virtude da música ou das vozes (ela mesma, quando ficava sozinha no cair da noite, achava conforto em um violino; mas o som era excruciante; ela não tinha ouvido para música), os sentimentos escaldantes e turbulentos que fervilhavam e rebentavam dentro dela tinham se aplacado enquanto permanecia sentada ali, e ela tinha chorado copiosamente, e depois fizera uma visita à residência de Mr. Whittaker em Kensington. Foi a mão de Deus, disse ele. Deus iluminara o caminho para ela. Portanto, agora, sempre que os sentimentos escaldantes e turbulentos fervilhavam dentro dela, esse ódio por Mrs. Dalloway, esse rancor pelo mundo, ela pensava em Deus. Pensava em Mr. Whittaker. À ira sucedia-se a calma. Uma doce sensação corria por suas veias, ela contraía os lábios e, parada ali, no patamar da escadaria, impressionante em sua gabardina, com uma serenidade firme e sinistra, olhava para Mrs. Dalloway, que surgia com a filha.

Elizabeth comentou que tinha esquecido as luvas. Pois Miss Kilman e sua mãe se detestavam. Não suportava vê-las juntas. Subiu as escadas correndo para pegar as luvas.

Mas Miss Kilman não detestava Mrs. Dalloway. Virando seus grandes olhos cor de cassis para Clarissa, observando seu rostinho rosado, seu corpo delicado, o ar de frescor e elegância, Miss Kilman sentiu: Sonsa! Simplória! Você que não sabe de dor nem de prazer; que jogou a vida fora! E insurgiu nela um desejo avassalador de subjugá-la; de desmascará-la. Se pudesse derrubá-la, teria se acalmado. Mas não era o corpo; era a alma e seu escárnio que ela desejava subjugar; fazê-la reconhecer seu domínio. Se ao menos pudesse fazê-la desabar aos prantos; se pudesse arruiná-la; humilhá-la; fazê-la cair de joelhos, Você tem razão! Mas isso dependia da vontade de Deus, não de Miss Kilman. Haveria de ser uma vitória religiosa. Por isso fulminava; por isso brilhava seu olhar.

Clarissa ficou horrorizada. E se dizia cristã — essa mulher! Essa mulher que a afastara da filha! Essa mulher, que estava em contato com presenças invisíveis! Pesada, feiosa, vulgar, sem charme ou encanto, dizia conhecer o sentido da vida!

— Você vai levar Elizabeth na Stores? — sondou Mrs. Dalloway.

Miss Kilman fez que sim. Ficaram ali paradas. Miss Kilman não tinha a menor intenção de ser agradável. Sempre trabalhara para viver. Sabia de história moderna nos mínimos detalhes. Da mixaria que ganhava, guardava parte para as causas em que acreditava; ao passo que essa mulher não fazia nada, não acreditava em nada; criara a filha — mas ali estava Elizabeth, um tanto sem fôlego, a linda mocinha.

Então estavam a caminho da Army and Navy Stores[86]. Era mesmo esquisito, diante de Miss Kilman ali parada (e parada ficou, imponente e taciturna, feito um monstro pré-histórico armado para um combate primitivo), como, segundo após segundo, a ideia que fazia dela se reduzia, como o ódio (um ódio por ideias, não por pessoas) ruía, como ela perdia sua malignidade, seu tamanho, tornava-se segundo após segundo apenas Miss Kilman, em sua gabardina, a quem, por Deus, Clarissa gostaria de oferecer ajuda.

Diante de tal encolhimento do monstro, Clarissa sorriu. Ao se despedir, sorriu.

Lá se foram juntas, Miss Kilman e Elizabeth, descendo as escadas.

Com um impulso repentino, uma angústia violenta, pois a mulher estava lhe tirando a filha, Clarissa se debruçou no corrimão e bradou:

---

86. Loja de departamento administrada por um grupo de oficiais do Exército e da Marinha. Foi inaugurada em 1871 como cooperativa focada em vender provisões com desconto para famílias de membros das Forças Armadas, e abriu uma loja para o público geral na Victoria Street, em Westminster, em 1918.

— Não se esqueça da festa! Não se esqueça da nossa festa hoje à noite!

Mas Elizabeth já tinha aberto a porta da frente; um furgão passava; ela não respondeu.

Amor e religião!, pensou Clarissa, retornando a sua sala, com um formigamento no corpo todo. Quão detestáveis, quão detestáveis são! Pois agora que não estava diante do corpo de Miss Kilman, sentiu-se assoberbada por ela — pela ideia dela. São as coisas mais cruéis do mundo, pensou, vendo-as desajeitadas, espevitadas, dominantes, hipócritas, futriqueiras, invejosas, infinitamente cruéis e inescrupulosas, vestindo uma gabardina no patamar da escadaria; amor e religião. Tentara ela própria converter alguém? Não desejava que todos fossem apenas eles mesmos? E viu pela janela a velha senhora que subia as escadas na casa vizinha. Que ela suba as escadas se assim quiser; que pare; que chegue ao quarto, conforme Clarissa costumava vê-la, abra as cortinas e volte a desaparecer ao fundo. Por alguma razão, era respeitável — aquela mulher de idade olhando pela janela, sem a menor ideia de que estava sendo observada. Havia algo de solene nisso tudo — mas amor e religião destruiriam isso, o que quer que fosse, a privacidade da alma. Esta seria destruída pela odiosa Kilman. Contudo, era uma cena que a fazia querer chorar.

O amor destruía também. Tudo que era bom, tudo que era verdadeiro se esvanecia. Vejamos Peter Walsh. Lá estava um homem, charmoso, astuto, com opiniões sobre tudo. Acaso alguém quisesse saber de Pope, digamos, ou de Addison[87], ou simplesmente jogar conversa fora, sobre como eram as pessoas, o que significavam as coisas, ninguém sabia tanto quanto Peter. Foi Peter quem a ajudou; Peter quem lhe emprestou livros. Mas vejamos as mulheres que ele amava – vulgares, triviais, comuns. Vejamos Peter apaixonado – ele veio visitá-la depois de todos esses anos, e sobre o que conversou? Ele próprio. Terrível paixão!, pensou ela. Paixão degradante!, inferiu, pensando em Kilman e sua Elizabeth a caminho da Army and Navy Stores.

O Big Ben deu a meia hora.

Como era extraordinário, estranho e, sim, comovente ver a velha senhora (eram vizinhas havia muitos anos) afastar-se da janela, como se estivesse ligada àquele som, àquele cordão. Apesar de colossal, tinha algo a ver com ela. Caindo, caindo, em meio às coisas triviais o ponteiro descia, tornando o momento solene. Ela foi impelida, imaginou Clarissa, por aquele som, a se mover, a ir – mas aonde? Clarissa tentou segui-la conforme virava e desaparecia, e ainda pôde ver sua touca branca movendo-se no fundo do quarto. Ainda estava lá, às andanças do outro lado do aposento. Movida a que credos e rezas e gabardinas?, quando, pensou Clarissa, esse é o milagre, esse é o mistério; a velha senhora, queria dizer, que podia ver andando da cômoda até a

87. Joseph Addison (1672–1719), ensaísta que costumava colaborar com diversos periódicos, como o *Tatler* e o *Spectator*. Também escrevia teatro e poesia.

penteadeira. Ainda podia vê-la. E o mistério supremo que Kilman talvez alegasse ter resolvido, ou Peter talvez alegasse ter resolvido, embora Clarissa acreditasse que não tinham a menor noção de resoluções, era simplesmente isto: aqui havia um aposento; lá havia outro. A religião dava conta disso, ou o amor?

Amor — mas eis que o outro relógio, o relógio que sempre ribombava dois minutos após o Big Ben, surgiu moroso, com seu circuito cheio de ninharias, que ele despejou como se, embora o Big Ben ditasse a lei com toda sua majestade, tão solene, tão exato, ela ainda precisasse se lembrar de toda sorte de minúcias — Mrs. Marsham, Ellie Henderson, baldes de gelo —, toda sorte de minúcias inundou-a e circundou-a, dançando no embalo daquela badalada solene que tombava qual barra de ouro no mar. Mrs. Marsham, Ellie Henderson, baldes de gelo. Precisava dar um telefonema de imediato.

Ruidoso, perturbador, o relógio atrasado ressoava, ao encalço do Big Ben, com seu circuito cheio de bagatelas. Estremecido, aturdido pela investida das carruagens, a brutalidade dos furgões, o avanço ávido das miríades de homens angulosos, de mulheres afetadas, os domos e pináculos de escritórios e hospitais, os últimos resquícios desse circuito cheio de ninharias pareciam se partir, como o borrifo de uma onda exaurida, sobre o corpo de Miss Kilman parada por um instante na rua a murmurar "É a carne".

Era a carne que ela precisava controlar. Clarissa Dalloway a insultara. Isso ela já esperava. Mas não triunfara; não havia dominado a carne. Era feia, desajeitada, por isso Clarissa Dalloway rira dela; e reavivara os desejos carnais, pois, diante de Clarissa, ficara constrangida com a própria aparência. Tampouco seria capaz de se portar como ela. Mas por que desejar tanto se parecer com ela? Por quê? Desprezava Mrs. Dalloway do fundo do coração. Ela não era séria. Não era boa. Sua vida era uma trama de vaidade e mentira. Ainda assim, Doris Kilman tinha sido derrotada. Tinha, na realidade, quase se debulhado em lágrimas quando Clarissa Dalloway rira dela.

— É a carne, é a carne — murmurou (sendo hábito seu falar em voz alta), tentando subjugar esse sentimento turbulento e doloroso conforme descia a Victoria Street. Orou a Deus. Não tinha culpa por ser feia; não podia bancar roupas bonitas. Clarissa Dalloway rira, mas ela trataria de se concentrar em alguma outra coisa até chegar à caixa de correio vermelha. Em todo caso, ela tinha Elizabeth. Mas pensaria em alguma outra coisa; pensaria na Rússia; até chegar à caixa de correio.

Como deve ser agradável o campo, disse, esforçando-se, como lhe aconselhara Mr. Whittaker, com aquele rancor violento contra o mundo que desdenhara dela, zombara dela e a excluíra, a começar por essa humilhação — a imposição de um corpo mal-amado, que as pessoas não suportavam ver. Podia fazer o penteado que fosse, a testa ainda parecia um ovo, careca, branca. Nenhuma roupa lhe caía bem. Podia comprar o que fosse. E para uma mulher, claro, isso significava nunca conhecer o sexo oposto. Sempre era preterida. Vez por outra, ultimamente, parecia-lhe que, exceto por Elizabeth, a comida era tudo pelo que vivia; os confortos; o jantar, o chá; a botija à noite. Mas é preciso lutar; conquistar; ter fé em Deus. Mr. Whittaker dissera que havia um propósito em sua existência. Mas ninguém fazia ideia de sua agonia! Ele disse, apontando para o crucifixo, que Deus sabia. Mas por que ela tinha de sofrer quando outras mulheres, como Clarissa Dalloway, escapavam? O conhecimento advém do sofrimento, disse Mr. Whittaker.

Ela já tinha passado pela caixa do correio e Elizabeth tinha entrado na seção escura e arejada de tabacaria da Army and Navy Stores enquanto ainda murmurava para si mesma o que Mr. Whittaker lhe dissera sobre o conhecimento advir do sofrimento e da carne.

— A carne — murmurou.

Que seção ela estava procurando?, interrompeu Elizabeth.

— Anáguas — disse abruptamente, e seguiu direto para o elevador.

Subiram. Elizabeth a conduziu por aqui e por ali; ensimesmada, deixou-se conduzir como se fosse uma criança grandinha, um navio de guerra pesado. Lá estavam as anáguas, beges, decorosas, listradas, frívolas, sólidas, delicadas; e ela escolheu, ensimesmada, portentosamente, e a moça que a atendia tomou-a por doida.

Elizabeth se perguntou, enquanto faziam o pacote, sobre o que estaria pensando Miss Kilman. É hora do chá, disse Miss Kilman, despertando, recobrando os sentidos. E foram tomar chá.

Elizabeth se perguntou se Miss Kilman estava com fome. Era seu jeito de comer, comer com intensidade, e então olhar, de novo e de novo, para a travessa de bolos açucarados na mesa ao lado; então, quando uma senhora e uma criança se sentaram e a criança pegou o bolo, teria Miss Kilman se importado? De fato, Miss Kilman se importou. Queria aquele bolo — o rosa. O prazer de comer era praticamente o único prazer genuíno que lhe restava, e eis que lhe frustravam até mesmo nisso!

Quando as pessoas são felizes, tinha dito a Elizabeth, têm certa reserva à qual recorrer, ao passo que ela era como uma roda sem pneu (apreciava metáforas do tipo), sacolejada por todo e qualquer seixo no caminho — foi o que ela disse, estendendo-se depois da aula, ao pé da lareira com sua bolsa de livros, sua "pasta", assim se referia a ela, numa manhã de terça-feira, encerrada a aula. E falava também da guerra. Afinal, nem todos achavam que os ingleses sempre tinham razão. Havia livros. Havia reuniões. Havia outros pontos de vista. Por acaso Elizabeth gostaria de lhe fazer companhia para escutar Fulano de Tal? (um senhor de idade extraordinariamente bem apessoado). Então Miss Kilman a levou a uma igreja em Kensington e tomaram chá com um clérigo. Tinha emprestado livros a ela. Direito, medicina, política, todas as profissões estão abertas para as mulheres da sua geração, disse Miss Kilman. Quanto a ela própria, sua carreira estava absolutamente arruinada, e era culpa dela? Misericórdia, disse Elizabeth, não.

E sua mãe, que aparecia para dizer que um cesto chegara de Bourton, e por acaso Miss Kilman gostaria de levar algumas flores? Com Miss Kilman ela era sempre muito, muito afável, mas Miss Kilman esmagava as flores em um maço, e jamais cedia a conversa fiada, e o que interessava a Miss Kilman entediava sua mãe, e eram terríveis juntas; e Miss Kilman se exasperava e parecia insossa, mas Miss Kilman era assustadoramente perspicaz. Elizabeth nunca tinha pensado nos pobres. Levavam uma vida farta — sua mãe tomava café na cama todo dia; Lucy subia com a bandeja; e ela gostava das velhas damas, pois eram duquesas, descendentes de algum lorde. Mas Miss Kilman disse (numa dessas manhãs de terça-feira, depois da aula):

— Meu avô tinha uma loja de tintas a óleo e aquarela em Kensington. — Não conhecia ninguém como Miss Kilman; ela fazia as pessoas se sentirem tão insignificantes.

Miss Kilman tomou mais uma xícara de chá. Elizabeth, com sua tez oriental, seu mistério inescrutável, sentou-se perfeitamente empertigada; não, não queria mais nada. Procurou pelas luvas — suas luvas brancas. Estavam debaixo da mesa. Ah, mas ela não podia ir! Miss Kilman não podia deixá-la ir! essa moça, que era tão bela; essa mocinha, que ela amava de coração! Sua mão grande se abriu e fechou em cima da mesa.

Talvez aquilo estivesse perdendo a graça, Elizabeth sentiu. E de fato queria ir.

Mas Miss Kilman disse:

— Ainda não terminei.

Muito que bem, então Elizabeth esperaria. Mas estava um tanto abafado aqui dentro.

— Você vai à festa hoje à noite? — indagou Miss Kilman. Elizabeth pressupôs que iria; sua mãe queria que ela fosse. Ela não devia se deixar levar por festas, disse Miss Kilman, apanhando o último pedaço de uma bomba de chocolate.

Ela não era muito dada a festas, disse Elizabeth. Miss Kilman abriu a boca, projetou o queixo de leve e engoliu o último pedaço da bomba de chocolate, então limpou os dedos e balançou a xícara de chá.

Sentiu que estava prestes a se despedaçar. A agonia era terrível. Se pudesse contê-la, se pudesse agarrá-la, se pudesse torná-la de todo e para sempre sua e então morrer; era o que mais queria. Mas ficar ali sentada, incapaz de pensar em algo para dizer; ver Elizabeth voltar-se contra ela; sentir-se repulsiva até para ela — era demais da conta; não conseguia suportar. Seus dedos grossos se enrodilharam.

— Nunca vou a festas — disse Miss Kilman, só para mantê-la à mesa. — As pessoas não me convidam para festas. — E compreendeu, tão logo o disse, que esse egoísmo era a sua ruína. Mr. Whittaker lhe advertira; mas não conseguia se conter. Tinha sofrido tanto! — Por que haveriam de me convidar? — inquiriu.

— Sou insossa, sou infeliz. — Ela sabia que era tolice. Mas eram todas aquelas pessoas passando (pessoas com embrulhos, que a desprezavam) que a faziam dizer isso. Contudo, ela era Doris Kilman. Tinha seu diploma. Era uma mulher que havia trilhado o próprio caminho no mundo.

Seus conhecimentos de história moderna eram mais do que respeitáveis.

— Não tenho pena de mim mesma — disse. — Tenho pena... — Ela queria dizer "da sua mãe", mas não, não podia, não para Elizabeth. — Tenho muito mais pena dos outros.

Feito uma criatura sonsa que foi trazida a um portão por um propósito desconhecido, e permanece ali com o anseio de se retirar aos galopes, Elizabeth Dalloway permaneceu sentada em silêncio. Miss Kilman pretendia dizer mais alguma coisa?

— Não se esqueça de mim — disse Doris Kilman; sua voz oscilou. A criatura sonsa galopou pelo campo aterrorizada, ao longe.

A grande mão se abriu e fechou.

Elizabeth virou o rosto. A garçonete veio. Tinham de pagar no balcão, disse Elizabeth, e se retirou, de modo que Miss Kilman sentiu as entranhas de seu corpo se estirarem enquanto atravessava o salão, e então, com um contorcionismo final, uma reverência polida, foi embora.

Tinha ido embora. Miss Kilman permaneceu sentada à mesa de mármore, entre bombas de chocolate, golpeada uma, duas, três vezes por ondas de sofrimento. Tinha ido embora. Mrs. Dalloway havia triunfado. Elizabeth tinha ido embora. A beleza tinha ido embora; a juventude tinha ido embora.

Ali permaneceu sentada. Levantou-se, caminhou aos tropeços por entre as mesinhas, titubeando de um lado para o outro, e logo alguém correu atrás dela com sua anágua, e ela perdeu o prumo, e foi encurralada por valises feitas especialmente para viagens à Índia; depois pelos artigos para grávidas e recém-nascidos; por entre todas as mercadorias do mundo, perecíveis e permanentes, fiambres, fármacos, flores, papelaria, de aromas diversos, ora doces, ora azedos, cambaleava; viu-se cambaleando com o chapéu torto, deveras ruborizada, em um espelho de corpo inteiro; e por fim saiu à rua.

A torre da catedral de Westminster[88] erguia-se diante dela, a morada de Deus. Em meio ao tráfego, ali estava a morada de Deus. Obstinada, seguiu rumo, com seu pacote, ao outro santuário, a abadia[89], onde, juntando as mãos em tenda diante do rosto, sentou-se ao lado daqueles que também buscavam abrigo; os mais variados devotos, agora despidos de posição social, quase que de sexo, enquanto erguiam as mãos diante de seus rostos; mas tão logo as baixavam, viravam homens e mulheres ingleses, de classe média, alguns com vontade de conhecer o Museu de Cera.

Mas Miss Kilman deteve sua tenda diante do rosto. Ora era desertada; ora congregada. Novos devotos surgiam da rua para substituir aqueles que perambulavam, e ela

---

88. Catedral construída entre 1895 e 1903 ao estilo neobizantino, a maior igreja católica de Londres.

89. Próxima à catedral, a abadia de Westminster, em contraste, foi construída no século XIII ao estilo gótico francês. É um dos principais polos do anglicanismo na Inglaterra e costuma ser a sede das coroações e sepultamentos dos monarcas britânicos.

permanecia, enquanto olhavam ao redor e passavam pelo túmulo do Soldado Desconhecido[90], permanecia de olhos tampados e tentava, nessa dupla escuridão, pois era incorpórea a luz na abadia, elevar-se para além das vaidades, dos desejos, das mercadorias, livrar-se do ódio e do amor. Suas mãos se contraíam. Parecia se debater. Todavia, para os demais, Deus era acessível e o caminho até Ele, brando. Mr. Fletcher, aposentado do Tesouro, Mrs. Gorham, viúva do famoso conselheiro jurídico da Coroa, relacionavam-se com Ele em termos simples, e tendo concluído suas orações, recostavam-se, apreciavam a música (o órgão embalava-os docemente) e viam Miss Kilman na ponta do banco, orando, orando, e, ainda no limiar de seus abismos, pensavam nela com compaixão, como uma alma que assombrava aquele mesmo território; uma alma feita de substância imaterial; não uma mulher, uma alma.

Mas Mr. Fletcher precisava ir. Precisava passar por ela, e sendo ele próprio asseado, não se continha, ficava um pouco aflito com o desmazelo da pobre senhora; o cabelo solto, o pacote no chão. Ela não o deixou passar de imediato. Contudo, em sua plácida contemplação do mármore branco, dos vitrais gris e tesouros acumulados (pois ele tinha imenso orgulho da abadia), a magnitude, robustez e imponência dela, sentada ali, movendo os joelhos de quando em

---

90. Memorial situado dentro da nave da Abadia de Westminster, em tributo a soldados anônimos mortos em campo de batalha durante a Primeira Guerra Mundial.

quando (era tão bruta a abordagem a seu Deus — eram tão brutos seus clamores) o impressionaram, como haviam impressionado Mrs. Dalloway (que não conseguiu tirá-la da cabeça aquela tarde), o reverendo Edward Whittaker e Elizabeth também.

Elizabeth esperava por um ônibus na Victoria Street. Era tão bom estar ao ar livre. Julgou que talvez ainda não precisasse voltar para casa. Era tão agradável estar na rua. Então pegaria um ônibus. E mesmo parada ali, em seus trajes de alfaiataria, ali mesmo... as pessoas começavam a compará-la a álamos, alvoradas, jacintos, cervos, cursos-d'água e lírios de jardim; e isso era um fardo em sua vida, pois preferia mesmo ficar sozinha fazendo o que gostava no campo, mas a comparavam a lírios, e precisava comparecer a festas, e Londres era tão sombria em comparação com o campo, a sós com seu pai e os cachorros.

Ônibus voavam, paravam, zarpavam — caravanas espalhafatosas, reluzentes, com seu verniz vermelho e amarelo. Mas qual haveria de pegar? Não tinha preferência. Evidente que ela não imporia sua vontade. Tinha uma propensão à passividade. Era expressividade o que precisava, mas tinha belos olhos, chineses, orientais, e, como dizia sua mãe, com ombros tão elegantes e uma postura tão aprumada, era sempre encantadora de se ver; e ultimamente, sobretudo no fim da tarde, quando estava interessada, pois nunca parecia animada, era quase linda, muito imponente, muito serena. O que estaria pensando? Todo homem se apaixonava por ela, e estava mesmo um tanto entediada.

Pois era só o começo. Sua mãe já reparava — os elogios estavam começando. Que ela não se importasse com isso — por exemplo, com roupas —, às vezes preocupava Clarissa, mas talvez fosse melhor assim, com todos aqueles seus filhotes e porquinhos-da-índia enfermos, o que lhe conferia certo charme. E agora tinha essa amizade esquisita com Miss Kilman. Bom, pensou Clarissa em torno das três da manhã, lendo o Barão Marbot à espera do sono, isso era a prova de que ela tinha coração.

De repente Elizabeth deu um passo à frente e, com destreza, embarcou no ônibus, diante de todos. Sentou-se no deque. A criatura impetuosa — um pirata — deu a partida, lançou-se; ela precisou segurar o corrimão para se equilibrar, era mesmo um pirata, inconsequente, inescrupuloso, precipitando-se com força implacável, ziguezagueando arriscadamente, capturando um passageiro intrepidamente, ou ignorando um passageiro, espremendo-se como enguia arrogante por entre o tráfego, e então correndo, insolente, com as velas cheias sobre a Whitehall Street. Por acaso Elizabeth pensava na pobre Miss Kilman, que a amava sem ciúmes, que a via como uma corça a céu aberto, um luar numa clareira? Sentia-se radiante por estar livre. O ar fresco era primoroso. Estava tão abafado na Army and Navy Stores. E agora era como cavalgar, subindo a Whitehall; e a cada movimento do ônibus, o belo corpo no casaco bege reagia livremente, qual cavaleiro, qual a carranca de um navio, pois a brisa a desarrumava um pouco; o calor lhe conferia a palidez de uma madeira pintada de branco; e seus belos olhos, sem ter outros olhos para fitar, mantiveram-se fixos à frente, sem expressão, brilhantes, com a imperturbável inocência de uma escultura.

Era falar sempre dos próprios sofrimentos o que tornava Miss Kilman tão difícil. E ela estava certa? Se participar de comitês e renunciar horas e horas todos os dias (ela quase nunca o via em Londres) significava ajudar os pobres, seu pai fazia isso, Deus sabe se era isso que Miss Kilman queria dizer sobre ser cristã; mas era difícil ter certeza. Ah, ela gostaria de seguir um pouco mais adiante. Com mais um níquel seguiria até a Strand? Aqui estava outro níquel, então. Iria subir até a Strand.

Gostava de pessoas combalidas. E todas as profissões estão abertas às mulheres de sua geração, disse Miss Kilman. Talvez se tornasse médica. Talvez se tornasse fazendeira. Animais por vezes adoecem. Talvez possuísse mil hectares e tivesse pessoas sob seu comando. Faria visitas a elas em seus chalés. Isso na Somerset House. Talvez se tornasse uma excelente fazendeira — e isso, por mais estranho que fosse, embora Miss Kilman tivesse algo a ver, devia-se quase que completamente à Somerset House. Era tão esplêndida, tão séria, aquela edificação cinzenta. E ela gostava da sensação das pessoas trabalhando. Gostava daquelas igrejas, feito figuras de papel cinzento, contra o fluxo da Strand. Era bem diferente de Westminster, pensou, saltando na Chancery Lane. Era tão séria; tão movimentada. Em suma, gostaria de ter uma profissão. Seria médica, fazendeira, talvez fizesse parte do Parlamento caso julgasse necessário, tudo por conta da Strand.

Os pés daquelas pessoas aplicadas a seus afazeres, as mãos colocando pedra sobre pedra, mentes eternamente ocupadas não com falatórios triviais (comparar mulheres a álamos – o que era um tanto empolgante, claro, mas uma bobagem), mas com navios, negócios, leis, administração, e sendo tudo tão majestoso (ela estava no Temple[91]), alegre (ali estava o rio), piedoso (ali estava a igreja), sentiu-se determinada, independentemente do que pudesse dizer sua mãe, a virar fazendeira ou médica. Mas ela era, claro, um tanto preguiçosa.

E era muito melhor não dizer nada. Parecia bobagem. Era o tipo de coisa que por vezes acontecia, quando se estava sozinha – construções sem nomes de arquitetos, multidões retornando do centro com mais poder que os clérigos solteiros de Kensington, que qualquer um daqueles livros que Miss Kilman lhe emprestara no intuito de despertar o que vive dormente, torpe e acanhado no leito arenoso da mente, trazê-lo à tona, como uma criança de súbito espreguiça os braços; talvez fosse simplesmente isso, um suspiro, um espreguiçar, um impulso, uma revelação, que surtia efeitos para todo o sempre, e então mergulhava de volta no leito arenoso. Precisava ir para casa. Precisava se vestir para o jantar. Mas que horas eram? – onde havia um relógio?

---

91. Assim como Lincoln's Inn (ver nota 45, sobre Lincoln's Inn), uma das quatro sociedades londrinas conhecidas como Inns of Court, associações profissionais para advogados da Inglaterra e do País de Gales. Temple é também a denominação da área em que ficam as sedes dessas sociedades.

Ela olhou para a Fleet Street. Caminhou um pouco rumo à Catedral de St. Paul, timidamente, como quem adentra uma casa desconhecida à noite com uma vela, na ponta dos pés, com receio do dono de repente escancarar a porta do quarto e lhe perguntar o que está fazendo ali, e não ousaria se meter em becos esquisitos, ruelas tentadoras, como não ousava abrir as portas de uma casa desconhecida, que podem dar em quartos, uma sala de estar, ou desembocar direto na despensa. Pois nenhum dos Dalloway costumava descer a Strand no dia a dia; era uma pioneira, uma andarilha, aventurando-se, confiando.

Em muitos aspectos, sua mãe sentia que ela era extremamente imatura, uma criança, apegada a bonecas, a velhas pantufas; um perfeito bebê; e isso tinha seu charme. Entretanto, evidentemente, havia na família Dalloway a tradição do serviço público. Madres superioras, reitoras, diretoras de colégios, dignitárias na república das mulheres — não eram brilhantes, nenhuma delas, e tinham esses cargos. Intrometeu-se um pouco mais adiante, rumo à St. Paul. Gostava da genialidade, da sororidade, da maternidade, da fraternidade desse alvoroço. Parecia-lhe bom. Era um tremendo ruído; e de repente ouviu-se o clangor de cornetas (eram os desempregados), em meio à agitação; à música militar; como se as pessoas estivessem marchando em um desfile; contudo, estavam morrendo — e acaso uma mulher tivesse soltado seu último suspiro, quem a velasse, abrindo a janela do cômodo onde ela rematara aquele ato de dignidade suprema, e olhasse para a Fleet Street lá do alto, aquele alvoroço, aquela música militar teria se elevado, triunfante, um consolo, indiferente.

Não era consciente. Não havia reconhecimento da sorte ou da sina de ninguém nessa música, e justamente por essa razão, mesmo para as testemunhas atordoadas dos últimos arrepios de consciência nos rostos dos moribundos, era um consolo.

O esquecimento das pessoas pode ferir, e a ingratidão, corroer, mas tal voz, jorrando sem parar, ano após ano, abarcaria o que quer que fosse; esse juramento; esse furgão; essa vida; essa procissão, e os envolveria e os levaria adiante, assim como na corrente agitada de uma geleira o gelo carrega uma lasca de osso, uma pétala azul, alguns carvalhos, e os conduz.

Mas era mais tarde do que ela imaginava. Sua mãe não ficaria contente com ela perambulando sozinha assim. Deu meia-volta e desceu pela Strand.

Uma lufada (apesar do calor, ventava bastante) soprou um fino véu negro sobre o sol e a Strand. Os rostos desbotaram; os ônibus de repente perderam o brilho. Pois embora as nuvens fossem de um branco montanhoso, a ponto de parecer possível arrancar-lhes fora nacos sólidos com uma machadinha, contornadas nos flancos por escarpas douradas, gramados de jardins celestiais paradisíacos, e parecessem servir de residência permanente a deuses no alto do mundo, havia um movimento incessante entre elas. Intercambiavam sinais, ao passo que, como que para concretizar algum esquema já arranjado, ora um cume se encolhia, ora todo um bloco de dimensões piramidais antes imóvel avançava para o centro ou conduzia solenemente a procissão para um novo ancoradouro. Por mais firmes que parecessem em seus postos, tranquilas, em perfeita unanimidade, nada podia ser mais fresco, mais livre, mais sensível à primeira vista que a superfície branca feito neve ou alumiada em dourado; mudar, mover, desmantelar a montagem solene era possível em um piscar de olhos; e apesar da grave firmeza, da robustez e solidez acumuladas, elas lançavam à terra ora luz, ora escuridão.

Com muita calma e destreza, Elizabeth Dalloway embarcou no ônibus para Westminster.

Indo e vindo, acenando, sinalizando, de modo que a luz e a sombra ora deixavam a parede gris e as bananas, amarelo vivo, ora deixavam a Strand acinzentada, e os ônibus, amarelo vivo, assim parecia a Septimus Warren Smith, deitado no sofá na sala de estar; observando o matiz aquoso de dourado cintilar e desbotar com a sensibilidade extraordinária de uma criatura viva nas rosas, no papel de parede. Lá fora, as árvores arrastavam suas folhas feito redes pelas profundezas do ar; o som da água inundava o aposento, e por entre as ondas ressoavam os cantos dos pássaros. Todas as potências despejavam tesouros sobre sua cabeça, e sua mão permanecia estirada ali, nas costas do sofá, assim como tinha visto sua mão flutuar no banho de mar, nas cristas das ondas, enquanto ao longe, na encosta, ouvia cães ladrando e ladrando, ao longe. Não temas mais, diz o coração ao corpo; não temas mais.

Ele não temia. A todo momento, a Natureza deixava transparecer, por via de algum sinal risonho como a mancha dourada que circulava na parede — ali, ali, ali — a intenção de revelar, exibindo suas plumas, chacoalhando suas madeixas, balançando seu manto para lá e para cá, bela, sempre bela, próxima o bastante para soprar por entre suas mãos em concha as palavras de Shakespeare, de revelar seu sentido.

Rezia, sentada à mesa, revirando um chapéu em suas mãos, observava-o; viu-o sorrir. Estava feliz, então. Mas não suportava vê-lo sorrir. Isto não era um casamento; não cabia a um marido ficar estranho assim, com o olhar sempre fixo, rindo, sentado horas a fio em silêncio, ou agarrando-a e ordenando que escrevesse. A gaveta da mesa estava cheia desses escritos; sobre guerra; sobre Shakespeare; sobre grandes descobertas; sobre como não existe a morte. Ultimamente ficava empolgado de repente, por razão nenhuma (e tanto Dr. Holmes quanto Sir William Bradshaw disseram que empolgação era a pior coisa para ele), acenava e bradava que sabia a verdade! Sabia de tudo! Aquele homem, o amigo dele que foi morto, Evans, aparecera, disse ele. Estava cantando atrás da cortina. Ela tomava nota conforme ele falava. Algumas coisas eram muito bonitas; algumas não passavam de disparate. E ele sempre parava no meio, mudando de ideia; querendo acrescentar alguma coisa; ouvindo algo novo; escutando com a mão erguida. Mas ela não ouvia nada.

E uma vez depararam com a moça que arrumava o quarto lendo um desses papéis às gargalhadas. Foi lamentável.

Pois fez Septimus se lamuriar sobre a crueldade humana — como os humanos se esfacelam. Os vencidos, disse, eles esfacelam. "Holmes está no nosso encalço", dizia, e inventava histórias sobre Holmes; Holmes comendo mingau de aveia; Holmes lendo Shakespeare — ora tinha ataques de riso, ora de raiva, pois Dr. Holmes parecia representar algo horrendo para ele. "A natureza humana", assim se referia a ele. Então vieram as visões. Estava se afogando, costumava dizer, deitado em um penhasco com as gaivotas berrando ao alto. Olhava, da beirada do sofá, o mar lá embaixo. Ou ouvia uma música. Na verdade, era apenas um realejo ou um homem qualquer aos berros na rua. Mas "Que bonito!", ele costumava bradar, e as lágrimas corriam por suas bochechas, e não havia nada mais terrível do que ver chorar um homem como Septimus, que havia lutado, que era corajoso. E ficava deitado, escutando, até que de repente bradava que estava caindo, caindo em chamas! Ela chegava a procurar pelas labaredas, era tão vívido. Mas não havia nada. Estavam a sós no aposento. Era um sonho, ela lhe assegurava, e por fim o tranquilizava, mas por vezes ficava assustada também. Suspirava, sentada, enquanto cosia.

Seu suspiro era afável e encantador, feito uma ventania em um bosque, no cair da noite. Ora ela repousava a tesoura; ora virava-se para pegar algo à mesa. Uma pequena agitação, um estalo sutil, uma batidinha de leve provocou alguma coisa à mesa, ali, onde estava sentada, cosendo. Por entre os cílios ele discernia o turvo contorno dela; o corpo mirrado e moreno; o rosto e as mãos; os movimentos à mesa, para pegar um carretel, ou procurar (ela tinha propensão a perder coisas) por sua linha de seda. Estava fazendo um chapéu para a filha casada de Mrs. Filmer, que se chamava... ele havia esquecido o nome.

— Como se chama mesmo a filha casada de Mrs. Filmer? — perguntou ele.

— Mrs. Peters — disse Rezia. Ela cismou que o chapéu estava muito pequeno, erguendo-o. Mrs. Peters era uma mulher corpulenta; mas não gostava dela. Fazia aquilo só porque Mrs. Filmer tinha sido gentil com eles — "Ela me deu uvas esta manhã", disse ela — e Rezia quis retribuir o gesto, em gratidão. Tinha entrado no aposento outra noite e flagrado Mrs. Peters, que imaginou que eles tivessem saído, escutando o gramofone.

— É mesmo? — indagou ele. Estava mesmo escutando música no gramofone? Era, sim; chegou a contar para ele na época; tinha flagrado Mrs. Peters ouvindo o gramofone.

Ele começou, com muito cuidado, a abrir os olhos, para ver se havia de fato um gramofone ali. Mas as coisas reais — as coisas reais eram excitantes demais. Precisava tomar cuidado. Não queria enlouquecer. Primeiro olhou para os periódicos de moda na prateleira de baixo, e então se voltou, aos poucos, para o gramofone com a corneta verde. Nada podia ser mais exato. E então, juntando coragem, ele olhou para o aparador; a travessa de bananas; a gravura da Rainha Vitória e do Príncipe Consorte; a cornija da lareira, com o vaso de rosas. Nenhuma dessas coisas se moveu. Estava tudo parado; era tudo real.

— Essa mulher tem língua de cobra — disse Rezia.

— Com o que Mr. Peters trabalha? — inquiriu Septimus.

— Ah — disse Rezia, tentando lembrar. Achava que Mrs. Filmer tinha comentado que ele viajava por alguma companhia. — Agora mesmo, ele está em Hull[92] — disse. — Agora mesmo! — repetiu com seu sotaque italiano. Disse do jeito dela. Ele cobriu os olhos para tentar ver apenas um bocado do rosto por vez, primeiro o queixo, então o nariz, então a testa, caso estivesse deformado, ou com alguma marca terrível. Mas não, lá estava ela, perfeitamente natural, costurando, com os típicos lábios encrespados das mulheres, a expressão fixa, melancólica, quando costuram. Mas não havia nada de terrível naquilo, assegurou-se, fitando pela segunda, terceira vez o rosto dela, as mãos, pois o que havia de assustador ou repugnante nela, sentada ali, em plena luz do dia, costurando? Mrs. Peters tinha uma língua de cobra. Mr. Peters estava em Hull. Por que então se enfurecer e profetizar? Por que debandar flagelado, exilado? Por que se deixar estremecer e choramingar por entre as nuvens? Por que buscar verdades e mandar mensagens enquanto Rezia ficava sentada, pregando alfinetes em seu vestido, e Mr. Peters estava em Hull? Milagres, revelações, agonias, solidão, a queda no mar, cada vez mais profunda, nas chamas, tudo se queimara, pois ele tinha a impressão, enquanto observava

---

92. Cidade situada no nordeste da Inglaterra, na margem ao norte do rio Humber. É um porto importante.

Rezia aparando o chapéu de palha para Mrs. Peters, de sentir uma colcha de flores.

— Está pequeno demais para Mrs. Peters — disse Septimus.

Pela primeira vez em dias ele estava falando como antes costumava falar! Claro que era — ridiculamente pequeno, replicou ela. Mas era o que Mrs. Peters tinha escolhido.

Ele o tirou das mãos dela. Disse que era um chapéu para um macaquinho de realejo.

Como aquilo a alegrou! Fazia semanas que não riam assim juntos, divertindo-se entre eles feito pessoas casadas. O que ela queria dizer era que, se Mrs. Filmer aparecesse ali, ou Mrs. Peters, ou quem quer que fosse, não saberiam do que ela e Septimus estavam rindo.

— Pronto — disse ela, prendendo uma rosa na lateral do chapéu. Nunca se sentira tão feliz! Nunca na vida!

Mas ainda havia algo mais ridículo, disse Septimus. Agora a pobre mulher ia ficar parecendo um porco em dia de feira. (Ninguém a fazia rir como Septimus fazia.)

O que ela guardava em sua caixa de costura? Tinha fitas e missangas, borlas, flores artificiais. Ela despejou tudo na mesa. Ele começou a fazer combinações peculiares de cores — pois, embora não levasse jeito com os dedos, e mal conseguisse fazer um embrulho, tinha um olhar clínico, e ora estava certo, ora era absurdo, claro, mas por vezes estava incrivelmente certo.

— Ela vai ter um lindo chapéu! — murmurou ele, aplicando isto e aquilo, com Rezia de joelhos ao lado, espiando por cima do ombro dele. Agora estava pronto; isto é, o conceito; ela ainda havia de costurá-lo. Mas precisava tomar muito, muito cuidado, disse ele, para manter do jeitinho que ele fizera.

Então ela se pôs a costurar. Quando ela costurava, pensou ele, fazia um barulho de chaleira no fogão; borbulhando, murmurando, sempre compenetrada, com seus fortes dedinhos pontiagudos repuxando e apertando; a agulha reluzindo em riste. O sol podia surgir e sumir sobre as borlas, sobre o papel de parede, mas ele esperaria, pensou, esticando os pés, fitando sua meia listrada na outra ponta do sofá; esperaria nesse recanto cálido, nessa bolha de ar parado, como por vezes se encontra nos arredores de um bosque, no cair da noite, quando, em virtude de uma vala, ou alguma disposição de árvores (é preciso ser científico, acima de tudo científico), o calor perdura, o vento fustiga o rosto como a asa de um pássaro.

— Pronto — disse Rezia, girando o chapéu de Mrs. Peters na ponta dos dedos. — Já basta por ora. Mais tarde... — A frase se esvaiu aos pingos e pingos e pingos, gotejando como uma torneira deixada aberta.

Era maravilhoso. Ele nunca fizera algo que lhe desse tanto orgulho. Era tão real, tão concreto, o chapéu de Mrs. Peters.

— Olha só para isso — disse ele.

Por certo, ver aquele chapéu sempre a deixaria contente. Ele tinha voltado a si, tinha dado risada. Tinham ficado a sós. Para sempre iria gostar daquele chapéu.

Ele pediu para ela provar.

— Nossa, deve ter ficado esquisito! — bradou ela, correndo até o espelho e dando uma olhada primeiro de um lado, depois do outro. Então o arrancou de novo, pois alguém batia à porta. Seria Sir William Bradshaw? Será que já enviara alguém?

Não! Era só a menininha com o jornal da tarde.

O que sempre acontecia tornou a acontecer — a vida deles era assim, toda noite. A menininha chupava o dedo à porta; Rezia ficou de joelhos; Rezia arrulhou e a beijou; Rezia tirou um saquinho de doces da gaveta da mesa. Pois era sempre assim. Primeiro uma coisa, depois outra. Então ela ia montando a cena, primeiro uma coisa, depois outra. Dançaram, saltitaram, às voltas pela sala. Ele pegou o jornal. O time do Surrey[93] tinha sido eliminado, leu ele. Chegara uma onda de calor. Rezia repetiu: Surrey tinha sido eliminado. Eis que chegara uma onda de calor, tornando-se parte da brincadeira com a neta de Mrs. Filmer, ambas gargalhando, tagarelando ao mesmo tempo, tudo parte da brincadeira. Ele estava muito cansado. Estava muito contente. Iria dormir. Fechou os olhos. Mas tão logo deixou de enxergar, os sons da brincadeira ficaram mais fracos e estranhos, soavam como os brados de pessoas que procuram algo sem achar, e afastavam-se cada vez mais. Perderam-no!

---

93. Surrey County Cricket Club, um time de críquete, esporte inglês jogado com bola e tacos, muito popular até hoje na Inglaterra e nas ex-colônias britânicas.

Despertou apavorado. O que estava vendo? A travessa de bananas no aparador. Não havia ninguém ali (Rezia tinha levado a menininha de volta para a mãe; era hora de dormir). Era isto: ficaria sozinho para sempre. Essa foi a sina anunciada em Milão quando entrou no quarto e as viu recortando as formas no molde; ficaria sozinho para sempre.

Estava sozinho com o aparador e as bananas. Estava sozinho, exposto naquela eminência desolada, estirado — mas não no topo da montanha, não em um penhasco; no sofá da sala de estar de Mrs. Filmer. Quanto às visões, aos rostos, às vozes dos mortos, onde estavam? Havia um biombo diante dele, com juncos pretos e andorinha azuis. No lugar onde antes ele vira montanhas, onde vira rostos, onde vira a beleza, havia somente um biombo.

— Evans! — gritou ele. Nenhuma resposta. Um camundongo guinchou, ou uma cortina farfalhou. Essas eram as vozes dos mortos. O biombo, o balde de carvão, o aparador eram tudo o que lhe restava. Ele que ficasse a fitar o biombo, o balde de carvão e o aparador... mas Rezia adentrou a sala, tagarelando.

Tinha chegado uma carta. Os planos seriam todos alterados. Eis que Mrs. Filmer não poderia ir a Brighton. Não havia tempo de avisar Mrs. Williams, e Rezia estava muito, muito aborrecida, mas então bateu o olho no chapéu e pensou que... talvez... ela... pudesse ajustar só um pouco... Sua voz foi morrendo, numa melodia satisfeita.

— Ah, desgraça! — gritou (eram uma piada entre eles, as imprecações dela); a agulha tinha se partido. Chapéu, criança, Brighton, agulha. Ela foi cosendo; primeiro uma coisa, depois outra, ela foi montando, costurando.

Queria ouvir dele se, ao trocar a rosa de lugar, ela havia aprimorado o chapéu. Sentou-se na ponta do sofá.

Agora estavam perfeitamente felizes, disse ela, de repente, deixando o chapéu de lado. Pois agora poderia dizer qualquer coisa a ele. Poderia dizer tudo o que lhe viesse à mente. Isso fora quase a primeira coisa que ela sentira em relação a ele naquela noite no café, quando ele chegara com seus amigos ingleses. Chegara, um tanto acanhado, olhando à volta, e deixara cair o chapéu ao pendurá-lo. Disso ela se lembrava bem. Sabia que era inglês, embora não um daqueles britânicos corpulentos que a irmã tanto admirava, pois ele sempre fora magro; mas tinha uma tez bela e fresca; e, com seu nariz grande, seus olhos brilhantes, sua postura meio encurvada ao sentar, ele a fazia pensar, comentou ela várias vezes, em um jovem falcão, naquela primeira noite em que o viu, quando estavam jogando dominó e ele chegara — um jovem falcão; mas com ela era sempre muito gentil. Nunca o vira bêbado ou descontrolado, apenas sofrendo, às vezes, com aquela guerra terrível, mas ainda assim, quando ela vinha, ele deixava tudo isso de lado. Tudo, absolutamente tudo, o menor aborrecimento com o trabalho, qualquer coisa que lhe ocorresse ela contava a ele, e ele entendia no mesmo instante. Nem com a própria família era assim. Sendo mais velho que ela e sendo tão inteligente — e como era sério, querendo que ela lesse Shakespeare antes mesmo de ser capaz de ler uma historinha infantil em inglês!

—, sendo muito mais experiente, ele poderia ajudá-la. E ela também poderia ajudá-lo.

Mas agora o chapéu. E depois (estava ficando tarde) Sir William Bradshaw.

Ela levou as mãos à cabeça, esperando que ele dissesse se gostava ou não do chapéu, e com ela ali, esperando, olhando para baixo, ele sentia a mente dela pulando de galho em galho feito pássaro, sempre pousando com firmeza; era capaz de seguir a mente dela, enquanto ela permanecia sentada numa daquelas posições relaxadas que lhe eram tão naturais, e, se ele dissesse qualquer coisa, ela abriria um sorriso no ato, como um pássaro pousando e cravando no tronco suas garras firmes.

Mas então ele se lembrou. Bradshaw disse: "As pessoas que nos são mais caras não nos fazem bem quando estamos doentes". Bradshaw disse que deviam ensiná-lo a repousar. Bradshaw disse que ele devia ficar longe dela.

"Devia", "devia", por que "devia"? Que poder Bradshaw tinha sobre ele?

— Que direito Bradshaw tem de dizer o que eu "devo" fazer? — teimou ele.

— É porque você falou em suicídio — disse Rezia. (Felizmente agora poderia dizer qualquer coisa a Septimus.)

Então ele estava entregue a eles! Holmes e Bradshaw estavam em seu encalço! O facínora de narinas sanguíneas estava farejando cada recôndito mais secreto! "Devia", diria ele! Onde estavam os papéis dele?, as coisas que tinha escrito?

Ela trouxe os papéis, as coisas que tinha escrito, coisas que ela tinha escrito por ele. Espalhou os papéis no sofá. Fitaram-nos juntos. Diagramas, desenhos, homenzinhos e mulherzinhas brandindo braços de palitos, com asas — eram mesmo asas? — nas costas; círculos tracejados ao redor de xelins e *sixpences* — sóis e estrelas; precipícios ziguezagueantes com escaladores amarrados uns aos outros que iam subindo juntos feito garfo e faca; trechos de mar com rostinhos sorridentes em algo que talvez fossem ondas: o mapa do mundo. Queime tudo! lamuriou-se ele. E quanto aos escritos; como os mortos cantam atrás das moitas de rododendro; odes ao Tempo; conversas com Shakespeare; Evans, Evans, Evans — as mensagens dos mortos; não cortem as árvores; avisem o Primeiro-Ministro. Amor universal: o sentido do mundo. Queime tudo!, exclamou.

Mas Rezia tomou tudo nas mãos. Algumas coisas eram muito lindas, pensou ela. Iria amarrá-las (pois não tinha envelope) com uma fita de seda.

Mesmo se o levassem, disse, ela iria junto. Não podiam separá-los contra a vontade deles, disse ela.

Alisando as pontas das folhas, ela arrumou os papéis, e amarrou o calhamaço quase sem olhar, sentada perto, sentada bem junto dele, com todas as suas pétalas, pensou ele, alinhadas à sua volta. Ela era uma árvore em flor; e através de seus galhos via-se o rosto de uma legisladora que tinha conquistado um santuário onde não temia ninguém; nem Holmes; nem Bradshaw; um milagre, um triunfo, o derradeiro e mais grandioso. Claudicante ele a viu galgar a horrenda escadaria, carregando Holmes e Bradshaw, homens que jamais haviam pesado menos de setenta quilos, que mandavam as esposas à corte, homens que ganhavam dez mil por ano e falavam de proporção; que diferiam em seus vereditos (pois Holmes dizia uma coisa e Bradshaw, outra) mas eram, de fato, juízes; que confundiam a visão e o aparador; que, embora não vissem nada com clareza, ainda assim julgavam, ainda assim puniam. E ela triunfara sobre eles.

— Pronto! — disse ela. Os papéis estavam amarrados. Ninguém os pegaria. Ela ia guardá-los.

E, disse ela, nada os separaria. Ela se sentou ao lado dele e o chamou pelo nome daquele falcão ou corvo que por ser malicioso e grande destruidor de lavouras era precisamente como ele. Nada podia separá-los, disse ela.

Então ela se levantou e foi ao quarto preparar as coisas deles, mas ao ouvir vozes no andar de baixo e achando que poderia ser Dr. Holmes a visitar, correu para impedi-lo de subir.

Septimus ouvia a voz dela, falando com Holmes na escada.

— Minha cara senhora, vim aqui como amigo — dizia Holmes.

— Não. Não vou permitir que veja meu marido — disse ela.

Ele podia vê-la, como uma galinha miúda, tentando impedi-lo de passar com suas asinhas abertas. Mas Holmes insistia.

— Minha cara senhora, permita-me... — disse Holmes, forçando passagem (Holmes era um homem corpulento).

Holmes estava subindo as escadas. Holmes iria escancarar a porta. Holmes iria dizer: "Estamos para baixo, hein?". Holmes iria pegá-lo. Mas não; nem Holmes, nem Bradshaw. Levantando cambaleante, saltitando de pé em pé, ele considerou a bela e impecável faca de pão de Mrs. Filmer, com a palavra "pão" entalhada no cabo. Ah, mas seria uma pena estragá-la. O aquecedor a gás? Mas já era tarde demais. Holmes estava vindo. Talvez houvesse algumas navalhas, mas Rezia, que sempre fazia esse tipo de coisa, decerto as tinha escondido. Só lhe restava a janela, a grande janela da pensão em Bloomsbury; aquela coisa fastidiosa, incômoda e um tanto melodramática de abrir uma janela e atirar-se dela. Era a definição da tragédia para eles, mas não para ele nem para Rezia (pois ela estava com ele). Holmes e Bradshaw é que gostavam de coisas assim. (Ele sentou no peitoril.) Mas esperaria até o último segundo. Não queria morrer. A vida era boa. O sol, quente. Mas os seres humanos? Descendo uma escada bem em frente um velho parou e o encarou. Holmes estava à porta.

— Você vai ver só! — gritou ele, saltando com vigor e violência sobre o gradil do pátio de Mrs. Filmer.

— Que covarde! — gritou Dr. Holmes, arrombando a porta. Rezia correu à janela e viu; e compreendeu. Dr. Holmes e Mrs. Filmer colidiram um com o outro. Com a ponta do avental, Mrs. Filmer cobriu os olhos de Rezia e a levou para o quarto. Muita correria escada acima e abaixo.

Dr. Holmes veio – branco como um papel, tremendo, com um copo na mão. Ela tinha de ser forte e beber, disse ele (O que era aquilo? Era doce), pois o marido estava terrivelmente desfigurado, jamais recobraria a consciência, ela não devia vê-lo, devia ser poupada o tanto quanto possível, ainda teria de passar pelo inquérito, pobre jovem. Quem poderia prever tal coisa? Um súbito impulso, não era culpa de ninguém (disse ele a Mrs. Filmer). E por que diabo tinha feito aquilo, o Dr. Holmes não fazia ideia.

Pareceu, enquanto bebia o líquido adocicado, que ela estava abrindo portas envidraçadas e saindo para uma espécie de jardim. Mas onde? O relógio batia – uma, duas, três: como era sensato o som, diante de todo aquele alvoroço e vozerio; diante do próprio Septimus. Estava adormecendo. Mas o relógio continuava batendo, quatro, cinco, seis, e Mrs. Filmer abanando seu avental (eles não levariam o corpo para lá, levariam?) parecia parte do jardim; ou uma bandeira. Certa vez tinha visto uma bandeira tremulando devagar em um mastro quando fora visitar a tia em Veneza. Assim são homenageados os mortos em combate, e Septimus havia sobrevivido à Guerra. De todas as lembranças dela, a maioria era feliz.

Ela pôs o chapéu, e correu pelo milharal – onde teria sido? – até chegar a um morro, em algum lugar perto do mar, pois havia navios, gaivotas, borboletas; sentaram-se juntos à beira de um penhasco. Também em Londres haviam se sentado juntos e, em meio ao sonho, ela escutou, através da porta do quarto, o cair da chuva, burburinhos, o farfalhar dos trigais, a carícia do mar, tal como lhe pareciam, esvaziando-os em sua concha arqueada e sussurrando em seu ouvido, deitada na areia, sentia-se espraiada, feito flores largadas sobre um túmulo qualquer.

— Ele morreu — disse, sorrindo para a pobre velha que velava por ela com seus sinceros olhos azul-claros colados à porta. (Não o trariam para cá, não é mesmo?) Mas Mrs. Filmer logo fez que não. Ora, não, não! Agora o estão levando embora. Convinha não dizer a ela? Pessoas casadas deviam ficar juntas, pensou Mrs. Filmer. Mas seria melhor seguir as ordens do médico.

— Vamos deixá-la dormir — falou Dr. Holmes, tomando a pulsação dela. Ela viu a vultosa silhueta escura do corpo dele contra a janela. Então esse era o Dr. Holmes.

* * *

Um dos triunfos da civilização, pensou Peter Walsh. Este é um dos triunfos da civilização, enquanto soava a sirene alta e clara da ambulância. Rápida, eficiente, a ambulância seguia em disparada para o hospital, após resgatar, ágil, humana, algum pobre-diabo; alguém que levara um golpe na cabeça, que sofria de alguma doença, que fora atropelado talvez um minuto antes em um daqueles cruzamentos, como perigava acontecer com qualquer um. Isso era a civilização. Foi o que mais o impressionou ao voltar do oriente: a eficiência, a organização, o espírito comunitário de Londres. Toda carroça ou carruagem abria espontaneamente o caminho para deixar passar a ambulância. Talvez fosse um tanto mórbido; ou não seria apenas tocante o respeito que demonstravam pela ambulância a carregar a vítima — homens ocupados correndo para casa, porém de imediato pensando, ao vê-la passar, na esposa de alguém; ou então, talvez, em como poderia muito bem ser qualquer um deles ali, estirados em uma maca ao lado de um médico e de uma enfermeira... Ah, mas pensar se torna algo mórbido, sentimental, logo se começavam a imaginar médicos, cadáveres; ao redor da impressão visual, um leve brilho de prazer, ou mesmo uma espécie de desejo, advertia a não pensar mais naquele tipo de coisa — fatal para a arte, fatal para a amizade. Fato. Contudo, pensou Peter Walsh, enquanto a ambulância virava a esquina, embora na rua ao lado e ainda mais além a sirene alta e clara ainda se fizesse ouvir, soando incessante, mesmo ao cruzar a Tottenham Court Road, eis o privilégio da solidão: na privacidade a pessoa pode fazer o que bem entender. Poderia chorar longe dos olhares alheios. Essa fora sua ruína — essa suscetibilidade — na sociedade anglo-indiana; não chorar na hora apropriada; não gargalhar quando devia. Tenho dentro de mim essa coisa, pensou ele, diante da caixa de correio vermelha, que agora mesmo poderia se desmanchar em lágrimas. O porquê, só Deus sabe. Talvez por conta de algum tipo de beleza, e o peso do dia que, tendo começado com aquela visita a Clarissa, o deixara exaurido com seu calor, sua intensidade, e o gotejar ininterrupto de impressões que iam se acumulando nas profundezas daquele porão escuro, soturno, sem que ninguém jamais soubesse.

Em parte por esse motivo, o sigilo, completo e inviolável, ele achava a vida, tal qual um jardim desconhecido, repleto de meandros e recantos, surpreendente, de fato; eram de perder o fôlego, momentos como esses; acercando-se dele ali na caixa de correio defronte ao Museu Britânico, um momento em que as coisas convergiam; aquela ambulância; a vida e a morte. Era como se tal arroubo de emoções o tivesse sugado para o topo de um edifício muito alto, deixando o que restara dele, como uma praia branca salpicada de conchas, despido. Fora a sua ruína na sociedade anglo-indiana — aquela suscetibilidade.

Clarissa certa vez, ao lado dele no deque de um ônibus para algum lugar, Clarissa que, ao menos superficialmente, se sensibilizava tão fácil, ora desesperada, ora faceira, toda trépida, tão boa companhia naqueles tempos, apontando cenas, nomes, pessoas pitorescas, do alto do ônibus, pois eles tinham o hábito de explorar Londres e terminar o dia com sacolas cheias de tesouros comprados no mercado da Caledonian Road — Clarissa tinha uma teoria naqueles tempos — eles sempre tinham pencas de teorias, sempre teorias, como condiz aos jovens. Para explicar aquela insatisfação que eles tinham; de não conhecer as pessoas; de não serem conhecidos. Pois como poderiam conhecer um ao outro? Você via a pessoa todos os dias; depois, durante seis meses, ou mesmo anos, não via mais. Era insatisfatório, ambos concordaram, o quão pouco a gente conhece as pessoas. Mas ela, sentada no ônibus que subia a Shaftesbury Avenue, disse que sentia como se estivesse em todos os lugares;

não “aqui, aqui, aqui”; tamborilou no encosto do assento; e sim em todos os lugares. Gesticulou com a mão, subindo a Shaftesbury Avenue. Ela era tudo aquilo. De modo que, para conhecê-la, ou a qualquer outra pessoa, seria preciso buscar quem a completasse; ou mesmo os lugares. Uma afinidade curiosa ela tinha com gente a quem nunca sequer dirigira a palavra; uma mulher na rua; um homem atrás do balcão — ou mesmo com árvores, ou celeiros. Culminava numa teoria transcendental que, dado o pavor de Clarissa pela morte, permitia-lhe acreditar, ou (a despeito de todo o seu ceticismo) dizer que acreditava que, sendo a nossa aparição, a parte que aparece para os outros, tão efêmera diante da nossa outra parte, a que é invisível e se espraia largamente, talvez o invisível seja capaz de sobreviver, até certo ponto resgatado no vínculo com esta ou aquela pessoa, ou mesmo no ato de assombrar determinados lugares, após a morte. Talvez — talvez.

Vendo em retrospecto aquela longa amizade de quase trinta anos, a teoria dela tinha funcionado até então. Por mais que fossem breves, irregulares, muitas vezes dolorosos os encontros com ela, dadas as ausências dele e as interrupções (naquela mesma manhã, por exemplo, lá viera Elizabeth, feito um potro de pernas longas, bela, muda, logo no momento em que estava começando a falar com Clarissa), era incomensurável o impacto que tinham em sua vida. Bem que havia ali certo mistério. Recebia-se uma semente dura, afiada, desconfortável — o encontro em si, quase sempre excruciante; na ausência do outro, todavia, nos lugares mais improváveis, a semente germinava, florescia, exalava seu aroma, permitia-se tocar, provar, olhar à volta, e transmitia todo aquele sentimento e compreensão, após anos de latência. Assim Clarissa se apresentara a ele; a bordo do navio; no Himalaia; na sugestão das coisas mais peculiares (assim como Sally Seton, aquela figurinha generosa e entusiástica!, pensava *nele* ao ver hortênsias azuis). Ela o influenciara mais do que qualquer outra pessoa na vida. E sempre se insinuava assim, contra a vontade dele, fria, fidalga, crítica; ou arrebatadora, romântica, rememorando algum campo ou alguma colheita na Inglaterra. Ele a via muito mais no campo, não em Londres. Cenas ininterruptas em Bourton...

Chegou ao hotel. Cruzou o saguão, com seus montes de poltronas e sofás avermelhados, suas plantas maltratadas de folhas espiculadas. Pegou a chave no gancho. A mocinha lhe entregou algumas correspondências. Subiu as escadas — ele a via sobretudo em Bourton, no fim do verão, quando ali ficava por uma semana, ou mesmo por uma quinzena, como era habitual naqueles tempos. Ele a via primeiro no topo de uma colina, com o capote esvoaçando, segurando os cabelos, apontando, gritando para os demais — dava para ver o rio Severn[94] lá embaixo. Ou então em um bosque, fervendo água na chaleira — era tão destrambelhada; a fumaça

94. A menção ao rio Severn localiza a propriedade de Bourton nas cercanias do vilarejo de Bourton-on-the-Water, que fica a cerca de 120 quilômetros de Londres, e indica uma provável inspiração para o nome da casa de campo da família de Clarissa.

meneava e soprava no rosto deles; o rostinho rosado dela visível entre o vapor; pedindo água num chalé a uma velha senhora que depois viera à porta para vê-los se afastar. Eles sempre iam caminhando; os demais iam de carro. Ela se entediava no volante, detestava todos os bichos, exceto aquele cão dela. Percorriam quilômetros ladeando as estradas. Ela se calava quando precisava se orientar e depois o guiava pelos campos; e o tempo todo eles debatiam, discutiam poesia, discutiam pessoas, discutiam política (na época ela defendia ideias radicais); jamais se dava conta de nada, a não ser quando estacava, exclamava e o forçava a observar junto com ela uma vista ou uma árvore; e então continuavam a percorrer os campos cobertos de restolhos, ela seguindo adiante, levando flores para a tia, sem nunca se cansar de caminhar a despeito de toda a sua fragilidade; para então voltar a Bourton ao anoitecer. Depois do jantar, o velho Breitkopf abria o piano e se punha a cantar sem voz alguma, e eles se afundavam nas poltronas, tentando conter o riso, mas falhando sempre, acabando-se de rir e rir e rir — rir à toa. Não era para Breitkopf ver. E então, pela manhã, saracoteando em frente à casa qual um passarinho...

Oh, uma das cartas era dela! Aquele envelope azul; aquela era a letra dela. E ele teria de ler. Era mais um daqueles encontros, decididamente doloroso! Ler a carta dela demandava um esforço infernal. "Que divino encontrar com ele. Ela não podia deixar de lhe dizer." E só.

Mas o bilhete o tirou do sério. Aborreceu-o. Fez com que ele desejasse que ela não o tivesse escrito. Suplantando todos os demais pensamentos, era como um cutucão nas costelas. Por que ela não o deixava em paz? Afinal, ela tinha se casado com Dalloway e passado todos esses anos com ele na mais perfeita felicidade.

Hotéis daquele tipo não eram lugares reconfortantes. Longe disso. Um sem-número de pessoas já tinha pendurado os chapéus naqueles ganchos. Até mesmo as moscas, pensando bem, tinham pousado em muitos outros narizes. Quanto à limpeza ostensiva que o atingia no rosto, não era bem limpeza, e sim um vazio, uma frieza; uma coisa obrigatória. Logo ao amanhecer uma ríspida governanta passava fazendo sua ronda criteriosa, forçando arrumadeiras puritanas a esfregar tudo com força como se o próximo visitante fosse um bife a ser servido em uma travessa imaculadamente limpa. Para dormir, uma cama; para sentar, uma poltrona; para escovar os dentes e fazer a barba, um copo, um espelho. Livros, cartas, roupão, tudo largado sobre estofados impessoais tal qual incongruências impertinentes. E foi a carta de Clarissa que o fez enxergar tudo isso. "Que divino encontrar com você. Não podia deixar de lhe dizer!" Dobrou o papel; empurrou-o para longe; nada seria capaz de forçá-lo a ler outra vez!

Para que a carta chegasse até as seis da tarde, ela devia tê-la escrito assim que ele saiu de lá; selado; mandado alguém levar no correio. Era, como se diz, a cara dela. Ficara abalada com a visita dele. Ela se condoera muito por ele; por um momento, ao beijar a mão dele, havia se arrependido, até mesmo o invejara, talvez se lembrando (pois ele notara no semblante dela) de algo que ele dissera — sobre como eles iriam mudar o mundo se ela se casasse com ele, quem sabe; agora, contudo, era aquilo; era a meia-idade; era a mediocridade; então, com seu vigor indômito, ela se forçou a deixar tudo isso de lado com aquela energia vital que ele julgava inigualável e de cuja firmeza, resistência e capacidade de superação de obstáculos ela se valia para, triunfante, continuar seguindo em frente. Sim; a saída dele da sala decerto teria gerado uma reação imediata. Ela teria se compadecido terrivelmente dele; teria ponderado o que poderia fazer para agradá-lo (à exceção daquela única coisa), e ele podia vê-la correndo para a escrivaninha com o rosto riscado de lágrimas e rabiscando aquela linha solitária que ele encontrara já à sua espera... "Que divino encontrar com você." E estava sendo sincera.

Peter Walsh havia desamarrado o cadarço das botinas.

Mas não teria dado certo, o casamento deles. A alternativa, no fim das contas, mostrou-se muito mais natural.

Era curioso; era verdade; muitas outras pessoas concordavam. Peter Walsh, que conquistara um módico sucesso e desempenhara de forma adequada as funções de sempre, era benquisto, porém tido como um tanto ranzinza e presunçoso — era curioso que logo *ele*, ainda mais agora, grisalho, tivesse no rosto um olhar de satisfação; um olhar de comedimento. Era isso que o tornava um homem atraente, pois as mulheres gostavam que ele não fosse plenamente másculo. Havia algo de peculiar nele, ou por trás dele. Talvez por ser um leitor inveterado — durante uma visita fazia sempre questão de examinar o livro na mesa (estava lendo agora mesmo, com os cadarços arrastando no chão);

ou porque fosse um cavalheiro, o que se revelava na forma como batia as cinzas do cachimbo e nos modos impecáveis diante das mulheres, naturalmente. Pois era muito encantador e um tanto ridículo que qualquer garota sem um pingo de juízo fosse capaz de tê-lo na mão. Todavia por conta e risco dela própria. Em outras palavras, por mais que fosse uma companhia agradável e, sobretudo com sua galhardia e sua alta estirpe, fascinante, isso valia apenas até certo ponto. Se ela dissesse algo — não, não; ele não se deixava enganar. Isso ele não toleraria — não, não. Por outro lado, também era capaz de soltar uma tremenda gargalhada segurando a barriga quando estava entre companhias masculinas. Era o melhor crítico gastronômico da Índia. Era um homem. Mas não o tipo de homem que impunha respeito — o que era uma bênção; diferente, por exemplo, do major Simmons; muito diferente, pensava Daisy ao comparar os dois, o que costumava fazer a despeito de seus dois filhos pequenos.

Tirou as botas. Esvaziou os bolsos. Com o canivete veio uma fotografia de Daisy na varanda; Daisy toda de branco com um fox terrier no colo; muito charmosa, muito morena; ele mesmo nunca a vira tão linda. No fim das contas, tudo foi mesmo muito natural; muito mais natural do que com Clarissa. Sem estardalhaço. Sem aperreação. Sem frescuras e sem drama. Céu de brigadeiro. E a linda garota morena na varanda exclamava (quase podia ouvi-la), Mas é claro, é claro que daria tudo a ele!, gritava (pois não tinha o menor comedimento), tudo o que ele quisesse!, bradava ela, e vinha correndo até ele, sem se importar com os olhares alheios. E ela só tinha vinte e quatro anos. E tinha dois filhos. Ora, veja!

Pois ele tinha mesmo se metido em confusão, ainda mais naquela idade. Era nisso que pensava ao despertar de súbito no meio da noite. E se, de fato, eles se casassem? Para ele estaria tudo muito bem, mas e para ela? Mrs. Burgess, uma mulher ajuizada e discretíssima em quem ele confiava, temia que durante a ausência dele, indo à Inglaterra ostensivamente para tratar com os advogados, Daisy acabasse reconsiderando, avaliando melhor as conjunturas. A questão era a posição dela, disse Mrs. Burgess; a barreira social; teria de abrir mão dos filhos. Em pouco tempo seria uma viúva com uma história pregressa, relegada aos subúrbios ou, mais provavelmente, perdendo o juízo (você bem sabe, disse ela, o que ocorre com essas mulheres, que pesam a mão na maquiagem). Mas Peter Walsh retrucou que não havia cabimento. Não pretendia morrer tão cedo. De todo modo, a decisão era dela; ela é que deveria escolher por si mesma, pensou ele, andando de meias de lá para cá no quarto, alisando a camisa, pois talvez ainda fosse à festa de Clarissa, ou talvez ao teatro de variedades, ou talvez preferisse ficar lendo um livro interessantíssimo escrito por um homem que conhecera em Oxford. E se de fato se aposentasse, era isso mesmo o que ia fazer — escrever livros. Iria para Oxford se embrenhar na Biblioteca Bodleiana[95]. Em vão a linda e adorável mo-

---

95. A Biblioteca Bodleiana, inaugurada em 1602, é a principal biblioteca de pesquisa da Universidade de Oxford, uma das mais antigas da Europa.

rena corria até a beira da varanda; em vão acenava; em vão exclamava que não dava a mínima para o que os outros diriam. Lá estava ele, o homem que ela tanto admirava, o cavalheiro perfeito, fascinante, distinto (e sua idade não fazia a menor diferença para ela), andando de lá para cá em um quarto de hotel em Bloomsbury, barbeando-se, lavando-se, continuando, enquanto pegava potes e guardava navalhas, a se embrenhar na Bodleiana para chegar ao fundo de uma ou duas pequenas questões que o interessavam. E prosearia com quem quer que fosse, e passaria a desconsiderar cada vez mais os horários exatos para o almoço, e perderia compromissos; e então, quando Daisy lhe pedisse, como era de costume, um beijo, uma cena, ele a decepcionaria (apesar de sua genuína devoção a ela) — em outras palavras, talvez fosse melhor, como dissera Mrs. Burgess, que ela o esquecesse de vez, ou só se lembrasse da imagem dele naquele agosto de 1922, de pé no meio da encruzilhada ao entardecer, cada vez mais distante à medida que o docar[96] se afastava, ela presa com segurança no banco de trás, porém com os braços ainda esticados, vendo os contornos dele minguando até desaparecer e ainda gritando que faria qualquer coisa no mundo, qualquer coisa, qualquer coisa...

Ele nunca sabia o que os outros pensavam. Para ele ficava cada vez mais difícil se concentrar. Foi ficando

---

96. Aportuguesamento de *dogcart*, uma carruagem leve de duas rodas com dois assentos, um de costas para o outro — a imagem construída aqui é a de que Daisy se afastava no docar mas continuava de frente para Peter.

ensimesmado; ocupando-se com seus próprios interesses; ora amofinado, ora alegre; dependente das mulheres, distraído, voluntarioso, compreendendo cada vez menos (assim pensava enquanto se barbeava) por que Clarissa não podia simplesmente arrumar aposentos para eles e ser gentil com Daisy; apresentá-la à sociedade. E então ele poderia apenas — apenas o quê? — flanar e perambular (embora no momento estivesse ocupado com a organização de diversas chaves e papéis), testar e experimentar, em suma ficar sozinho, bastando-se; e no entanto não havia no mundo quem dependesse mais dos outros (abotoou o colete); essa fora a sua ruína. Era incapaz de ficar longe dos salões de cavalheiros, gostava dos coronéis, gostava de golfe, gostava de bridge, e sobretudo do convívio com as mulheres, de sua companhia refinada, sua lealdade e audácia, sua benevolência no amor que, conquanto tivesse lá suas desvantagens, parecia a ele (o rosto moreno e adoravelmente bonito estava em cima dos envelopes) admirabilíssimo, uma flor esplêndida que desabrochava no apogeu da existência humana, ao passo que ele sempre ficava aquém das expectativas, sempre propenso a ver o outro lado das coisas (Clarissa estilhaçara permanentemente algo dentro dele) e a se enfastiar depressa da devoção muda e a almejar a variedade no amor, muito embora fosse ficar possesso se Daisy sentisse amor por outra pessoa, possesso!, pois era ciumento, incontrolavelmente ciumento por natureza. E como ele sofria! Mas onde estavam o canivete; o relógio; o sinete; a carteira; e a carta de Clarissa que ele jamais leria de novo mas gostava de pensar nela, e a fotografia de Daisy? Pois estava na hora de jantar.

Estavam comendo.

Acomodados em pequenas mesas com vasos, em trajes formais ou informais, com xales e bolsas ao lado, com seus ares de falsa compostura, pois não estavam acostumados a ter jantares com tantos pratos; confiantes, pois tinham condições de pagar; um tanto exaustos, pois tinham passado o dia inteiro batendo perna em Londres, fazendo compras, admirando a cidade; com sua curiosidade inata, pois olharam à volta no instante em que entrou o simpático cavalheiro de óculos de tartaruga; e com seus modos tranquilos, pois teriam o maior prazer em oferecer qualquer ajuda, como fornecer o horário dos trens ou dar alguma informação útil; e com seu desejo pulsante, repuxando clandestinamente, de estabelecer conexões, ainda que fosse apenas uma cidade natal em comum (Liverpool, por exemplo) ou amigos de mesmo nome; com seus olhares furtivos, silêncios singulares e momentos repentinos de reclusão e jocosidade em família; estavam ali sentados, jantando, quando Mr. Walsh entrou e se acomodou à mesinha perto da cortina.

Não que tivesse dito alguma coisa, pois estando sozinho como estava não teria ninguém a quem se dirigir além do garçom; foi alguma coisa no seu jeito de olhar o cardápio, de apontar com o indicador determinado vinho, de se acomodar à mesa, de se portar com circunspeção, não voracidade, para jantar, que conquistou o respeito deles; respeito que, forçado a permanecer tácito durante boa parte da refeição, manifestou-se à mesa dos Morris quando se ouviu Mr. Walsh dizer, ao fim da refeição, "peras Bartlett". O porquê de ter falado com tanto comedimento e firmeza, tal qual um disciplinador meramente a fazer valer direitos que eram seus por justiça, nem o jovem Charles Morris, nem o velho Charles, nem Miss Elaine e nem Mrs. Morris sabiam. Mas quando ele disse "peras Bartlett", sozinho à mesa, sentiram que ele contava com o apoio de todos eles em alguma causa justíssima; era defensor de um princípio que no mesmo instante eles passaram a compartilhar, de modo que seus olhares cruzaram com o dele em solidariedade, e quando todos chegaram simultaneamente à sala de fumar, fez-se inevitável uma troca de amenidades.

Nada muito profundo — apenas que Londres andava abarrotada; tinha mudado muito em trinta anos; que Mr. Morris preferia Liverpool; que Mrs. Morris tinha ido à exposição de flores de Westminster e que todos tinham avistado o Príncipe de Gales. Todavia, pensou Peter Walsh, não havia família no mundo que se comparasse aos Morris; absolutamente nenhuma; e os relacionamentos que nutrem entre si são perfeitos, e eles não dão a mínima para as classes mais altas, e gostam do que gostam, e Elaine está estudando para tocar o negócio da família, e o menino tinha conseguido uma bolsa em Leeds[97], e a velha senhora (que devia ter a idade dele) ainda tinha outras três crianças em casa; e eles tinham dois automóveis, mas, aos domingos, Mr. Morris ainda engraxa as próprias botas; é fascinante, absolutamente fascinante, pensou Peter Walsh, adernando um pouco para a frente e para trás com o cálice de licor na mão entre

---

97. Cidade situada no norte da Inglaterra — um dos principais centros econômicos do país.

as poltronas vermelhas e os cinzeiros, sentindo-se um tanto envaidecido, pois os Morris gostavam dele. Sim, gostavam de um homem que pedia "peras Bartlett". Dava para sentir que gostavam dele.

Decidiu ir à festa de Clarissa. (Os Morris tinham partido; mas ainda haveriam de se reencontrar.) Decidiu ir à festa de Clarissa, pois queria perguntar a Richard o que eles estavam fazendo na Índia – aqueles conservadores patetas. O que estava passando nos teatros? E a música... Ah, sim, e fofocas banais.

Pois esta é a verdade da nossa alma, pensou ele, nossa essência que, feito um peixe abissal, habita os recônditos marinhos em meio às sombras, serpeando entre algas gigantescas, atravessando réstias de luz solar e singrando sempre em frente rumo ao obscuro, gélido, profundo, inescrutável; de súbito a alma irrompe na superfície para brincar entre as ondas crispadas pelo vento; ou seja, sente uma necessidade contundente de se misturar, de congregar, de se reavivar com o disse me disse. O que o Governo pretende fazer – Richard Dalloway haveria de saber – a respeito da Índia?

Como a noite estava muito quente e os meninos jornaleiros passavam com cartazes anunciando em letras vermelhas garrafais que passavam por uma onda de calor, poltronas de vime foram colocadas ao ar livre na entrada do hotel, onde se acomodaram cavalheiros que bebiam e fumavam sozinhos. Peter Walsh se sentou ali. Podia-se afirmar que o dia, o dia londrino, mal estava começando. Qual uma mulher que se despe do vestidinho estampado e avental branco para então se ataviar de azul e pérolas, o dia mudou, livre dos panos grosseiros, envolto em um véu, vestido para a noite, e com o mesmo suspiro de satisfação que uma dama emite ao largar a anágua no chão, ele também foi se desnudando da poeira, do calor, da cor; o tráfego mingou; a modorra dos furgões deu lugar aos automóveis, cintilantes, velozes; entre a espessa vegetação das praças via-se aqui e ali uma luz intensa. Eu desisto, parecia dizer a tardinha, desbotando e desvanecendo acima das ameias e das proeminências, silhuetas pontiagudas de hotéis, apartamentos e aglomerados de lojas, eu desvaneço, ela tentava dizer, eu desapareço, mas Londres não queria nem saber e cravou suas baionetas no firmamento, afixando-a, forçando-a a tomar parte nos festejos.

Pois, desde a última visita de Peter Walsh à Inglaterra, ocorrera a grande revolução de Mr. Willet, o horário de verão.[98] O entardecer prolongado era novidade para ele. Na verdade, era inspirador. Pois conforme os jovens passavam por ali com suas pastas de documentos, fartando-se na própria liberdade, com um orgulho mudo em pisar aquelas calçadas célebres, uma espécie de alegria barata, superficial, talvez, mas de todo modo arrebatadora, tingia suas faces. Vestiam-se bem, os jovens; meias finas cor-de-rosa; sapatos elegantes. Agora teriam duas horas para ir

98. O horário de verão foi incentivado por William Willett (1856–1915) em 1907 e adotado em 1916, a fim de economizar energia durante a Primeira Guerra Mundial. Em 1923, ainda estava em vigor.

ao cinema. À luz amarelo-azulada do entardecer pareciam esguios, refinados; e nos folhames na praça — pareciam imersos em água do mar —, a folhagem de uma cidade submersa brilhava lúrida, lívida. Estava embasbacado com a beleza; sentia-se também um tanto encorajado, pois enquanto os anglo-indianos egressos assumiam seu lugar de direito no Clube Oriental[99] (ele os conhecia às pencas) e destilavam bílis sobre a decadência generalizada do mundo, lá estava ele, jovial como sempre; invejando os jovens por suas horas de verão e todo o resto, e intuindo nas palavras de uma moça, na risada de uma criada — coisas intangíveis que não se podia tocar —, uma mudança em toda a estratificação piramidal que, em sua própria juventude, sempre parecera imutável. Aquilo fora um fardo para todos; oprimindo-os, sobretudo as mulheres, que eram como aquelas flores que a tia de Clarissa, Helena, prensava entre folhas cinzentas de papel mata-borrão, com o dicionário Littré por cima, à luz do abajur depois do jantar. Ela já tinha morrido. Soubera, por Clarissa, que ficara cega de um olho. Parecia apropriado — uma das obras-primas da natureza — que a velha Miss Parry acabasse com a vista vidrada. Devia ter morrido como uma ave sob a nevasca, agarrada a seu galho. Pertencia a outra época, mas era tão íntegra, tão completa, que passaria toda eternidade de pé

---

99. Clube de cavalheiros fundado em 1824 para oficiais da Companhia das Índias Ocidentais que não podiam se filiar a outros clubes, alguns dos quais eram restritos a membros da aristocracia.

no horizonte, alva como pedra, eminente, feito um farol que marca uma etapa pregressa desta aventura, desta longuíssima viagem, desta interminável — (meteu a mão no bolso à procura de uma moeda para comprar o jornal e ler sobre o jogo entre Surrey e Yorkshire; já tateara milhões de vezes por uma moeda daquelas — Surrey tinha sido eliminado de novo) — desta interminável vida.[100] Mas críquete era mais que um mero jogo. Críquete era importante. Ele nunca deixaria de ler sobre críquete. Leu primeiro o

---

100. Mais cedo, Septimus já havia lido sobre o jogo do Surrey, mas não sabíamos contra quem estavam jogando. Agora descobrimos que é contra Yorkshire, e isso nos dá uma chance de tentar determinar a data exata em que se passa *Mrs. Dalloway*. Já sabemos que é uma quarta-feira de junho de 1923. Uma partida entre Surrey e Yorkshire que aconteceu justamente em junho de 1923, nos dias 16, 18 e 19 de junho (sábado, segunda e terça-feira). É possível especular que os personagens, ao ler o jornal, estivessem lendo os resultados do jogo do dia anterior, o que nos daria certeza de que o romance se passa no dia 20 de junho de 1923. Contudo, isso não é ponto pacífico — alguns estudiosos que já se debruçaram sobre a questão afirmam que nesta passagem, quando Peter Walsh lê que "Surrey tinha sido eliminado de novo", ficaria claro que *Mrs. Dalloway* se passa em uma data imaginária, pois no jogo verdadeiro Surrey não foi eliminado duas vezes no mesmo dia. Observam também que o segundo aparecimento do placar no jornal (primeiro, mais cedo, com Septimus, agora com Peter, em um jornal recém-comprado) indicaria que Peter estaria lendo a segunda edição do jornal, de modo que não estaria lendo os resultados do jogo do dia anterior, e sim do dia corrente. Como não houve jogo entre Surrey e Yorkshire em nenhuma quarta-feira de junho de 1923, alguns estudiosos afirmam que *Mrs. Dalloway* se passa em uma quarta-feira *imaginária* de 1923.

placar na seção das últimas notícias, depois leu que estava fazendo calor; depois, sobre um caso de homicídio. Fazer uma mesma coisa milhões de vezes a enriquecia, mas também se podia dizer que lhe tirava o brilho. O passado enriquecia, assim como a experiência, e por ter gostado de uma ou duas pessoas na vida ele adquiriu o poder que falta aos jovens de dar o basta, de fazer o que se quer, de mandar às favas a opinião alheia e tocar a vida sem maiores expectativas (deixou o jornal na mesa e se levantou), algo que, contudo (e se virou para pegar o casaco e o chapéu), não era bem verdade sobre ele, não esta noite, pois eis que estava prestes a sair para uma festa, na sua idade, imbuído da crença de que ia viver uma experiência. Mas qual?

A beleza, enfim. Não a grosseira beleza para os olhos. Não a beleza pura e simples — Bedford Place dando na Russell Square. Havia a retidão e o vazio, é claro; a simetria de um corredor; mas também as janelas iluminadas, um piano, um gramofone; a sensação de um prazer que se faz escondido mas que emerge, aqui e ali, quando, pela janela sem cortinas, a janela aberta, viam-se festas ao redor de mesas, jovens circulando devagar, conversas entre homens e mulheres, criadas distraídas olhando a rua (tão estranhos os comentários que faziam quando o trabalho terminava), meias secando nos parapeitos, um papagaio, plantas. Cativante, misteriosa, de uma riqueza infinita esta vida. E na grande praça onde os táxis disparavam e derrapavam velozmente, havia casais passeando, namorando, abraçados, encolhidos sob a cobertura de uma árvore; tudo isso era tocante; tão silenciosos, tão absortos, que a pessoa passava por eles, discretamente, timidamente, como se estivesse na presença de uma cerimônia sagrada que seria um sacrilégio interromper. Era muito interessante. E assim por diante no furor e no fulgor.

Seu sobretudo leve tremulava ao vento, ele caminhava com uma idiossincrasia indescritível, vergado um pouco à frente, faceiro, com as mãos às costas e os olhos ainda um pouco aquilinos; caminhava faceiro por Londres rumo a Westminster, observando.

Então todo mundo estava jantando fora? Aqui portas eram abertas por um lacaio para dar passagem a uma velha dama da sociedade, altiva, com sapatos de fivela e três plumas roxas de avestruz no cabelo. Portas eram abertas para moças enroladas feito múmias em coloridas echarpes floridas, moças de cabeças descobertas. E em vizinhanças respeitáveis com pilares de estuque vinham mulheres, atravessando pequenos jardins, levemente cobertas, com pentes no cabelo (tendo subido antes para ver as crianças); homens esperavam por elas, casacos abertos tremulando ao vento, os automóveis com o motor ligado. Todo mundo estava saindo. Com todas essas portas sendo abertas, e as descidas e as partidas, era como se toda a Londres estivesse embarcando em pequenos esquifes ancorados nas margens, balançando nas águas, como se a cidade inteira flutuasse em um grande carnaval. E a Whitehall, banhada de prata como estava, parecia dominada por aranhas, e dava para sentir as mosquinhas rodeando os postes de luz;

estava tão quente que as pessoas ficavam conversando nas calçadas. E ali em Westminster, um juiz, talvez aposentado, sentado com rigidez à porta de casa, todo de branco. Anglo-indiano, talvez.

E ali um bando de mulheres tagarelas, mulheres embriagadas; aqui apenas um policial e casas imponentes, casas grandes, casas catedralescas, igrejas, parlamentos, e o assobio de um barco a vapor no rio, um lamento oco e nevoento. Mas era a rua dela, esta, a de Clarissa; táxis apressados viravam a esquina feito água ao redor das estruturas de uma ponte, numa aparente convergência, pensou ele, já que todos carregavam convidados a caminho da festa dela, a de Clarissa.

O fluxo frio de impressões visuais o deixava na mão agora, como se o olho fosse uma xícara a transbordar, deixando o excedente escorrer pelas paredes de porcelana sem ser registrado. O cérebro tinha de acordar agora. O corpo tinha de se retesar agora, ao adentrar a casa, a casa iluminada, onde a porta estava aberta, onde os automóveis paravam para o desembarque de mulheres brilhantes: a alma precisa de ânimo para suportar. Ele abriu a lâmina maior do canivete.

* * *

Lucy desceu as escadas a toda velocidade, tendo acabado de dar um pulinho na sala de visitas para alisar uma toalha, para endireitar uma cadeira, para se deter um instante e sentir que qualquer pessoa que entrasse, ao fitá-los, haveria de pensar como estavam limpos, brilhantes e bem cuidados os atiçadores de fogo lateados, as lindas baixelas, as novas capas de poltrona, e as cortinas de chita: esquadrinhava item por item; ouviu um vozerio; já estavam subindo depois de jantar; ela tinha de correr!

O Primeiro-Ministro vinha, disse Agnes: foi o que entreouvira na sala de jantar, disse ela, trazendo de volta uma bandeja de copos. E fazia diferença, fazia alguma diferença, um Primeiro-Ministro a mais ou a menos? Àquela hora da noite não fazia a menor diferença para Mrs. Walker, rodeada de pratos, molheiras, escorredores, frigideiras, galantinas de frango, sorveteiras, migalhas de pão, limões, terrinas de sopa e tigelas de pudim que, por mais que fossem limpas na copa, pareciam estar se empilhando à volta dela, na mesa da cozinha, nas cadeiras, enquanto o fogão rugia e crepitava, as luzes elétricas ofuscavam, e o jantar ainda estava por servir. Mrs. Walker só conseguia pensar que, para ela, um Primeiro-Ministro a mais ou a menos não fazia a menor diferença.

As senhoras já estavam subindo, disse Lucy; as senhoras estavam subindo, uma a uma, Mrs. Dalloway vindo por último e quase sempre mandando algum recado para a cozinha, "Meus sinceros cumprimentos a Mrs. Walker", foi o que disse uma noite. Na manhã seguinte elas revisitariam cada prato — a sopa, o salmão; o salmão, Mrs. Walker já sabia, como sempre um pouco malcozido, pois ficava tão preocupada com o pudim que deixava Jenny aos cuidados do peixe; e era nisso que dava, o salmão ficava sempre um pouco malcozido. Mas uma moça de cabelos claros e joias de prata perguntara, contou Lucy, se a entrada tinha sido mesmo feita em casa. Ainda assim o salmão continuava a preocupar Mrs. Walker, enquanto girava as travessas e abria e fechava as tampas; e da sala de jantar irrompiam gargalhadas; uma voz falando; mais gargalhadas — os cavalheiros que se divertiam após as damas se retirarem. O tócai[101], disse Lucy, entrando apressada. Mr. Dalloway mandara vir o tócai, das adegas do Imperador, o tócai imperial.

Esse vinho licoroso passou pela cozinha. Por cima do ombro Lucy relatou que Miss Elizabeth estava muito linda; não conseguia tirar os olhos dela, de vestido rosa, com o colar que Mr. Dalloway dera de presente. Jenny não podia se esquecer do cachorro, o fox terrier de Miss Elizabeth que tinha sido trancado depois de morder alguém e talvez estivesse, disse Elizabeth, precisando de alguma coisa. Jenny não podia se esquecer do cachorro. Mas Jenny é que não ia subir com toda aquela gente pela casa. Já havia um carro à porta! Alguém tocava a campainha — e os homens ainda na sala de jantar, bebendo tócai!

Pronto, agora estavam subindo; depois do primeiro a chegar, agora eles viriam cada vez mais rápido, de modo que Mrs. Parkinson (contratada somente para festas) deixaria aberta a porta da frente, e o vestíbulo logo se encheria de

---

101. Vinho licoroso da Hungria.

cavalheiros à espera (aguardavam, alisando os cabelos), enquanto as mulheres guardavam as capas no cômodo contíguo ao corredor, onde Mrs. Barnet as ajudava; a velha Ellen Barnet, que já estava com a família havia quarenta anos e vinha todo verão para ajudar as mulheres, e se lembrava das mães quando ainda eram meninas, e despretensiosamente nunca deixava de lhes apertar as mãos; dizia "milady" com bastante deferência, mas tinha também um jeito bem-humorado, olhando as moças mais jovens enquanto acudia, com muito tato, Lady Lovejoy, que estava tendo alguma dificuldade com o corpete. E elas, Lady Lovejoy e Miss Alice, não podiam deixar de sentir que desfrutavam de certo privilégio no quesito de escovas e pentes, por já conhecerem Mrs. Barnet havia... "Trinta anos, milady", informou Mrs. Barnet. As mocinhas não costumavam usar ruge, disse Lady Lovejoy, quando iam a Bourton nos velhos tempos. E Miss Alice nem sequer precisava de ruge, disse Mrs. Barnet, fitando-a com ternura. E lá ficava Mrs. Barnet, sentada na salinha dos casacos, tirando o pó das peles, alisando os xales espanhóis, arrumando a penteadeira, e sabendo muito bem quais das mulheres, a despeito das peles e dos brocados, eram boas damas e quais não eram. Velhota mais querida, disse Lady Lovejoy, subindo as escadas, essa antiga babá de Clarissa.

E então Lady Lovejoy se empertigou. "Lady e Miss Lovejoy", anunciou Mr. Wilkins (contratado somente para festas). Ele tinha modos impecáveis ao se curvar e se aprumar, curvando-se e aprumando-se para anunciar com perfeita imparcialidade “Lady e Miss Lovejoy... Sir John e Lady Needham... Miss Weld... Mr. Walsh”. Eram impecáveis seus modos; sua vida familiar devia ser exemplar, exceto pelo fato de que parecia impossível que um ser com aqueles lábios esverdeados e a face perfeitamente barbeada pudesse tolerar o inconveniente de ter filhos.

— Que divino ver você — disse Clarissa. Estava dizendo isso a todo mundo. Que divino ver você! Era Clarissa em sua pior faceta: efusiva, insincera. Vir à festa fora um erro. Ele deveria ter ficado em casa lendo um livro, pensou Peter Walsh; devia ter ido ao teatro de variedades; devia ter ficado no hotel, pois ali não conhecia ninguém.

Oh, céus, vai ser um fracasso; um fracasso completo, Clarissa sentia nos ossos diante do velho Lord Lexham, que se desculpava pela ausência da esposa, que ficara resfriada após a festa no jardim do Palácio de Buckingham. Notou Peter de esguelha, criticando-a, num cantinho adiante. Por que, afinal, ela se prestava a essas coisas? Por que ansiar pelo topo só para lá ficar, embebida em fogo? Tinha mais era de se consumir! Queimar até às cinzas! Qualquer coisa era melhor, melhor brandir sua própria tocha e atirá-la na terra do que minguar e se dissipar como uma Ellie Henderson da vida! Era extraordinário como Peter a punha naquele estado só de vir e ficar parado num canto. Ele a fazia se enxergar; exageradamente. Era um absurdo. Por que se dar o trabalho de vir se era apenas para criticar? Por que só queria receber, sem nunca dar? Por que nunca parecia disposto a desafiar seu limitado ponto de vista? Lá estava ele deambulando para longe, e ela tinha de ir falar com ele. Contudo, não teria oportunidade. A vida era assim — humilhação, renúncia. O que Lord Lexham estava dizendo era que sua esposa se recusara a vestir o casaco de pele na festa do jardim porque "vocês mulheres, minha cara, são todas iguais" — sendo que Lady Lexham tinha pelo menos setenta e cinco! Era delicioso vê-los, o velho casal, mimando um ao outro. Ela gostava muito do velho Lord Lexham. Achava mesmo que era importante, a sua festa, e ficava bastante nauseada de notar que tudo estava dando errado, um completo fracasso. Qualquer coisa, qualquer explosão, qualquer horror seria melhor do que ter os convidados perambulando sem rumo, encurvados nos cantos feito Ellie Henderson, sem nem se darem ao trabalho de manter a boa postura.

A cortina amarela estampada com todas as aves-do-paraíso se enfunou de leve, evocando uma revoada de pássaros a irromper sala adentro, e depois murchou. (Pois as janelas estavam abertas.) Seria friagem, perguntou-se Ellie Henderson? Era propensa a resfriados. Mas não fazia mal se acordasse espirrando amanhã; era com as moças de ombros de fora que ela se preocupava, treinada a sempre pensar nos outros pelo velho pai, um inválido, o falecido vigário de Bourton, mas ele agora já tinha morrido; e os resfriados dela nunca chegavam ao pulmão, jamais. Era com as moças que ela se preocupava, as moças mais jovens de ombros de fora, ela mesma mal passando de um fiapo de gente, com seus cabelos ralos e sua silhueta mirrada; embora agora, depois dos cinquenta, começasse a refulgir nela uma luminosidade, depurada na forma de distinção por anos de abnegação, mas que logo voltava a se embotar, em caráter definitivo, diante da sua debilitante boa estirpe, da preocupação constante com a renda de trezentas libras e de seu desamparo (pois era incapaz de ganhar um centavo sequer), o que ano após ano a deixava mais tímida e menos qualificada para lidar com a gente bem vestida, habituada a frequentar aquele tipo de evento todas as noites da temporada social, e que simplesmente dizia à criada: "Vou usar tal e tal coisa", enquanto Ellie Henderson corria na rua, aflitíssima, para comprar meia dúzia de flores cor-de-rosa, baratas, e punha um xale para tentar alegrar o velho vestido preto. Pois o convite para a festa de Clarissa chegara no último instante. Não ficara nada contente. Tinha a impressão de que Clarissa não quisera convidá-la este ano.

E por que deveria? Não havia muito motivo, exceto pelo fato de que se conheciam havia tanto tempo. Eram, na verdade, primas. Mas haviam se afastado, naturalmente, posto que Clarissa era tão solicitada. Para ela, ir a uma festa era um acontecimento. Só de ver aqueles trajes lindos já se sentia realizada. Não era Elizabeth ali, toda crescida, com os cabelos presos num penteado elegante e vestido rosa? Todavia não podia ter mais de dezessete. Era muito, muito bonita. Mas parece que as moças, quando debutam, não usam tanto branco como era de costume. (Precisava se lembrar de tudo para contar a Edith.) As moças estavam usando vestidos retos, perfeitamente justos, com bainha bem acima dos tornozelos. Não caíam bem, pensou ela.

Assim, com sua vista fraca, Ellie Henderson vivia encurvada para a frente, e não fazia mal que não tivesse ninguém com quem conversar (não conhecia quase ninguém ali), pois todos ali lhe pareciam pessoas muito interessantes de observar; decerto políticos; amigos de Richard Dalloway; mas foi o próprio Richard que sentiu que não podia deixar a pobre criatura ali, de pé, sozinha a noite inteira.

— E então, Ellie, como a vida vem tratando você? — disse ele, naquele seu tom amistoso, e Ellie Henderson, ficando nervosa e enrubescendo e pensando que era uma bondade extraordinária da parte dele vir conversar com ela, disse que muitas pessoas se incomodavam muito mais com o calor que com o frio.

— Sim, de fato — disse Richard Dalloway. — De fato.

Mas o que mais dizer?

— Olá, Richard — disse alguém, tocando-lhe o cotovelo, e por Deus, era o bom e velho Peter, o bom e velho Peter Walsh. Estava encantado em vê-lo; sempre tinha muito gosto em vê-lo! Não havia mudado nada. E lá foram eles, atravessando a sala, dando-se tapinhas mútuos nas costas, como se não se vissem havia tempos, pensou Ellie Henderson, observando os dois homens que se afastavam, certa de que conhecia aquele rosto de algum lugar. Um homem alto, de meia-idade, com olhos bem bonitos, moreno, de óculos, com um ar de John Burrows[102]. Edith haveria de saber quem era.

Com sua revoada de aves-do-paraíso, a cortina se enfunou outra vez. E Clarissa viu — ela viu Ralph Lyon empurrá-la de volta e retomar a conversa. Então não estava sendo um fracasso, afinal!, tudo ia dar certo agora — a sua festa. Já tinha começado. Estava ficando divertida. Mas a coisa ainda era incerta. Era melhor continuar atenta por ora. Parecia que as pessoas continuavam chegando aos borbotões.

Coronel e Mrs. Garrod... Mr. Hugh Whitbread... Mr. Bowley... Mrs. Hilbery... Lady Mary Maddox... Mr. Quin... entoou Wilkins. Ela trocava seis ou sete palavras com cada um que chegava e eles seguiam em frente; rumo aos salões; rumo a algo, não o nada, posto que Ralph Lyon empurrara a cortina de volta para o lugar.

E no entanto, para ela, era um esforço desmedido. Não estava se divertindo. Era quase como se fosse... uma pessoa qualquer, parada ali; absolutamente qualquer pessoa podia ter feito aquilo; todavia, essa pessoa qualquer, por quem ela nutria certa admiração, não podia deixar de sentir que, de certa forma, tinha feito tudo isso acontecer, e que isso prenunciava uma etapa, a escora em que vinha se transformando, pois curiosamente parecia ter-se esquecido da própria aparência, mas sentia-se como uma estaca cravada

---

102. Algumas fontes e edições comentadas de *Mrs. Dalloway* indicam que Ellie Henderson se refere aqui, na verdade, ao assassino Albert Burrows, que estampava as manchetes da época.

no topo de sua escadaria. Sempre que dava uma festa tinha aquela sensação de não ser ela mesma, e de que todo mundo era irreal de certo modo; e muito mais real de outro. O que se devia, pensou ela, em parte às roupas que vestiam, em parte por saírem da mesmice, em parte ao cenário; seriam capazes de dizer coisas que jamais falariam sob outras circunstâncias, coisas que requeriam esforço; talvez pudessem até mesmo ir mais além. Mas ela, não; pelo menos, ainda não.

— Que divino ver você! — disse ela. Querido Sir Harry! O velhote conhecia todo mundo.

E o mais estranho era a sensação que se tinha quando eles subiam as escadas, um após o outro, Mrs. Mount e Celia, Herbert Ainsty, Mrs. Dakers... ah, até Lady Bruton!

— Que esplêndido você ter vindo — disse ela, e com a maior sinceridade; estranho ficar ali parada e ver todos eles passando, passando, alguns já tão envelhecidos, outros...

Mas *quem?* Lady Rosseter? Quem diabo era Lady Rosseter?

— Clarissa! — Aquela voz! Era Sally Seton! Sally Seton! Depois de tantos anos! Foi como se surgisse em meio à névoa. Pois não tinha *aquela* aparência, Sally Seton, quando Clarissa pegou o jarro de água quente. Ela está sob este teto, sob este teto! Ela não era assim!

Confusas, encabuladas, risonhas, passando umas por cima das outras, as palavras logo irromperam — estava de passagem em Londres; Clara Haydon que me disse; que ótima chance de ver você! Então eu me meti a vir... sem convite...

Já podia soltar a água quente com a devida compostura. Ela perdera o brilho. Contudo, era extraordinário vê-la, agora mais velha, mais feliz, menos encantadora. Trocaram beijos, primeiro nesta bochecha, depois na outra, à porta da sala de visitas, e Clarissa se virou, segurando a mão de Sally, e viu seus salões cheios, ouviu o alarido das vozes, viu as velas, as cortinas enfunadas, e as rosas que Richard lhe dera de presente.

— Tenho cinco garotos enormes — contou Sally.

Tinha aquele egoísmo descomplicado, aquele desejo tácito de ser lembrada sempre e em primeiro lugar, e Clarissa enterneceu-se diante do fato de que ela ainda era assim.

— Não acredito! — exclamou ela, iluminando-se toda de prazer ao rememorar o passado.

Mas que pena, lá vinha Wilkins; Wilkins a requisitava; Wilkins, com sua voz autoritária, como se toda a turma merecesse uma admoestação e sua anfitriã devesse ser arrancada de sua frivolidade, bradava um nome:

— O Primeiro-Ministro — falou Peter Walsh.

O Primeiro-Ministro? Mesmo? Ellie Henderson admirou-se. Imagine só quando contasse a Edith!

Não se podia rir dele. Tinha uma aparência tão comum. Poderia muito bem estar atrás de um balcão vendendo biscoitos — pobre homem, todo enfarpelado com debruns dourados. E a bem da verdade, durante a sua ronda dos salões, escoltado primeiro por Clarissa e depois por Richard, ele se saiu muito bem. Tentava parecer alguém. Era divertido de ver. Ninguém olhava para ele. Só continuavam conversando, mas estava claro que todos sabiam, sentiam nos ossos, a majestade que passava ao largo; o símbolo daquilo que mais prezavam, a sociedade inglesa. A velha Lady Bruton, que também tinha uma aparência distinta, muito robusta com suas rendas, logo se achegou, e eles se recolheram a uma saleta que imediatamente passou a ser vigiada, resguardada, e um notório burburinho, uma espécie de alvoroço ondulante tomou conta de todos: o Primeiro-Ministro!

Minha nossa, como são esnobes os ingleses!, pensou Peter Walsh, de pé a um canto. Como gostavam de se ataviar com debruns dourados e bajular os outros! Ora essa! Aquele ali só podia ser — e céus, era mesmo — Hugh Whitbread, sempre farejando o chão ao redor dos mais célebres, mais gordo, mais encanecido, o admirável Hugh!

Parecia estar sempre de serviço, pensou Peter, um ser privilegiado porém ardiloso, colecionador de segredos os quais defenderia com a própria vida, por mais que fossem meras fofocas feitas à boca miúda por um lacaio da corte que no dia seguinte já estampariam todos os jornais. Tais eram seus apetrechos, seus guizos, cujo usufruto lhe deixara de cabelos brancos, às portas da decrepitude, comprazendo-se com o respeito e a afeição dos que tinham o privilégio de conhecer aquele tipo respeitável de inglês forjado nos internatos. Era inevitável que a gente inventasse coisas assim sobre Hugh; era bem o feitio dele; o feitio daquelas admiráveis cartas que Peter lia do outro lado do oceano, a milhares de quilômetros de distância, no *Times*, e agradecia a Deus por estar longe daquele ruge-ruge pernicioso ainda que fosse para ouvir a algazarra dos babuínos e os cules espancando as esposas. Um jovem moreno, universitário, estava sempre ao lado dele, todo obsequioso. Hugh iria proteger, iniciar, ensinar, pôr o garoto no caminho certo. Pois nada lhe agradava mais do que fazer uma gentileza, deixar o coração das senhoras idosas palpitando de felicidade ao se sentirem prestigiadas, pois logo quando já se julgavam esquecidas, com sua velhice e suas mazelas, lá vinha o querido Hugh, que se dava o trabalho de pegar o carro para ir visitá-las e passar uma hora falando do passado, rememorando bagatelas, elogiando o bolo batido em casa, por mais que Hugh pudesse comer bolo com uma duquesa quando bem entendesse e, a julgar pela sua silhueta, de fato dedicasse boa parte de seu tempo a tal aprazível tarefa. O Todo-Poderoso, em sua infinita misericórdia, que o perdoasse. Peter Walsh não perdoava. É preciso que haja vilões, e Deus sabe que um desgraçado que vai para a forca por espancar uma menina no trem causa menos mal, ao todo, que Hugh Whitbread e a sua gentileza! Veja só essa figura agora, na ponta dos pés, saltitando para a frente, fazendo mesuras e bajulação, enquanto o Primeiro-Ministro e Lady Bruton ressurgiam, fazendo questão de mostrar a todos que ele possuía o privilégio de ter um assunto, um assunto particular, a abordar com Lady Bruton no momento em que ela passava. Ela se deteve. Anuiu, com a cabeça grisalha. Agradeceu a ele provavelmente por alguma subserviência feita. Tinha seus lacaios, funcionários de baixo escalão no governo que viviam às voltas prestando-lhe pequenos favores, a quem ela recompensava com um convite para almoçar. Mas ela era do século XVIII. Não havia por que criticá-la.

E agora Clarissa escoltava o Primeiro-Ministro pelo salão, toda empertigada, radiante, do alto da suntuosidade de seu cabelo grisalho. Usava brincos e um vestido verde-prateado com cauda de sereia. Podia perfeitamente estar saracoteando pelas ondas e trançando suas madeixas, possuidora ainda daquela dádiva — a de ser; de existir; de fazer com que tudo se reduzisse ao momento em que ela passava; virou-se, notou que seu lenço tinha enganchado no vestido de outra mulher, soltou-se, gargalhou, tudo com a mais perfeita graça despreocupada de uma entidade flutuando em seu hábitat natural. Mas já fora tocada pela idade, feito uma sereia contemplando no espelho, ao fim de um dia claro, o sol se pondo atrás das ondas. Em um sopro de ternura; sua austeridade, seu recato, sua rigidez, tudo isso se amolentou, e ao se despedir do sujeito corpulento debruado em dourado que dava tudo de si, que Deus o ajudasse, para parecer importante, havia nela uma dignidade indizível; uma cordialidade extraordinária; como se quisesse bem ao mundo inteiro e agora, diante do finalíssimo limite das coisas, houvesse chegado a hora de se recolher. Tais eram os pensamentos que suscitava nele. (Mas não estava apaixonado.)

Pois sim, pensou Clarissa, que gentileza o Primeiro-Ministro ter vindo. E caminhando com ele pela sala, onde estava Sally e onde estava Peter e onde estava Richard, exultante, onde estavam todas aquelas pessoas com propensão, talvez, à inveja, ela sentira aquele enlevo do momento, aquela dilatação dos nervos do próprio coração até que pareceu palpitar, estremecendo, aprumado; sim, mas era isso, afinal, o que as demais pessoas sentiam; pois por mais que as amasse e se comprouvesse dos formigares e das efervescências que causavam, aquelas aparências, aquelas vitórias (o bom e velho Peter, por exemplo, que tanto a admirava), também eram, de certa forma, vazias; guardavam distância, não alcançavam o coração; e talvez estivesse ficando velha, mas já não obtinha delas a mesma satisfação de outrora; e de repente, enquanto observava o Primeiro-Ministro descendo as escadas, a moldura dourada do quadro de Sir Joshua com a menina e o regalo trouxe de volta num rompante a lembrança de Kilman; Kilman, sua antagonista. Isso, sim, era prazeroso, pois era verdadeiro. Ah, como ela a odiava – exaltada, hipócrita, corrompida; cheia de poder; a sedutora de Elizabeth; a mulher sorrateira que viera roubar e deflorar (Mas que absurdo!, diria Richard). Ela a odiava: ela a amava. O que se quer é ter inimigos, não amigos – não Mrs. Durrant e Clara,[103] Sir William e Lady Bradshaw, Miss Truelock e Eleanor Gibson (os quais subiam as escadas naquele momento). Se precisassem dela, era só falar. Ela estava a serviço da festa!

Ali estava seu velho amigo, Sir Harry.

– Meu caro Sir Harry! – disse ela, aproximando-se do distinto senhor que pintara mais quadros ruins que

---

103. Assim como Mr. Bowley (ver nota 26, sobre Mr. Bowley), estas duas personagens figuram em *O quarto de Jacob*.

qualquer outro artista acadêmico em todo o distrito de St. John's Wood (sempre bois, imóveis em bolsões de sol poente absorvendo a umidade, ou sinalizando, pois o artista era capaz de exprimir certa gama de movimentos, com uma pata levantada ou um menear de chifres, "a Chegada do Forasteiro"; todas as atividades dele, suas idas ao restaurante e às corridas, eram custeadas por bois imóveis absorvendo a umidade em bolsões de sol poente). — Do que estão rindo? — perguntou ela. Pois Willie Titcomb e Sir Harry e Herbert Ainsty estavam todos rindo. Mas não. Sir Harry não poderia repetir diante de Clarissa Dalloway (por mais que gostasse dela; achava-a perfeita e vivia ameaçando pintar um retrato seu) seus causos no palco do teatro de variedades. Implicou com ela sobre algo da festa. Sentia falta de seu conhaque. Ele estava aquém, comentou, daqueles círculos. Mas gostava dela e a tinha em alta conta, apesar de todo aquele maldito refinamento complicado da alta sociedade que o impediam de pedir a Clarissa Dalloway que sentasse em seu colo. E lá vinha aquele espectro errante, aquela fosforescência multívaga, a velha Mrs. Hilbery, esticando os dedos na direção da gargalhada calorosa dele (algo sobre o duque e a duquesa), que, ao se fazer ouvir do outro lado da sala, trouxe conforto para uma preocupação que às vezes a acometia quando despertava cedo demais e não queria mandar a criada trazer o chá: a certeza de que todos vamos morrer.

— Eles não querem nos contar suas histórias — queixou-se Clarissa.

— Querida Clarissa! — exclamou Mrs. Hilbery. Estava a cara da mãe, disse ela, quando a vira pela primeira vez, passeando no jardim de chapéu cinzento.

E Clarissa ficou com os olhos marejados. A mãe dela, passeando em um jardim! Mas, que pena, ela tinha de pedir licença.

Pois logo adiante estava o professor Brierly, que dava aulas sobre Milton[104], conversando com o jovem Jim Hutton (incapaz mesmo para uma festa como esta de combinar a gravata e o colete ou fazer o cabelo assentar na cabeça), e ela via muito bem, mesmo à distância, que estavam discutindo. Pois o professor Brierly era uma criatura peculiar. A despeito de todos os diplomas, honrarias e cátedras que o distinguiam dos meros escribas, sua desconfiança logo se aguçava ao menor sinal de uma atmosfera pouco afeita às suas estranhezas; seu conhecimento prodigioso e sua timidez; seu charme frio e descortês; seu misto de inocência e esnobismo; estremecia diante dos cabelos desalinhados de uma dama ou das botinas de um jovem, confrontando-se com um submundo definitivamente aclamado de rebeldes, de jovens ardorosos, de gênios frustrados; e jogando os cabelos para trás ou soltando um muxoxo — Humpf! —, ele logo aludia à imprescindibilidade do comedimento; da devida familiaridade com os clássicos para ser capaz de apreciar Milton devidamente. O professor Brierly (Clarissa notou)

---

104. John Milton (1608–1674), um dos mais importantes poetas do classicismo inglês, autor do poema épico *Paraíso perdido*.

não estava se entendendo com o jovem Jim Hutton (que vestia meias vermelhas, pois as pretas estavam lavando) a respeito de Milton. Ela os interrompeu.

Comentou que amava Bach[105]. Hutton também. Aquele era o laço que os unia, e Hutton (poeta execrável) sempre achara que, das grandes damas que apreciavam a arte, Mrs. Dalloway era, de longe, a melhor. Era curioso o quão rígida era. Ao falar de música, era absolutamente impessoal. Chegava a ser pedante. Mas como era encantadora de ver! Sua casa era sempre tão agradável, à exceção dos professores que teimava em convidar. Clarissa quase cogitou em tirá-lo dali e instalá-lo ao piano, na sala de trás. Pois ele tocava divinamente.

— Mas com esse barulho? — disse ela. — Esse barulho!

— Sinal de uma boa festa. — Com ares de sofisticação, o professor aquiesceu e retirou-se delicadamente.

— Ele não poderia ser mais versado em Milton — comentou Clarissa.

— Não diga... — respondeu Hutton, que depois iria imitar o professor por toda Hampstead[106]: o professor palestrando sobre Milton; o professor discorrendo sobre os méritos do comedimento; o professor retirando-se delicadamente.

Mas agora, disse Clarissa, ela tinha de ir falar com o casal Lord Gayton e Nancy Blow.

---

105. Johann Sebastian Bach (1685–1750), famoso compositor, regente e multi-instrumentista alemão, do período barroco.

106. Distrito situado no norte de Londres, tradicionalmente associado a artistas, escritores e intelectuais de vanguarda.

Não que eles contribuíssem de maneira óbvia com o vozerio da festa. Parados um ao lado do outro diante das cortinas amarelas, não conversavam (era perceptível). Logo estariam em outro lugar, juntos, e sob quaisquer circunstâncias jamais tinham muito a dizer. Observavam; nada mais. E isso bastava. Pareciam tão asseados, tão sensatos, ela com um toque de damasco no ruge, ele bem escovado e lavado, com olhos de lince que não perdiam nenhuma jogada e não se deixavam surpreender por golpe algum. Rebatia, saltava, com precisão, na hora certa. Sob suas rédeas os cavalos estremeciam de pavor. Tinha suas honrarias, monumentos ancestrais, estandartes pendurados na capela de sua casa. Tinha seus deveres; seus arrendatários; tinha mãe e irmãs; tinha passado o dia todo no Lord's e era sobre isso que conversavam – críquete, primos, cinema – quando Mrs. Dalloway se aproximou. Lord Gayton gostava terrivelmente dela. Assim como Miss Blow. Era tão agradável e encantadora!

– Que divino, que delicioso vocês terem vindo! – disse ela. Adorava Lord's; adorava os jovens, e Nancy, que gastava uma nota para vestir as modas dos maiores estilistas de Paris, só ficava ali parada, como se em seu corpo houvesse brotado, de livre e espontânea vontade, um babado verde.

– Minha intenção inicial era que houvesse dança – comentou Clarissa.

Pois os jovens não sabiam conversar. E por que deveriam? Gritar, abraçar, bailar, acordar ao raiar do dia; levar açúcar aos cavalos; fazer festa no focinho de adoráveis chow-chows; e então, vibrantes e apressados, mergulhar e nadar — isso, sim. Mas os recursos infindáveis da língua inglesa, concessora, afinal, de um arsenal poderoso para comunicar sentimentos (na idade deles, ela e Peter teriam passado a noite inteira discutindo), não eram para os jovens. Calcificariam a juventude. Prestavam-se bem ao trato com as demais pessoas na propriedade, mas sozinhos, decerto, seriam um tanto insípidos.

— Que pena! — disse ela. — Eu esperava mesmo que houvesse dança.

Era mesmo extraordinário que eles tivessem vindo! Mas como dançar? Os salões estavam apinhados.

Lá estava a velha tia Helena, enrolada no xale. Uma pena, mas ela tinha de deixá-los — Lord Gayton e Nancy Blow. Lá estava sua tia, a velha Miss Parry.

Pois Miss Helena Parry não tinha morrido. Miss Parry estava viva. Já passava dos oitenta. Subia escadas bem devagar, de bengala. Foi acomodada em uma poltrona (o próprio Richard se incumbira disso). Pessoas que tinham conhecido a Birmânia[107] nos anos 1870 viviam sendo conduzidas até ela. Onde Peter se metera? Eles sempre tinham se dado tão bem. Pois só de mencionar a Índia, ou mesmo o Ceilão[108], o olhar dela (só um olho era de vidro) se intensificava aos poucos,

---

107. A antiga Birmânia é hoje Mianmar (nome oficial do país desde 2010), ex-colônia britânica no Sudeste Asiático.
108. Anteriormente conhecido como Ceilão, a ex-colônia britânica que fica ao sul da Índia adotou desde 1972 o nome Sri Lanka.

ficava mais azul, mas não eram seres humanos que vislumbrava — não nutria memórias afetivas nem ilusões enfatuadas de vice-reis, generais ou rebeliões — e sim orquídeas, desfiladeiros montanhosos, ela mesma, nos anos sessenta, sendo levada da garupa dos cules em picos solitários; ou descendo para colher orquídeas (floradas deslumbrantes, nunca antes vistas) que depois reproduzia com aquarela; uma indômita cidadã inglesa, que a própria guerra só perturbou quando, digamos, caía uma bomba bem na soleira de sua porta, despertando-a de sua meditação intensa envolvendo orquídeas e ela mesma viajando pela Índia nos anos sessenta — enfim, lá vinha Peter.

— Venha conversar sobre a Birmânia com a tia Helena — chamou Clarissa.

Mas ainda não tinha conseguido trocar uma palavra com ela a noite toda!

— Podemos conversar depois — disse Clarissa, conduzindo-o na direção de tia Helena, com seu xale branco, sua bengala.

— Peter Walsh — anunciou Clarissa.

Sem suscitar nenhuma lembrança.

Clarissa fez questão de convidá-la. A festa seria cansativa; seria barulhenta; mas Clarissa a convidara. Por isso viera. Era uma pena que morassem em Londres — Richard e Clarissa. Morar no interior seria melhor para eles, ainda mais com a saúde de Clarissa. Mas Clarissa sempre gostara da sociedade.

— Peter também esteve na Birmânia — informou Clarissa.

Ah! Então não iria se furtar de lhe contar o que Charles Darwin dissera sobre o livreto que ela mesma escrevera sobre as orquídeas da Birmânia.

(Clarissa tinha de ir falar com Lady Bruton.)

Decerto já teria caído no esquecimento, o livro dela sobre as orquídeas da Birmânia, mas até 1870 saíram três tiragens, contou a Peter. Agora já estava se recordando dele. Ele tinha estado em Bourton (e a abandonara, lembrou-se Peter Walsh, na sala de visitas sem dizer palavra, naquela noite em que Clarissa o chamara para passear de canoa).

— Richard me disse que adorou o almoço — disse Clarissa a Lady Bruton.

— Richard foi de uma ajuda inestimável — respondeu Lady Bruton. — Ele me ajudou a escrever uma carta. E você, como vai?

— Ah, não podia estar melhor! — falou Clarissa. (Lady Bruton detestava as doenças das esposas dos políticos.)

— Aquele não é Peter Walsh? — disse Lady Bruton (pois nunca lhe ocorria nada a dizer a Clarissa, por mais que gostasse dela. Era uma mulher de muitas qualidades; contudo não tinham nada em comum, ela e Clarissa. Quem sabe não teria sido melhor se Richard tivesse casado com uma mulher de menos encantos, mas que o ajudasse mais no trabalho. Tinha desperdiçado sua chance de ter um lugar no gabinete). — É mesmo Peter Walsh! — disse ela, indo cumprimentar aquele agradável pecador, sujeito muito capaz que tinha tudo para fazer seu nome, mas não fizera (sempre às voltas com as mulheres), e, é claro, a velha Miss Parry. Que senhora extraordinária!

Lady Bruton postou-se ao lado da poltrona de Miss Parry, toda de preto, feito um granadeiro[109] espectral, e convidou Peter Walsh para almoçar; afável; mas sem conversa fiada, sem lembrar absolutamente nada sobre a fauna ou a flora da Índia. Conhecia a Índia, é claro; fora hóspede de três vice-reis; tinha em altíssima conta alguns cidadãos indianos; mas que tragédia, aquela condição em que se encontrava a Índia![110] Agorinha mesmo o Primeiro-Ministro dissera a ela (aninhada no xale, a velha Miss Parry não dava a mínima para o que agorinha mesmo o Primeiro-Ministro dissera a ela), e Lady Bruton adoraria saber a opinião de Peter Walsh, posto que acabara de voltar de lá, e queria apresentá-lo a Sir Sampson, pois chegava mesmo a lhe tirar o sono tamanha insensatez, tamanha perfídia, poderia até dizer, sendo ela mesma filha de militar. Já era uma velha, já quase não prestava para nada. Mas sua propriedade, seus empregados, sua boa amiga Milly Brush — ele acaso não se lembrava dela? — estavam todos de prontidão — enfim, caso pudessem ser de alguma serventia. Pois ainda que

---

109. Os granadeiros são o regimento mais graduado entre os cinco regimentos de guardas que protegem a rainha e o Palácio de Buckingham. Todos os cinco regimentos usam o famoso uniforme vermelho com a grande barretina preta de pele de urso.

110. Provável referência ao movimento de libertação do país, liderado por Mahatma Gandhi (1869–1948).

quase nunca falasse da Inglaterra, essa ilha viril, essa ilha tão querida,[111] estava em seu sangue (mesmo sem ter lido Shakespeare), e se alguma uma mulher tivesse sido capaz de empunhar um escudo e atirar flechas, de liderar a investida das tropas, de governar hordas bárbaras com indômita justiça e ser sepultada, com um escudo e sem o nariz, em uma igreja, ou de construir um dólmen coberto de relva numa colina primeva, essa mulher era Millicent Bruton. Desautorizada por seu sexo, e também por certo absentismo das faculdades lógicas (achava impossível escrever uma carta ao *Times*), nunca deixava de se preocupar com o Império, tendo herdado de sua associação com aquela deusa couraçada o porte colossal, a robusteza inquebrantável, de modo que nem mesmo após sua morte alguém pudesse apartá-la da terra ou concebê-la a vaguear por paragens onde a bandeira da união, numa certa manifestação espiritual, tivesse deixado de tremular. Deixar de ser inglesa, mesmo entre os mortos... não, não! Impossível!

Mas aquela não era Lady Bruton? (que já conhecia). Não era Peter Walsh, já grisalho?, perguntou-se Lady Rosseter (que um dia fora Sally Seton). Aquela, sem dúvida, era Miss Parry — a velha tia que vivia emburrada quando ela se hospedava em Bourton. Jamais haveria de se esquecer do dia em que correra nua pelo corredor e fora flagrada por Miss Parry! E Clarissa! Ah, Clarissa! Sally tomou o braço dela.

---

111. Citação a *Ricardo II*, de Shakespeare, ato 2, cena 1.

Clarissa deteve-se ao lado dela.

— Mas não posso ficar — falou ela. — Volto mais tarde. Esperem por mim — disse, dirigindo-se a Peter e Sally. O que pedia era que esperassem até que toda aquela gente fosse embora.

— Eu voltarei — disse ela, olhando para os velhos amigos, Sally e Peter, que trocavam cumprimentos, e Sally, decerto relembrando o passado, começou a rir.

Sua voz, contudo, estava desprovida da exuberância arrebatadora de outrora; os olhos já não tinham o mesmo fulgor dos idos tempos em que fumava charutos, em que corria pela casa nua em pelo para buscar a esponja e Ellen Atkins indagava: E se um dos cavalheiros tivesse visto? Mas todos a perdoavam. Roubou um frango da despensa quando sentiu fome de madrugada; fumava charutos no quarto; largou um livro preciosíssimo numa das canoas. Mas todos a adoravam (com exceção, talvez, do papai). Era o seu calor; sua vitalidade — ela pintava, ela escrevia. Até hoje as velhinhas da aldeia nunca deixavam de perguntar por "aquela sua amiga tão animada do capote vermelho". Ela acusou Hugh Whitbread, logo ele (e ali estava ele, seu velho amigo Hugh, conversando com o embaixador português), de beijá-la na sala de fumar como castigo por declarar que as mulheres deviam ter o direito de votar. Se até os homens vulgares votavam, disse ela. E Clarissa se lembrava de tê-la persuadido a não denunciá-lo durante as orações em família — o que ela era bem capaz de fazer a julgar por sua ousadia, sua temeridade, seu pendor a fazer drama e querer ser o centro das atenções, e tudo acabaria descambando, pensava Clarissa, para uma pavorosa tragédia; a morte dela, o martírio dela; mas em vez disso ela se casara, ao contrário do que se poderia esperar, com um sujeito careca com uma flor enorme na lapela que era dono, diziam, de uma tecelagem em Manchester. E tivera cinco meninos!

Ela e Peter estavam sentados juntos. Conversavam; uma cena tão familiar — eles dois conversando. Deviam estar falando dos velhos tempos. Com aqueles dois (ainda mais do que com Richard) ela compartilhava seu passado; o jardim; as árvores; o velho Joseph Breitkopf cantando Brahms sem voz alguma; o papel de parede da sala de visitas; o cheiro dos tapetes. Sally sempre faria parte disso tudo; Peter também. Mas não podia ficar com eles agora. Lá vinham os Bradshaw, que ela detestava.

Tinha de ir falar com Lady Bradshaw (em tons de cinza e prata, adernando feito leão-marinho à beira do tanque, pedindo convites, duquesas, o estereótipo da esposa do homem bem-sucedido), tinha de ir até Lady Bradshaw e dizer...

Mas Lady Bradshaw se antecipou.

— Estamos escandalosamente atrasados, minha cara Mrs. Dalloway; mal tivemos coragem de entrar — disse ela.

E Sir William, muito distinto, de cabelo grisalho e olhos azuis, confirmou, não tinham conseguido resistir à tentação. Estava conversando com Richard provavelmente sobre aquele projeto de lei que desejavam que fosse aprovado na Câmara dos Comuns. Por que só de vê-lo ali, conversando com Richard, ela se retraía? Aparentava ser exatamente o que era, um ótimo médico. Um homem no ápice de seu ofício, muito poderoso, um tanto exaurido. Pois mal dava para imaginar os casos com que tinha de lidar — pessoas no auge do desespero; pessoas à beira da insanidade; maridos e esposas. Tinha de tomar decisões dificílimas. Todavia... ela sentia que era melhor não revelar a Sir William o menor sinal de infelicidade. Não; àquele homem, não.

— Como vai seu filho em Eton? — perguntou ela a Lady Bradshaw.

Tinha acabado de perder sua vaga no time de críquete, respondeu Lady Bradshaw, por causa da caxumba. Ela tinha para si que o pai ficara mais chateado que o filho, uma vez que ele próprio "não passava de um menino grande", declarou ela.

Clarissa olhou para Sir William, que conversava com Richard. Não parecia um menino — de menino não tinha nada.

Certa vez ela fora acompanhar uma pessoa a uma consulta com ele. Ele se mostrara perfeitamente correto; extremamente sensível. Mas por Deus — o alívio que sentira ao voltar à rua! Lembrava-se de um pobre coitado na sala de espera, chorando de soluçar. Mas não sabia ao certo o que a incomodava em Sir William; do que não gostava nele. Só sabia que Richard concordava com ela, que não gostava "nem do jeito, nem do cheiro dele". Todavia era muitíssimo competente. Ainda estavam falando daquele projeto de lei. Sir William mencionava um caso, abaixando o tom de voz. Tinha algo a ver com o que estava comentando sobre os efeitos tardios da neurose de combate[112]. Tinha de haver alguma disposição na lei.

Falando baixo, atraindo Mrs. Dalloway para o abrigo da feminilidade mútua, o orgulho mútuo das ilustres qualidades dos maridos, ambos com a infeliz tendência a trabalhar demais, Lady Bradshaw (pobre coitada – como era possível desgostar-se dela?) murmurou:

– Hoje já estávamos na soleira da porta quando telefonaram ao meu marido, um caso tristíssimo. – Um jovem (era sobre ele que Sir William comentava com Mr. Dalloway) havia se suicidado. Ele serviu no Exército. Oh!, pensou Clarissa, eis que, no meio da minha festa, surge a morte, pensou.

Ela prosseguiu, encaminhando-se para a saleta onde o Primeiro-Ministro fora conversar com Lady Bruton. Talvez houvesse alguém lá. Mas não havia ninguém. As poltronas ainda preservavam os contornos do Primeiro-Ministro e de Lady Bruton, ela sentada de esguelha em deferência a ele, ele reto, autoritário. Tinham falado da Índia. Não havia ninguém lá. O esplendor da festa ruiu ao chão, tão estranho era ver-se sozinha ali, com seus trajes de gala.

---

112. O termo "shell shock", adotado por Virginia Woolf, caiu em desuso a partir de 1970 e foi substituído por "post-traumatic stress disorder" (PTSD). Seu equivalente em português é "transtorno de estresse pós-traumático", porém, para manter a coerência com a terminologia datada do original, decidimos não modernizar o diagnóstico, usando um dos termos datados em português: "neurose de combate".

Que direito tinham os Bradshaw de vir falar de morte na festa dela? Um rapaz tinha se matado. E agora estavam falando disso na festa dela — os Bradshaw, falando de morte. Ele tinha se matado — mas como? O corpo dela reagiu primeiro, como sempre acontecia ao receber, de súbito, a notícia de um acidente; suas roupas se inflamaram, seu corpo ardia. Ele se atirara da janela. O chão se avultando sobre ele num instante; seu corpo dilacerado nas pontas, mal-acabadas, malfazejas, dos gradis enferrujados. Lá ficara ele, seu cérebro pulsando secamente, engolido pela treva sufocante. Foi assim que ela o vislumbrou. Mas por que fizera tal coisa? E os Bradshaw, falando disso na festa dela!

Certa vez ela jogara um xelim no Serpentine, nunca mais do que isso. Mas ele por sua vez jogara tudo para o alto. Eles continuariam vivendo (ela teria que voltar; os salões ainda estavam apinhados; os convidados não paravam de chegar). Eles (passara o dia inteiro pensando em Bourton, em Peter, em Sally), eles envelheceriam. Havia uma coisa que importava; uma coisa, dilapidada pelo falatório, maculada, obscurecida na própria vida de Clarissa, maculada a cada dia pela corrupção, pelas mentiras, pelo falatório. Isso ele havia preservado. A morte era um ato de rebeldia. A morte era uma tentativa de comunicar, era sentir a impossibilidade de alcançar o âmago que, misticamente, evade-se de nós; a proximidade cindia; o arrebatamento se evanescia; ficamos sozinhos. Havia um enlace na morte.

Mas esse jovem que cometera suicídio — será que saltara para a morte agarrado a seu tesouro? "Se a morte viesse agora, feliz eu morreria", dissera ela consigo mesmo certa vez, descendo, vestida de branco.

Mas também havia os poetas e os pensadores. Suponha que o rapaz fosse portador de tal paixão, e tivesse procurado Sir William Bradshaw, exímio médico, que para ela, contudo, era um ser tenebroso e maligno, desprovido de sexo e de desejo, de fino trato com as mulheres porém capaz de cometer atrocidades indizíveis — subjugar a alma da pessoa, por assim dizer — suponha que esse rapaz o tivesse procurado, e Sir William tivesse causado nele, com seu poder, essa mesma impressão, quem sabe não poderia ter dito (ela tinha certeza agora): A vida é intolerável; eles, os homens desse feitio, tornam intolerável a vida?

E também (ela o sentira naquela mesma manhã) havia aquele terror; aquela incapacidade acachapante desta vida, legada às nossas mãos por nossos pais, de ser vivida até o fim, de se deixar conduzir com serenidade; havia no fundo do peito dela aquele medo horrendo. Mesmo agora, se Richard não estivesse tantas vezes ao seu lado lendo o *Times*, de modo que ela pudesse encolher-se feito passarinho e voltar aos poucos à vida, deixando alçar aquela alegria imensurável, esfregando um pauzinho no outro, uma coisa na outra, ela teria perecido. Tinha escapado. Mas aquele rapaz se matara.

De certo modo, esse era o seu desastre — sua desgraça. Sua punição ter de ver soçobrar e desaparecer um homem aqui, uma mulher ali, em meio à escuridão profunda, e ela ali, imóvel, em seu vestido de gala. Tinha mancomunado;

tinha trapaceado. Nunca fora verdadeiramente admirável. Almejara o sucesso, Lady Bexborough e todo o resto. E tinha caminhado no terraço de Bourton um dia.

Curioso, incrível; nunca na vida fora tão feliz. Não havia nada que fosse lento demais; nada que durasse mais do que devia. Não havia prazer que se igualasse, pensou ela, endireitando as poltronas, ajeitando um livro na estante, tendo-se esvaído os triunfos da juventude e perdido a si mesma no processo de viver, para então reencontrar tudo isso, com um jorro de alegria, no raiar do dia, no cair da noite. Quantas vezes, em Bourton, enquanto todos conversavam, ela não se levantara para ir olhar o céu; ou o vislumbrara durante o jantar entre os ombros das pessoas; ou o fitara nas noites insones em Londres. Foi à janela.

Havia algo de si mesma, por mais absurdo que fosse, naquele céu campestre, naquele céu de Westminster. Abriu as cortinas; olhou. Ah, mas que surpresa! — na casa do outro lado da rua a velha senhora a encarava! Estava indo dormir. E o céu. Há de ser um céu solene, pensara ela antes, um céu crepuscular, virando a face em seu esplendor. Mas lá estava ele — cinzento, logo sulcado pelas imensas nuvens. Inesperado. O vento devia ter aumentado. Ela, na casa defronte, estava indo dormir. Era fascinante observá-la, a velha senhora, andando pela sala, chegando à janela. Será que ela a via? Era fascinante, com as gargalhadas e o vozerio que ecoavam da sala de visitas ainda cheia, observar aquela idosa, sem qualquer estardalhaço, indo dormir sozinha. Fechou as cortinas. O relógio bateu. O rapaz havia se matado; mas não sentia pena dele; ao toar das horas no relógio, uma, duas, três, ela não sentia pena dele, com tudo o que estava acontecendo. Pronto! A velha senhora apagara a luz! A casa toda ficou às escuras com tudo o que estava acontecendo agora, repetiu ela, e então se lembrou das palavras, Não temas mais o calor do sol. Melhor voltar a eles. Mas que noite mais impressionante! De certa forma, sentia-se um tanto parecida com ele — o rapaz que se matara. Sentiu-se feliz por ele, por tê-lo feito; por ter atirado tudo para o alto enquanto eles seguiam a vida. O relógio batia. Os círculos plúmbeos se dissolviam no ar. Mas era melhor voltar. Precisava se recompor. Precisava encontrar Sally e Peter. E assim emergiu da saleta.

* * *

— Mas onde estará Clarissa? — disse Peter. Estava sentado no sofá com Sally. (Depois de todos aqueles anos, era incapaz de chamá-la de "Lady Rosseter".) — Onde ela se meteu? — perguntou. — Onde está Clarissa?

Sally supunha, assim como o próprio Peter, que devia haver figuras ilustres, políticos, os quais nenhum dos dois conhecia para além das fotos nos jornais, a quem Clarissa deveria fazer sala e entreter. Devia estar com eles. Mas Richard Dalloway não fazia parte do gabinete. Afinal ele não obtivera lá muito sucesso, supunha Sally? De sua parte, quase nunca lia os jornais. Às vezes notava alguma menção ao nome dele. Entretanto — bem, ela tinha uma vida muito solitária, no mato, diria Clarissa, vivendo entre grandes mercadores, grandes industriais, homens, afinal, que faziam coisas. Ela própria também fizera coisas!

— Tenho cinco filhos — contou a ele.

Ora, ora, mas que mudança a acometera! A brandura da maternidade; e também o egotismo. Da última vez em que se viram, Peter relembrou, estavam entre os pés de couve-flor banhados pelo luar, as folhas "feito bronze grosseiro", dissera ela, com sua veia literária; e colhera uma rosa. Andara com ele para cima e para baixo naquela noite horrível, depois da cena perto da fonte; ele iria pegar o trem da meia-noite. Céus, como havia chorado!

Outra vez essa velha mania dele, abrir o canivete, pensou Sally, sempre a abrir e fechar o canivete quando fica entusiasmado. Tinham sido muito próximos, ela e Peter Walsh, na época em que ele estava apaixonado por Clarissa, e houve aquela cena medonha, ridícula durante o almoço por causa de Richard Dalloway. Ela chamara Richard de "Wickham". Qual o problema em chamar Richard de "Wickham"? Clarissa se encrespara!, e de fato nunca mais se viram desde então, ela e Clarissa, no máximo um punhado de vezes nos últimos dez anos. E Peter Walsh partira para a Índia, e ela ficara sabendo por alto que fizera um casamento infeliz, e não sabia se tivera filhos ou não, mas não seria capaz de perguntar, pois ele estava mudado. Estava um pouco encarquilhado, mas sentia-o mais gentil, e nutria por ele um afeto sincero, pois ele fazia parte de sua juventude, e ela ainda guardava o livrinho de Emily Brontë[113] que ganhara dele de presente, e será que ele não andava escrevendo? Naquela época ele queria escrever.

— Você tem escrito? — perguntou ela, esticando sobre o joelho a mão, firme e bonita, num gesto do qual ele se lembrava bem.

— Que nada! — respondeu Peter Walsh, e ela riu.

Ainda era atraente, ainda era uma figura e tanto, Sally Seton. Mas e o tal de Rosseter, quem era? Tinha se casado com duas camélias na lapela — isso era tudo o que Peter sabia do sujeito. "Eles têm miríades de empregados, quilômetros de estufas", contara Clarissa por carta, ou algo assim. Sally admitiu com uma gargalhada.

— É verdade, tenho uma renda de dez mil por ano — agora, se antes ou depois do imposto, ela não saberia dizer, pois o marido, — você precisa conhecê-lo — disse —, você iria gostar dele — disse, cuidava de tudo para ela.

Logo Sally, outrora uma esfarrapada. Tivera de penhorar o anel que o bisavô ganhara de Maria Antonieta — seria isso mesmo? — para ir a Bourton.

Ah, sim, Sally se lembrava; ainda tinha o anel, um anel de rubi que Maria Antonieta dera ao seu bisavô. Naqueles tempos ela não tinha um tostão furado, e toda viagem para Bourton a punha em um aperto terrível. Mas ir para Bourton fora sempre tão importante — mantinha sua sanidade, jurava

---

113. Uma das três irmãs Brontë, todas escritoras, Emily (1818–1848) é autora do clássico *O Morro dos Ventos Uivantes*.

ela, ao passo que em casa era tão infeliz. Mas isso tudo era coisa do passado – ficou tudo para trás, falou ela. E Mr. Parry tinha morrido, e Miss Parry ainda não. Jamais na vida, disse Peter, ele ficara tão surpreso! Estava convicto de que ela tinha morrido. E afinal, indagava-se Sally, o casamento fora um sucesso? E aquela moça tão bela e tão confiante, ali perto da janela, de vermelho, só podia ser Elizabeth.

(Ela parecia um álamo, um rio, um jacinto, pensava Willie Titcomb. Ah, como seria melhor estar no campo, onde só fazia o que queria! Dava para ouvir o pobre cãozinho ganindo, Elizabeth tinha certeza.) Não se assemelha nem um pouco a Clarissa, disse Peter Walsh.

– Ah, Clarissa! – falou Sally.

Eis apenas o que Sally achava. Tinha ficado devendo uma quantia vultosa a Clarissa. Tinham sido amigas, não meras conhecidas, amigas, e ainda podia ver Clarissa andando pela casa toda de branco com maços de flores nos braços – até hoje os pés de tabaco ainda a remetiam a Bourton. Todavia – e será que Peter compreendia? – ainda lhe faltava algo. Mas o que seria? Charme ela tinha; era mesmo extraordinariamente charmosa. Mas sendo sincera (e sentia ter em Peter um velho amigo, um amigo de verdade – importava a ausência, importava a distância? Tantas foram as vezes que tentara escrever para ele e acabara amassando o papel, contudo ela achava que ele entenderia, pois ao envelhecer nos damos conta de que as pessoas são capazes de entender aquilo que não é dito, e ela própria tinha envelhecido, naquela tarde mesmo fora visitar os filhos em Eton, que estavam com caxumba), sendo então muito sincera, como Clarissa fora capaz de fazer tal coisa? — casar com Richard Dalloway, um caçador, um sujeito que só ligava para os cães. Literalmente trazia consigo, ao adentrar um ambiente, o ranço dos estábulos. E o que dizer disto tudo? Fez um gesto com a mão.

Era Hugh Whitbread, passando com seu colete branco, obtuso, gordo, cego e indiferente a tudo, exceto o amor-próprio e o conforto.

— Duvido que ele *nos* reconheça — falou Sally, mas na verdade não se atreveu; mas eis que ali estava Hugh, o admirável Hugh!

— E o que ele faz da vida? — perguntou ela a Peter.

Engraxava as botas do Rei ou contava garrafas na adega de Windsor, respondeu Peter. Ele ainda tinha aquela língua afiada! Mas Sally devia lhe contar a verdade, disse Peter. E aquele beijo, o de Hugh?

Na boca, assegurou ela, uma noite dessas na sala de fumar. Enfurecida, ela fora direto a Clarissa. Hugh jamais faria tal coisa!, dissera Clarissa, o admirável Hugh! As meias de Hugh eram, sem sombra de dúvida, as mais bonitas que ela já vira na vida — sem falar naquele traje de gala. Impecável! E ele tinha filhos?

— Todo mundo nesta sala tem seis filhos estudando em Eton — disse Peter, à exceção dele mesmo. Ele, graças a Deus, não tinha nenhum. Nem filhos, nem filhas, nem esposa. Bem, disse Sally, parecia que não estavam fazendo falta. Refletiu que ele parecia mais jovem que todos os demais.

Mas fora mesmo, sob vários aspectos, disse Peter, uma grande tolice casar daquela maneira.

— Uma pata tonta, era — disse ele, mas então disse: — Foi uma época e tanto para nós. — Mas como era possível uma coisa dessas? Sally ponderou o que ele quis dizer com isso, e como era estranho conhecê-lo tão bem e, todavia, desconhecer absolutamente tudo o que acontecera com ele. Tinha falado apenas por orgulho? Bem capaz, pois afinal devia ser difícil para ele (embora fosse um excêntrico, uma espécie de duende, nem de longe um homem comum), devia sentir-se muito sozinho na sua idade sem ter um lar, sem ter para onde ir. Mas ela teria muito gosto se ele fosse visitá-los e passasse semanas e semanas com eles. É claro que ele iria; ele adoraria passar alguns dias com eles, e foi então que a coisa veio à tona. Durante todos esses anos os Dalloway jamais tinham ido. Ela os convidara até dizer chega. Clarissa (pois só podia ser Clarissa) nunca quisera ir. Porque Clarissa, disse Sally, era no fundo uma esnobe; era inegável, uma esnobe. E fora isso que se interpusera entre elas, estava convicta. Clarissa achava que ela casara mal, já que seu marido, ela contava com muito orgulho, era filho de minerador. Cada centavo que tinham era fruto de seu suor. Quando menino (a voz dela estremeceu) chegara a carregar sacos enormes nas costas.

(E assim prosseguiu, pareceu a Peter, por horas a fio; filho de minerador; diziam que ela casara mal; os cinco filhos; e tinha mais outra coisa... plantas, hortênsias, lilases, hibiscos e lírios raríssimos que nunca davam ao norte do canal de Suez, mas que ela, com seu jardineiro e sua casa de subúrbio em Manchester, tinha em seus canteiros – e aos borbotões! Disso Clarissa tinha escapado, nada maternal como era.)

Era uma esnobe? Sem dúvida, em muitos aspectos. E por onde andava ela, esse tempo todo? Já estava tarde.

– Ainda assim – disse Sally –, assim que soube que Clarissa estava dando uma festa, não consegui *não* vir, queria muito vê-la de novo (e estou hospedada na Victoria Street, praticamente aqui ao lado). Então apareci aqui, sem convite. Mas – sussurrou ela – faça o favor de me dizer. Quem é aquela?

Era Mrs. Hilbery, tentando achar a porta de saída. Pois como estava tarde! E, murmurou ela, com o passar da noite, com as pessoas que iam embora, a gente encontra velhos amigos; cantinhos sossegados; e as visões mais belas. Será que eles sabiam, perguntou ela, que um jardim encantado os cercava? Luzes e árvores e lindos lagos reluzentes e o céu. Eram só umas luzinhas decorativas, dissera Clarissa Dalloway, no jardim dos fundos! Mas ela tinha mãos de fada! Era um parque... E não sabia o nome deles, mas sentia que eram amigos, amigos sem nomes, canções sem palavras, sempre os melhores. Mas eram tantas as portas, em lugares tão inesperados, que ela não conseguia achar a saída.

– É a velha Mrs. Hilbery – disse Peter; mas e aquela, quem era? A mulher que passara a noite inteira postada diante da cortina sem falar com ninguém? O rosto não era estranho; talvez a conhecesse de Bourton. Não era ela que vivia costurando roupas debaixo à mesa grande perto da janela? Davidson, seria o nome?

— Ah, é Ellie Henderson — disse Sally. Clarissa era muito dura com ela. Era uma prima, paupérrima. E Clarissa era mesmo dura com as pessoas.

Um tanto, disse Peter. Contudo, disse Sally, daquele jeito emotivo que ela tinha, com um rompante de entusiasmo que Peter costumava adorar nela mas que agora, contudo, a deixou tão efusiva que chegou a enervá-lo um pouco — como Clarissa era generosa com os amigos!, e como era raro ver tal qualidade, e por vezes, à noite ou no Natal, quando parava para agradecer pelas dádivas recebidas, era aquela amizade que ela punha em primeiro lugar. Eles eram jovens, só isso. Clarissa tinha um bom coração, só isso. Peter devia achar que ela estava sendo sentimental. E estava mesmo. Pois vinha se convencendo de que a única coisa que valia a pena dizer era o que se sentia. Inteligência era bobagem. Convinha mesmo era dizer o que sentia.

— Mas eu não sei — disse Peter — o que sinto.

Coitado do Peter, pensou Sally. Por que Clarissa não vinha conversar com ele? Era o que ele mais queria. Ela sabia. O tempo inteiro ele estava só pensando em Clarissa, enquanto remexia no canivete.

Sua vida não fora simples, disse Peter. Sua relação com Clarissa não fora simples. Arruinara sua vida, disse ele. (Tinham sido tão próximos, ele e Sally Seton, seria absurdo não dizer.) Ninguém se apaixona duas vezes na vida, disse ele. E o que ela poderia dizer? Ainda assim, bem melhor era ter amado (mas ele ia achar que estava sendo sentimental — sempre fora um homem arguto). Ele tinha mesmo de ir passar alguns dias com eles em Manchester. Verdade, disse ele. A mais pura verdade. Ele adoraria ir e passar uma temporada com eles, tão logo terminasse o que viera fazer em Londres.

E Clarissa tinha gostado dele mais do que jamais gostou de Richard, Sally tinha certeza absoluta.

— Não, não, não! — disse Peter (Sally não devia ter dito isso; foi longe demais). Aquele formidável sujeito, lá estava ele, na outra ponta da sala, firme e forte, sempre o mesmo, o bom e velho Richard. Com quem estava conversando?, perguntou Sally, aquele senhor de aparência tão distinta? Morando no mato, sentia uma curiosidade insaciável para saber quem eram as pessoas. Mas Peter não sabia. Não fora com a cara do sujeito, disse ele, provavelmente um membro do gabinete. Dentre todos, parecia a ele que Richard era o melhor, disse ele, o mais desprendido.

— Mas o que tem feito? — inquiriu Sally. Serviço público, supunha ela. E será que eram felizes juntos?, perguntou Sally (de sua parte, ela era felicíssima); pois, admitiu, nunca soube nada sobre eles, apenas tirava suas próprias conclusões, como se costuma fazer, pois até que ponto somos capazes de conhecer até mesmo as pessoas que nos são mais próximas?, indagou ela. Não seríamos todos prisioneiros? Lendo uma peça fantástica sobre um homem que rabiscava as paredes de sua cela, ela sentira que aquela era a verdade sobre a vida: viver era rabiscar a parede da cela.

Quando se angustiava com as relações humanas (são tão difíceis, as pessoas), ela gostava de ir para o jardim, pois encontrava nas flores uma paz que jamais encontrava nos homens e nas mulheres. Mas ele, não; não gostava de repolhos; preferia gente, disse Peter. Com efeito, os jovens são belíssimos, disse Sally, admirando Elizabeth do outro lado do salão. Tão diferente de Clarissa quando tinha essa idade! Ele tinha formado alguma opinião sobre ela? A menina mal abria a boca. Ainda não, quase nada, admitiu Peter. Ela parecia um lírio, falou Sally, um lírio à margem de um lago. Mas Peter discordava da ideia de que não sabemos de nada. Nós sabemos de tudo, disse; ele, pelo menos, sabia.

Mas e aqueles dois, sussurrou Sally, aqueles dois que estavam passando agora (e ela já estava pensando em ir embora, se Clarissa não viesse logo), aquele sujeito de aparência tão distinta e sua esposa de aspecto tão comum que tinham conversado com Richard — o que se pode saber sobre esse tipo de gente?

— Que são todos uma maldita fraude — falou Peter, olhando casualmente para eles. Ao que Sally riu.

Mas Sir William Bradshaw deteve-se diante da porta para admirar um quadro. Procurou no canto o nome do gravurista. A esposa também. Sir William Bradshaw se interessava tanto por arte.

Quando éramos jovens, disse Peter, ficávamos entusiasmados demais para conhecer pessoas. Agora que estamos velhos, ele, no caso, com cinquenta e dois (Sally tinha cinquenta e cinco, de corpo, disse ela, mas de coração ainda era uma garota de vinte); agora que estamos mais maduros, disse Peter, podemos observar, podemos entender, e ainda assim não perdemos a capacidade de sentir, disse. De fato, é verdade, concordou Sally. A cada ano, sentia tudo de forma mais profunda, mais fervorosa. Tudo se intensificava, disse ele, uma pena, talvez, mas também haviam de ser gratos por isso — na experiência dele, tudo só vinha se intensificando. Conhecera uma pessoa na Índia. Queria contar a Sally sobre ela. Queria que Sally a conhecesse. Era casada, disse ele. Tinha dois filhos pequenos. Pois deviam todos vir a Manchester, disse Sally — queria que ele prometesse a ela antes de irem embora.

— Lá está Elizabeth — disse ele —, que não sente nem metade do que nós sentimos, ainda não. — Contudo — disse Sally, observando Elizabeth se aproximar do pai —, dá para ver que se gostam muitíssimo. Dava para sentir no jeito como Elizabeth se aproximava do pai.

Pois enquanto conversava com os Bradshaw, seu pai tinha olhado para ela e pensado consigo mesmo, quem é aquela bela jovem? E deu-se conta de súbito que era sua Elizabeth, e que não a reconhecera, e estava tão encantadora naquele vestido rosa! Elizabeth sentira o olhar dele enquanto conversava com Willie Titcomb. Por isso foi até o pai, e lá ficaram os dois, juntos, a festa já nos últimos suspiros, e observaram as pessoas indo embora, e os salões ficando cada vez mais vazios, e as coisas espalhadas pelo chão. Até Ellie Henderson estava indo embora, quase a última a sair, embora ninguém tivesse sequer conversado com ela, mas o que ela queria mesmo era ver tudo, contar a Edith. E Richard e Elizabeth estavam felizes que tivesse terminado, mas Richard estava orgulhoso da filha. E, embora não pretendesse lhe dizer, não conseguiu deixar de lhe dizer. Tinha olhado para ela, disse ele, e se perguntado, quem é aquela bela jovem?, e era a sua própria filha. Com efeito, ela ficou feliz. Mas seu pobre cãozinho não parava de uivar.

— Richard melhorou mesmo. Tem razão — falou Sally. — Vou lá conversar com ele. E me despedir. O que importa o cérebro — disse Lady Rosseter, levantando — comparado ao coração?

— Também vou — disse Peter, mas permaneceu sentado mais um momento. Que terror é este? Que êxtase é este?, pensou. Que entusiasmo extraordinário é este que me preenche?

É Clarissa, disse ele.

Pois ali estava ela.

NANO

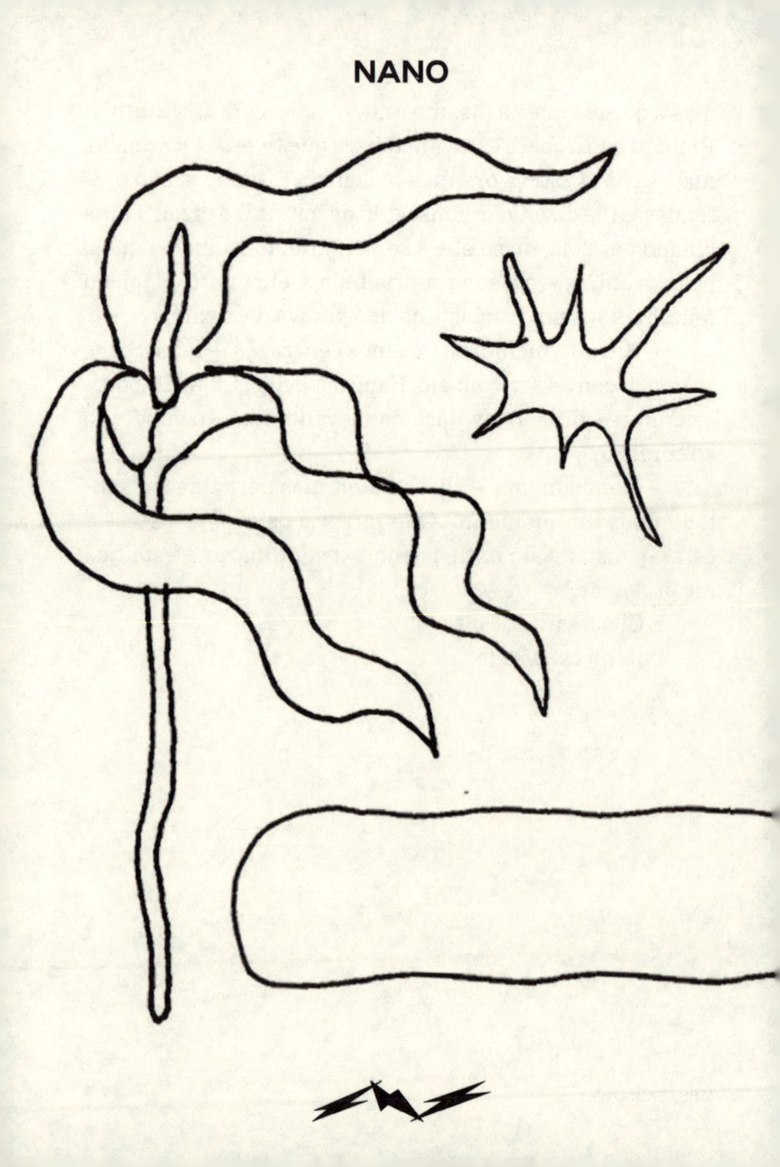

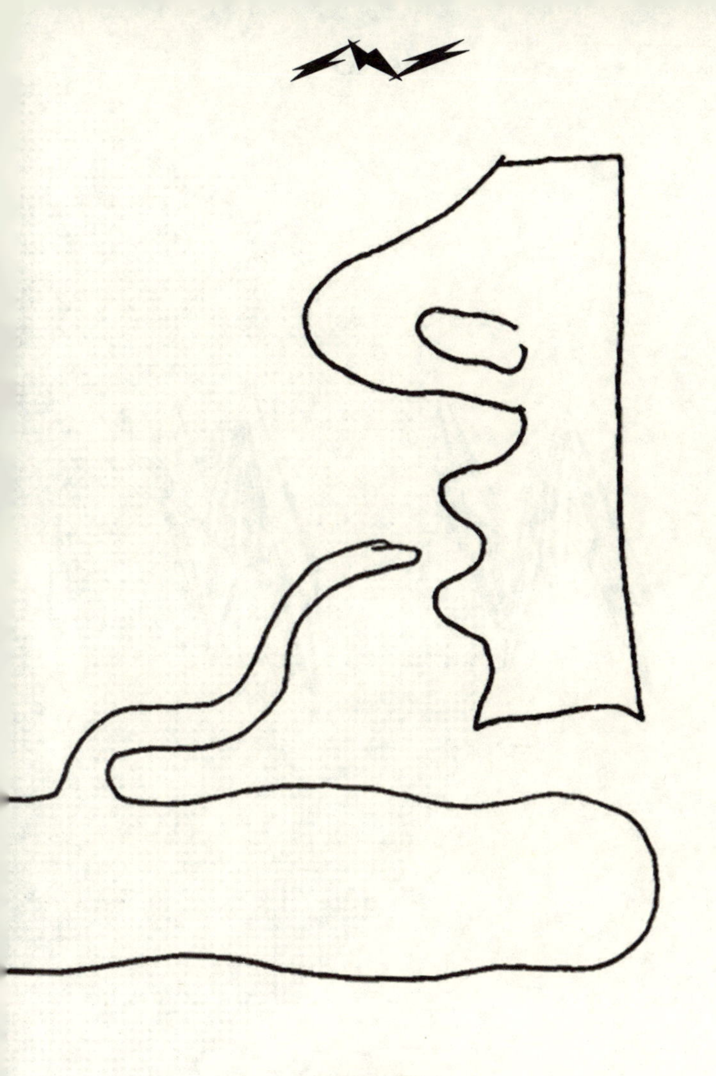

NANO

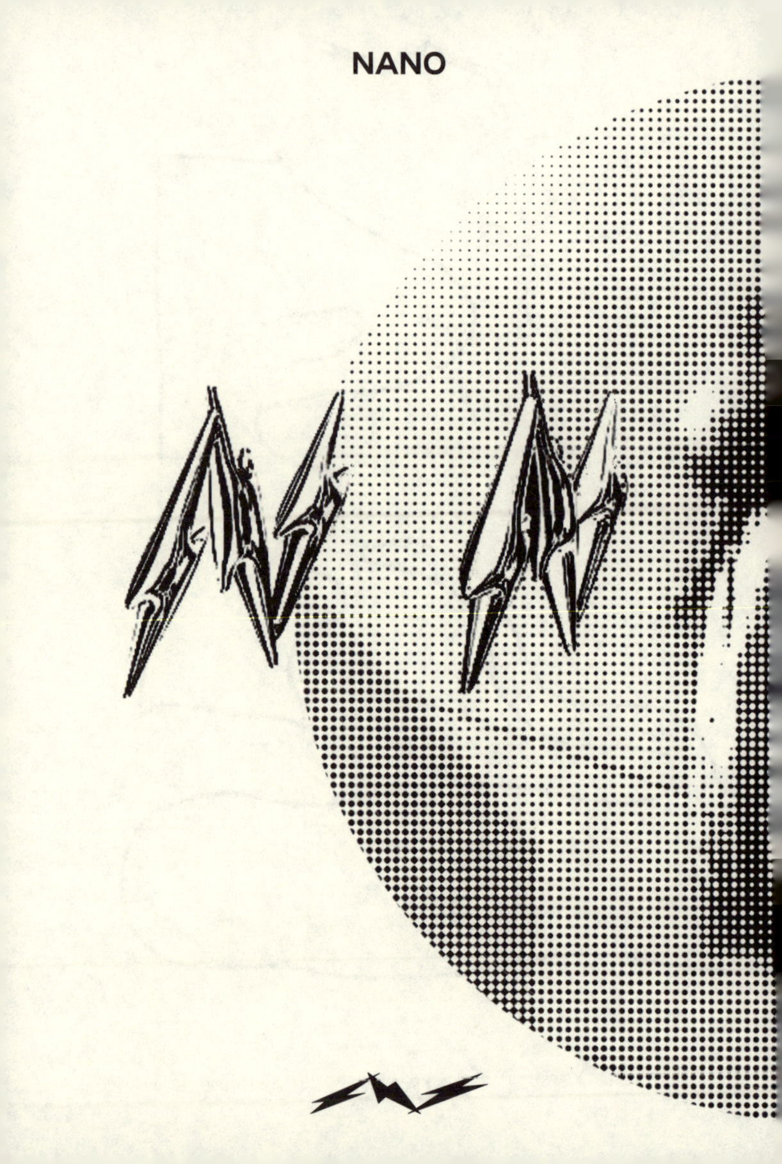
NANO

NANO

DADOS INTERNACIONAIS DE CATALOGAÇÃO NA PUBLICAÇÃO (CIP)

W913m
Woolf, Virginia

Mrs. Dalloway / Virginia Woolf ; tradução por Stephanie Fernandes e Thais Paiva. – Rio de Janeiro : Antofágica, 2023.

280 p. ; 11,5 x 15,4 cm ; (Coleção de Bolso)

•

ISBN 978-65-80210-28-2

•

1. Literatura inglesa. I. Fernandes, Stephanie. II. Paiva, Thais. III. Título.

CDD 823 **CDU 821.111**

André Queiroz – CRB 4/2242

Antofágica

prefeitura@antofagica.com.br
instagram.com/antofagica
youtube.com/antofagica
Rio de Janeiro — RJ

É PRECISO SER CIENTÍFICO, ACIMA DE TUDO CIENTÍFICO, AO INFORMAR QUE ESTE LIVRO FOI COMPOSTO EM SENTINEL E GRAPHIK

— E IMPRESSO EM PAPEL —

Pólen 70g pela Ipsis Gráfica em

Agosto 2023.

No Petit Comité da Nanofágica, a
vida também é boa, e o sol, quente.

Acesse os textos complementares a esta edição.
Aponte a câmera do seu celular para o QR CODE abaixo.